职业教育旅游类专业教材
旅游行业岗位技能培训教材

旅游诗词文化

主编 张艳 朱红
副主编 江军红 刘鑫 张淑珍

中国教育出版传媒集团
高等教育出版社·北京

内容提要

本书是职业教育旅游类专业教材,是与在线开放课程"旅游诗词文化"一体化设计的活页式教材。

全书分为中国自然旅游资源之诗词文化和中国人文旅游资源之诗词文化两个模块,共十个项目,包括泰山、长江、黄河、莫高窟、曲阜孔庙、延安、西安、长城等32个自然和人文景观的旅游诗词。全书以"诗词"这一中职语文课教学与旅游类专业课教学中共同涉及的内容为载体,以语文教学中涉及的诗词鉴赏、旅游类专业学生应掌握的多种文体写作及旅游类专业课教学中涉及的导游岗位需掌握的技能为引领,以小组为单位完成每个任务的学习,其完成任务的过程既是诗词学习积累的过程,又是提升专业能力和职业素养的过程,为学生职业观的形成和职业发展打下良好基础。

本书除配套在线开放课程外,还配套了微视频资源和学习卡资源,获取相应资源的详细说明,见"本书配套的数字化资源获取与使用"页及"郑重声明"页。

本书可作为职业院校旅游类专业学生的学习用书,也可作为旅游诗词爱好者的参考用书。

本书配套的数字化资源获取与使用

 **在线开放课程（MOOC）**

本书配套在线开放课程"旅游诗词文化"，可通过计算机或手机App端进行视频学习、测验考试、互动讨论。

- 计算机端学习方法：访问地址 http://www.icourses.cn/vemooc，或百度搜索"爱课程"，进入"爱课程"网"中国职教MOOC"频道，在搜索栏内搜索课程"旅游诗词文化"。
- 手机端学习方法：扫描下方二维码或在手机应用商店中搜索"中国大学MOOC"，安装App后，搜索课程"旅游诗词文化"。

扫码下载 App

 **Abook 教学资源**

本书配套电子教案、教学课件等辅助教学资源，请登录高等教育出版社Abook网站 http://abook.hep.com.cn/sve 获取相关资源。详细使用方法见本书"郑重声明"页。

扫码下载 Abook App

1. 注册
请访问网站 http://abook.hep.com.cn/sve
自行设定用户名、密码，留下常用邮箱。

2. 登录
需匹配用户名、密码、验证码。

3. 绑定课程
输入教材封底所附学习卡上的密码，免费获取资源。

 **二维码教学资源**

本书配套微视频等学习资源，在书中以二维码形式呈现。扫描书中的二维码进行查看，随时随地获取学习内容，享受立体化阅读体验。

1. 打开书中附二维码的页面

2. 扫描二维码

3. 查看相应资源

前言

中国是诗的国度。中国的诗，始于《诗经》，历唐风宋雨的濡染，经元曲明戏的扩张，千里万里，千年万年，生出数不尽的流韵生香的诗文，我们被其深刻的内涵、高远的意境、丰富的哲理所震撼。中国地大物博、历史悠久，旅游资源丰富，自然与人文的完美结合更是令人叹为观止。诗中有美景，景中有诗词，本书将带领学生一起饱览祖国大地上的如画美景，"畅饮"中华诗词中的诗风词韵，感悟博大精深的中华文化。

2019年，在高等教育出版社指导下，青岛旅游学校教师团队开发了"旅游诗词文化"在线开放课程，并于2020年4月在"爱课程"平台上线，获得广泛好评。为了与在线开放课程形成一体化的学习资源，团队成员继续立足中等职业教育实际，确定了"以学生为中心、以学习任务为导向、促进自主学习"的设计思路，开发了《旅游诗词文化》活页式教材。

本书尝试打破语文学科和专业课程之间的"语言障碍"，弱化公共基础课与专业课之间的割裂感，在两者的交叉地带实现"突围"，将诗词与旅游专业知识有机结合，促进学科间的相互渗透、相互补充。

本书参照高等教育出版社《中国旅游地理》一书中项目二"中国旅游资源"的分类作为本教材的模块分类，分为中国自然旅游资源之诗词文化和中国人文旅游资源之诗词文化两个模块，共十个项目，涉及32个自然和人文旅游景观的旅游诗词。本书在内容和编排上具有以下特色。

1. 以"文旅融合"为主线，凸显德育融合

诗词丰富的人文意蕴在培养学生人文素养方面有着得天独厚的优势，本书立足学生人文素养的培养，除了一般教材具有的思想品德教育功能外，还突出了职业素养的引导性。全书通过"众里寻她"部分的美景与诗词赏析形式，融入思政教育元素，帮助学生透过诗词赏美景，透过美景品诗词，使学生积累和掌握一定的中国优秀诗词与中国旅游文化知识，激发学生对中国传统文化和祖国大好河山的热爱之情。同时，通过以专业能力培养为目的的学习任务的设计，可提高学生对旅游专业的认识，引导学生热爱专业、热爱职业，为学生未来的

职业选择和职业发展打下良好基础。

2. 以诗词为媒,创新学科融合

本书以"诗词"这一中职语文课教学与旅游类专业课教学中共同涉及的内容为载体,将导游岗位需掌握的导游讲解、导游词创作、旅游线路设计等技能巧妙地与诗词学习相结合,实现在完成学习任务、提升岗位技能的同时提升学生的人文素养和职业素养的目标。此外,本书对教师进一步进行"学科融合"课堂教学模式的研究,对如何在语文课堂中植入专业素养和职业精神等元素,如何构建"动态合作课堂",如何开展"中职语文专业嵌入式教学"等方面也提供了一定的思路。

3. 以活页式形式呈现,凸显教学灵活性

本书以"情境式"教与学进行任务设计。每一项目都以情境设置任务活动,学生带着任务学习景点和诗词知识,在景中体味诗的韵味,在诗中感受景的奥妙。采用活页式的呈现形式增强了教师教学与学生学习的灵活性,教师和学生可以根据需要灵活选用需要学习的项目,在进行每个项目的学习时,也可通过增加活页的方式整理学习笔记,记录任务完成情况。在学用转化上,每个任务之后都有"任务拓展",既有对知识的巩固,又有综合运用所学知识而进行的实践活动,力求达到学以致用。

本书在编写中,力图搜集最新资料,精心选择插图,有利于知识的形象化,更便于学生掌握。人在书中,心随景动,学习的过程就是感受旖旎的自然风光,体味悠久历史文化的过程。

本书建议学时数为68,具体分配见下表(供参考):

序号		项目内容	学时
模块一	项目一	诗风词韵耀名山——地貌旅游资源	14
	项目二	诗风词韵吟胜水——水体旅游资源	16
	项目三	诗风词韵润草木——生物旅游资源	6
模块二	项目四	诗风词韵入园林——古典园林	4
	项目五	诗风词韵藏石壁——石窟古迹	4
	项目六	诗风词韵题古建——古代建筑	8
	项目七	诗风词韵话古桥——著名古桥	4
	项目八	诗风词韵写遗址——革命遗址及纪念地	4
	项目九	诗风词韵咏古城——古都名城	6
	项目十	诗风词韵筑长城——军事防御工程	2
		合计	68

本书由张艳和朱红担任主编,江军红、刘鑫、张淑珍担任副主编。具体编写分工如下:项目一、二、三由张艳、朱红、郭淼、江军红、徐盈、苏斌编写,项目四至项目十由赵君荣、张艳、张淑珍、田欣、赵新晓编写,张晓东、刘鑫负责全书的统稿。

本书在编写过程中借鉴了许多专家、学者的经典理论、著作和文献,在此向相关人员表示衷心感谢。

由于编者水平有限,书中难免存在疏漏和不妥之处,敬请专家、读者批评指正,以便不断修订完善。读者意见反馈邮箱为 zz_dzyj@pub.hep.cn。

编　者

2022 年 10 月

目录

模块一 中国自然旅游资源之诗词文化 001—130

项目一 诗风词韵耀名山——地貌旅游资源

任务一 会当凌绝顶，一览众山小
　　　——泰山 / 004

任务二 庐山秀出南斗傍
　　　——庐山 / 012

任务三 桂林山水甲天下
　　　——桂林山水 / 022

任务四 奇山峻峰叹武陵
　　　——武陵源 / 030

任务五 雁荡山中最奇绝
　　　——雁荡山 / 037

任务六 武夷山里一溪横
　　　——武夷山 / 045

项目二 诗风词韵吟胜水——水体旅游资源

任务一 遥望洞庭山水翠，白银盘里一青螺
　　　——洞庭湖 / 056

任务二 青藏高原上的"蓝宝石"
　　　——青海湖 / 064

任务三 不尽长江滚滚来
　　　——长江 / 073

任务四 九曲黄河万里沙
　　　——黄河 / 081

任务五　白水瀑布信奇绝
　　　　——黄果树瀑布 / 089

任务六　千里黄河一壶收
　　　　——壶口瀑布 / 096

任务七　云雾润蒸华不注
　　　　——趵突泉 / 101

任务八　芽茶烹得与尝新
　　　　——虎跑泉 / 108

项目三　诗风词韵润草木——生物旅游资源

任务一　天苍苍，野茫茫，风吹草低见牛羊
　　　　——自然界的动物 / 114

任务二　试问卷帘人，却道海棠依旧
　　　　——青岛太平角的植物 / 122

模块二 中国人文旅游资源之诗词文化 131—276

项目四 诗风词韵入园林——古典园林

  任务一 颐和风景美如画

      ——颐和园 / 134

  任务二 吴下名园惟拙政

      ——拙政园 / 143

项目五 诗风词韵藏石壁——石窟古迹

  任务一 举世莫能高

      ——莫高窟 / 152

  任务二 千龛邻峭壁

      ——龙门石窟 / 161

项目六 诗风词韵题古建——古代建筑

  任务一 落霞与孤鹜齐飞，秋水共长天一色

      ——滕王阁 / 172

  任务二 黄鹤一去不复返，白云千载空悠悠

      ——黄鹤楼 / 179

  任务三 三顾频烦天下计，两朝开济老臣心

      ——武侯祠 / 185

  任务四 夫子何为者，栖栖一代中

      ——曲阜孔庙 / 191

项目七 诗风词韵话古桥——著名古桥

  任务一 水从碧玉环中过，人在苍龙背上行

      ——赵州桥 / 200

　　任务二　长虹卧波处，烽火连拱桥

　　　　　　——卢沟桥 / 210

项目八　诗风词韵写遗址——革命遗址及纪念地

　　任务一　久有凌云志，重上井冈山

　　　　　　——井冈山 / 218

　　任务二　几回回梦里回延安

　　　　　　——延安 / 228

项目九　诗风词韵咏古城——古都名城

　　任务一　一日看尽长安花

　　　　　　——西安 / 242

　　任务二　江南忆，最忆是杭州

　　　　　　——杭州 / 249

　　任务三　春风十里扬州路

　　　　　　——扬州 / 257

项目十　诗风词韵筑长城——军事防御工程

　　任　务　不到长城非好汉

　　　　　　——长城 / 266

参考文献 / 277

模块一

中国自然旅游资源之诗词文化

模块导读

　　21世纪，文化上升为旅游主体的出发点和归结点，成为旅游业的灵魂，旅游行为成为一种文化消费行为。无论是自然旅游资源还是人文旅游资源，要满足游客的文化需求，就必须挖掘其独具特色的文化内涵。作为中国传统文化精粹的诗词，对旅游起到了点睛传神的作用。将诗词融入旅游的各个环节，让旅游者成为中国经典诗词的传播者，让旅游地因诗词而更富魅力。

　　本模块从我国自然旅游资源中的地貌旅游资源、水体旅游资源、生物旅游资源中选择了有代表性的旅游资源，旨在引导学生了解我国丰富的自然旅游资源，挖掘其中以诗词为代表的文化元素，以旅游从业者的身份设计以诗词为主题的旅游活动，带领旅游者更深入地了解我国自然旅游资源所蕴含的无穷魅力。

学习目标

1. 了解我国地貌旅游资源、水体旅游资源和生物旅游资源的基本情况。
2. 搜集突出旅游目的地及旅游景区特点的诗词，并能借助相关资料进行准确赏析。
3. 掌握旅游线路设计、导游词创作、个性化旅游活动策划等专业技能要领，掌握游记、新闻、说明文等不同文体的写作要领，设计并完成突出诗词特色的专业实践活动。
4. 学会感受自然之美，以美景美诗滋养心灵，激发对祖国河山的热爱之情。

项目一 诗风词韵耀名山——地貌旅游资源

项目导入

"江山如此多娇，引无数英雄竞折腰"，中国山岳雄奇，江河壮美。在悠久的历史长河中，中华名山不仅是鬼斧神工的大自然赐予人类的壮丽景观，更承载着华夏五千年来灿烂辉煌的瑰丽文化。"会当凌绝顶，一览众山小"成为中国人不断攀登、积极向上的诗词名句；"飞流直下三千尺，疑是银河落九天"的庐山素有"匡庐奇秀甲天下"的美誉；"江作青罗带，山如碧玉簪""洞穴幽且深，处处呈奇观"，桂林山水以峻峭的山峰、瑰丽的岩洞闻名于世；武陵源，拥有独特的石英砂岩峰林地貌，被誉为"扩大的盆景，缩小的仙境"；"山顶平湖雁荡池，明珠浮海景如诗"，雁荡山独具特色的峰、柱、墩、洞、壁等奇岩怪石，称得上是一个"造型地貌博物馆"；"三三秀水清如玉，六六奇峰翠插天"，构成了奇幻百出的武夷山水之胜。本项目将介绍我国主要的地貌旅游资源，完成诗词鉴赏、导游词撰写以及个性化活动设计等学习任务，在学习中感受地貌旅游资源的美。

任务一 会当凌绝顶，一览众山小——泰山

[任务分析] 某校导游社团学生进行暑假实习，准备带领一个高中旅行团前往泰山研学。本次任务是通过"诗词+旅游"的泰山一日游，完成岱庙等著名景点的诗词鉴赏活动。社团学生要完成本任务，既要了解泰山雄伟壮丽的自然风光与悠久灿烂的历史文化融为一体的特点，又要用心感受泰山诗词中蕴含的文化底蕴。让研学团的成员在游览中采撷古诗词之精华，在古诗词中触摸历史文化之脉搏，感受中华传统文化的博大精深。

知识储备

一、一览众山小

泰山，又名岱山、岱宗，为五岳之东岳。位于山东省泰安市北，总面积 426 平方千米，主峰玉皇顶海拔 1 532.7 米。泰山被古人视为"直通帝座"的天堂，成为百姓崇拜、帝王告祭的神山，有"泰山安，四海皆安"的说法。自秦代开始到清代，先后有 13 代帝王亲登泰山封禅或祭祀。山体上留下了 20 余处古建筑群，2 200 余处碑碣石刻。作为五岳之首，泰山又有"五岳独尊"之美称，1987 年被联合国教科文组织列为世界自然与文化双重遗产。历代文人歌咏泰山的诗文很多，而以杜甫的《望岳》一诗写得最为出神入化。

小链接
五岳
东岳泰山、西岳华山、南岳衡山、北岳恒山、中岳嵩山。

诗风词韵耀名山——泰山

二、众里寻她

因本次任务中接待的是由高中生组成的研学旅行团，且学生在语文课中学习过李健吾的《雨中登泰山》，所以选取了红门登山线路。这是一条古老的登山御道，是泰山的精华所在。从岱庙出发，经红门、经石峪、中天门、十八盘、南天门到达玉皇顶。沿途林荫夹道，石阶盘旋，自然景观雄奇秀美，古迹众多，传统文化韵味浓郁。社团

成员选取岱庙、经石峪、南天门、玉皇顶等主要景点进行介绍,并和研学旅行团的学生们选取了相关景点的诗词进行鉴赏。

1. 岱庙

(1) 景点简介

岱庙(图1-1),旧称"东岳庙",又叫泰庙,始建于汉代,是古代帝王来泰山封禅告祭时居住和举行大典的地方。主体建筑天贶殿创建于宋代,为中国古代三大宫殿式建筑之一。殿内大型壁画《泰山神启跸回銮图》是我国现存道教壁画的上乘之作,具有极高的历史和艺术价值。岱庙碑碣林立,现存184块历代碑碣和48块汉画像石,成为我国继西安、曲阜之后的第三座碑林。岱庙内古木参天,其中"汉柏""唐槐"最为著名。巍巍岱庙,是一座融建筑、园林、雕刻、绘画等传统文化艺术于一体的古代艺术博物馆。

> **小链接**
> 中国古代三大宫殿
> 北京故宫太和殿、曲阜孔庙大成殿、泰安岱庙天贶殿。

(2) 推荐诗词

诗文: 时巡指江国,致祀遣春官。
　　　兹取回程近,亲瞻祭席箪。
　　　大生功配帝,如在貌临坛。
　　　肃拜无私祷,抒诚心始安。

——清·弘历《谒岱庙作》

[赏析] 这首《谒岱庙作》是五言律诗,镌刻在岱庙天贶殿前西碑亭内的石碑上。是乾隆二十七年(1762

图1-1 岱庙

年）四月，乾隆南巡回来，路经泰山，到天贶殿拜谒东大帝时所写。这首诗的中心思想是"肃拜无私祷，抒诚心始安"表明自己对神虔诚，拜神不是为了个人求福，而是抒发一片诚心。

2. 经石峪

（1）景点简介

一片大石坪上，镌刻着《金刚般若波罗蜜经》的部分经文（图1-2），历经千余年风雨剥蚀，现仅存经文共1 069字，是中国现存规模最大的佛经摩崖石刻。字径50厘米，遒劲古拙，篆隶兼备，被尊为"大字鼻祖""榜书第一"，堪称我国石刻之瑰宝。1961年郭沫若曾到经石峪考察，写下了"千年风韵在，一亩石坪铺"的感慨，可见其艺术魅力之大。

（2）推荐诗词

诗文：翠屏围石壑，谁把金经书。
　　　岁久字多灭，经旨只如如。

——明·龚勉《经石峪》

图1-2
经石峪

［赏析］明代封疆大吏龚勉曾到泰山游览，写下了多首关于泰山的诗词，其中这首《经石峪》写的就是经石峪石刻。诗的首句以一个"围"字形象地写出了经石峪周围景色翠绿、宛若画屏之美。第二句说的是由于没有刻上年月和书刻人姓名，乃至留下了历史的悬念，直到现在仍众说纷纭。最后两句写经石峪石刻历史悠远，虽历经千年的风雨剥蚀，仍给世人留下了佛教文化和书法艺术的宝贵遗产。

3. 南天门

（1）景点简介

南天门（图1-3），又名三天门，位于十八盘尽头，是登泰山顶的门户。南天门建于元代初年，是由岱庙主持道士张志纯集资兴建。它是城楼式建筑，石砌拱形门洞，门洞两侧有楹联："门辟九霄仰步三天胜迹；阶崇万级俯临千嶂奇观。"每当游客到达南天门，一览众山，满目空翠，感到凉风习习，便会想起诗人李白《游泰山》

图1-3 南天门

中"天门一长啸,万里清风来"的诗句。明朝山东参政陈沂也写过题为《南天门》的七律。这首诗读来让人心驰神往,恨不得立刻攀登十八盘仰瞻南天门。

（2）推荐诗词

诗文：望入天门十二重,暧然飞雾半虚空。
　　　千寻不假钩梯上,一窍惟容箭括通。
　　　风气荡摩鹏翻外,日光摇漾海波中。
　　　欲求阊阖无人问,但拟彤云是帝宫。

——明·陈沂《南天门》

[赏析] 这首诗运用联想和想象,将我们带入南天门巍峨深邃、险峻多姿的意境之中。每当山间云雾出没、变幻无穷的时候,南天门在云雾中时隐时现,十八盘似天梯倒挂。诗中还运用了比喻的修辞手法,游人登泰山,于十八盘遥望,不远处的南天门仿佛是一道通天的大门,又仿佛是一座天上的宫阙,将南天门的恢宏与险要刻画得栩栩如生。

4. 玉皇顶

（1）景点简介

玉皇顶,为泰山绝顶,旧称太平顶,又名天柱峰,因峰顶有玉皇庙而得名（图1-4）。玉皇庙始建年代久远无考,明成化年间重修。

图 1-4 玉皇顶

主要建筑有玉皇殿、迎旭亭、望河亭、东西配殿等,殿内祀玉皇大帝铜像。神龛上匾额题"柴望遗风",说明远古帝王曾于此燔柴祭天,望祀山川诸神。殿前有"极顶石",标志着泰山的最高点。极顶石西北有"古登封台"碑刻,说明这里是历代帝王登封泰山时设坛祭天之处。玉皇顶海拔 1 532.7 米,气势雄伟,拔地而起,有"天下第一山峰"之美誉。东配殿可望"旭日东升",西配殿可观"黄河金带"。

(2)推荐诗词

诗文: 朝登泰岳望蓬莱,晚带斜阳兴未回。
一路香草都是药,千年树老尽生苔。
浮云似水流将去,怪石如人立起来。
不是此生君国有,探奇直上舍身台。

——明·钟惺《登泰山玉皇顶》

[赏析] 这是一首登临写情的七言律诗。首联"朝登"与"晚带"显示出时间的流逝,从早到晚,诗人一直驻足流连于泰山美景中,以致忘却了下山。颔联两句写沿途所见景物,上句为嗅觉感受,下句写视觉感受。"千年树老尽生苔"写出时间的久远,突出了泰山古老的奇景。颈联两句接着写泰山景色,"浮云似水流将去"是写俯视之景,"怪石如人立起来"是写平视之景,写云涛怪石,具有流动之势,真是妙笔生花。尾联与首句"望蓬莱"遥相呼应,表达诗人想与自然拥抱合一,摆脱世俗的羁绊,委身于天地的超脱之情。

任务实施

一、旅游诗词鉴赏要点

孔子说:"知者乐水,仁者乐山。"描写山水名胜的古诗词数不胜数,以其对景物观察细致、形象清新逼真、语言富丽精工为主要特点。在鉴赏这类诗词时,需要注意以下五点。

1. 观题目,读懂题眼

标题是诗歌鉴赏的切入点,标题中富含时间、地点、人物、事件、诗人的心情等诸多信息。诗歌的题目是诗歌鉴赏的向导,或点明主旨,或奠定诗人的情感基调。

2. 知作者,知人论世

了解作者的思想、性格、生活经历、风格流派及其创作的时代背景,即知人论世,才能更准确地领会诗人写景所表现出来的情感。

3. 析物象,丰富联想

通过描写景物来抒发情感,是中国古诗词的一大特点。所以准确把握诗歌中的自然景物的特征、意象,发挥联想和想象,有助于进一步揣摩诗词的寓意。

4. 看表达,学会技巧

诗词中常见的描写景物的技巧有动静结合、虚实结合、正侧结合、点面结合;描写景物的角度:观察的角度有高低、远近、俯仰,描绘的角度有绘形、绘声、绘色,感知的角度有视觉、听觉、嗅觉、味觉、触觉;描写景物的修辞有比喻、夸张、拟人、对比等。

5. 明主旨,把握情感

描写自然景物的诗词,一般通过描写山川美景,借景抒情、寄情于景,表达诗人对大自然的喜爱之情,对官场的厌倦、渴望归隐之情,或对田园生活的向往之情等。

图1-5 杜甫

二、旅游诗词鉴赏范例:《望岳》

1. 作者

杜甫(712—770年),字子美,自号少陵野老(图1-5)。唐代伟大的现实主义诗人,与李白合称"李杜"。

项目一 诗风词韵耀名山——地貌旅游资源

杜甫被后人称为"诗圣",他的诗被称为"诗史"。

2. 背景

唐玄宗开元二十三年(735年),诗人到洛阳应进士,结果落第而归。第二年,24岁的诗人开始了一种不羁的漫游生活,北游齐、赵(今河南、河北、山东等地),这首诗就是在漫游途中所作。

3. 诗文

岱宗①夫如何,齐鲁青未了。
造化钟神秀②,阴阳割昏晓。
荡胸生层云,决眦③入归鸟。
会当凌④绝顶,一览众山小⑤。

4. 注释

①岱宗:泰山别名岱,居五岳之首,故又名岱宗。
②钟:聚集。神秀:天地之灵气,神奇秀美。
③决:裂开。眦:眼眶。
④凌:登上。
⑤小:形容词的意动用法,意思为"以……为小,认为……小"。

5. 赏析

这首诗是杜甫青年时期的作品,洋溢着诗人蓬勃的朝气。通过描绘泰山雄伟磅礴的景象,热情赞美了泰山高大巍峨的气势和神奇秀丽的景色。

全诗紧紧抓住题目中的"望"字写景。观题目可知诗人交代的地点和事件。首联两句,从远望角度写泰山高大雄伟的景象,描绘出泰山一片青翠山色,显示出泰山的高大雄伟。颔联两句,由远望到近望,"钟"字使大自然染上了感情色彩,传达出诗人对泰山的钟爱、赞美之情。"割"字用得新奇有力,仿佛"昏"和"晓"是泰山割开来的,写出了泰山雄伟高峻的气势。这一联虚实结合,化静为动,使静止的山峰充满活力。颈联两句,通过凝望动态的画面,表现出泰山的高大。这里用"归鸟"点明时至傍晚,但诗人还在张望,如此入神,表明诗人对泰山的喜爱。这一联以"云"和"鸟"这两个物象烘托泰山的高大雄伟,并写出了诗人开阔的胸襟。尾联两句,写诗人由仰望泰山而产生的登临"绝顶"的愿望。诗人通过想象的情景来衬托渲染眼前的情景。"凌"字表现登临泰山顶峰的决心和豪迈气概。"一览众山小"则写出了他想象中登上绝顶俯瞰群山的感受,极富诗意,劲拔有力。从这两句可以看出诗人不怕困难、敢于攀登绝顶、俯视万物的雄心壮志。

本诗所写的虽是泰山,却也是作者借歌颂泰山之雄伟,兼写自己的胸怀,抒发了积极进取的情感态度,给人以雄奇壮阔之感。此诗成为历代描写泰山的名篇佳作,被人们传诵不绝。

任务拓展

"五岳归来不看山,黄山归来不看岳",明朝旅行家徐霞客登临黄山时赞叹:"薄海内外之名山,无如徽之黄山。登黄山,天下无山,观止矣!"请你建立一个学习小组,搜集黄山的"五绝三瀑"等美景,小组成员自选三四个景点,为所选景点各推荐一首代表性诗词,并进行赏析。

任务二 —— 庐山秀出南斗傍——庐山

[任务分析] 某校导游社团与远足旅行社合作开展了"跟着诗词游庐山"研学旅行活动。本次任务是对高一研学旅行团旅行线路中的诗词进行赏析。社团成员要了解庐山历代文人墨客吟咏较多的景点,并结合高中学生的特点,选择学生熟悉的吟诵庐山的古典诗词进行赏析,以便在研学过程中更好地引导学生在游中重温古诗词,在古诗词中领略庐山自然与文化相融的魅力。

知识储备

诗风词韵耀名山——庐山

一、庐山真面目

庐山,又名匡山、匡庐,位于江西省九江市庐山市境内。东偎婺源鄱阳湖,南靠南昌滕王阁,西邻京九铁路,北枕滔滔长江,耸峙于长江中下游平原与鄱阳湖畔,主峰汉阳峰,海拔 1 474 米。山体呈椭圆形,典型的地垒式断块山。庐山以雄、奇、险、秀闻名于世,素有"匡庐奇秀甲天下"之誉。1982 年,庐山被国务院颁布为首批国家级风景名胜区。1996 年 12 月,联合国教科文组织世界遗产委员会将庐山以"世界文化景观"列入《世界遗产名录》;2003 年,庐山成为中华十大名山之一;2007 年 3 月,庐山被评为国家 5A 级旅游景区。

二、众里寻她

庐山是世界文化景观遗产,是以人与自然和谐共生、古今中外文化交融为主要特征的国家级风景名胜区及避暑地。它是一座历史悠久的文化名山,名胜古迹遍布其中。自司马迁将庐山载入《史记》后,历代文人墨客相继慕名而来,陶渊明、谢灵运、李白等 1 500

余位诗人相继登山,留下了许多名篇佳作,庐山也因此拥有了众多诗景交融、名扬四海的佳境。让学生跟着熟悉的名人诗词游庐山,一路攀登庐山,一路名句环耳不绝,既能欣赏到山水胜地的无限风光,又能领略到诗化庐山的独特神韵。

1. 西林寺

(1)景点简介

西林寺坐落于江西省九江市庐山北麓(图1-6),东晋太和二年(366年)由太府卿陶范兴建,为庐山北山第一寺。寺中原有一幅墙壁,苏轼来游,看到壁前前人题诗甚多,顿时兴起,索笔题写了著名的《题西林壁》(图1-7),传为千古名诗。其中的"不识庐山真面目"一句,极具哲理。

图1-6
西林寺

图1-7
题西林壁

（2）推荐诗词

诗文： 横看成岭侧成峰，远近高低各不同。

不识庐山真面目，只缘身在此山中。

——宋·苏轼《题西林寺壁》

［赏析］这既是一首诗中有画的写景诗，又是一首哲理诗，哲理蕴含在对庐山景色的描绘之中。开头两句实写游山所见，形象地写出了移步换形、千姿万态的庐山风景。结尾两句即景说理，谈游山的体会。之所以不能辨认庐山的真实面目，是因为身在庐山之中，视野为庐山的峰峦所局限，看到的只是庐山的一峰一岭一丘一壑而已。这两句奇思妙发，整个意境浑然托出，为读者提供了一个回味经验、驰骋想象的空间。游山所见如此，观察世上事物也常如此。这两句诗有着丰富的内涵，启迪人们为人处事的一个哲理：由于人们所处的地位不同，看问题的出发点不同，对客观事物的认识难免有一定的片面性；要认识事物的真相与全貌，必须超越狭小的范围，摆脱主观成见。

2. 开先瀑布

（1）景点简介

开先瀑布（图1-8）是庐山最有名的瀑布，因这里原先有开先古寺而得名。瀑分两股，东瀑在双剑峰和文殊峰之间奔流而下，由于崖口狭窄，瀑水散成数绺，形如马尾，故称马尾瀑。西瀑从鹤鸣峰和香炉峰之间的高崖上下落，气势雄伟，名香炉瀑。两瀑会合于青玉峡，下注龙潭。

（2）推荐诗词

诗文： 日照香炉生紫烟，遥看瀑布挂前川。

飞流直下三千尺，疑是银河落九天。

——唐·李白《望庐山瀑布》（其二）

［赏析］在诗人李白的笔下：一座顶天立地的香炉，冉冉地升起了团团白烟，缥缈于青山蓝天之间，在

图1-8 开先瀑布

红日的照射下化成一片紫色的云霞。"挂"字化动为静,惟妙惟肖地表现出倾泻的瀑布在"遥看"中的形象。"飞"字,把瀑布喷涌而出的景象描绘得极为生动,意境壮阔;"直下",既写出山之高峻陡峭,又可以见出水流之急,那高空直落、势不可挡之状如在眼前。然而,诗人犹嫌未足,接着又写上一句"疑是银河落九天",真是响落天外,惊人魂魄。最后两句把人们对非人化的自然美和经过人美化的自然美的现实体验,上升到通过赏景者的想象,重新构建出"第三态自然"美的崭新阶段。这首诗在中国山水美学史上,是划时代的建树。

3. 锦绣谷

（1）景点简介

锦绣谷位于庐山风景名胜区（图1-9），是天桥左侧石阶至仙人洞的一段秀丽山谷，长约1.5千米。它由大林峰与天池山交汇而成，因第四纪冰川的反复刻切形成了平底陡壁的景观。相传为晋代东方名僧慧远采撷花卉、草药处，四时红紫匝地，花团锦簇，故名锦绣。

（2）推荐诗词

诗文： 还家一笑即芳晨，好与名山作主人。

邂逅五湖乘兴往，相邀锦绣谷中春。

——宋·王安石《锦绣谷》

图1-9 锦绣谷

项目一 诗风词韵耀名山——地貌旅游资源

[赏析] 这是北宋年间，政治家王安石游览庐山的即兴之作。这首诗说明锦绣谷是古时文人骚客避谷遁世，寻求别样心情的好去处。清代吴之振说："安石遗情世外，其悲壮即寓闲淡之中。"按诗意，这首诗应是诗人罢相以后的作品，诗中表现出了摆脱官场角逐之后的"轻松"。但是，诗人罢相以后，眼看着新法一一废止，内心极痛楚，哪里还有"好与名山作主人"的雅兴？只是借寓悲壮于闲淡的艺术风格，来反映自己内心的痛苦罢了。

4. 仙人洞

（1）景点简介

仙人洞为庐山著名景点之一，位于锦绣谷南端的"佛手岩"下（图 1-10）。此洞高、深各约 10 米，幽深处有清泉下滴，名为"一滴泉"。洞壁有"洞天玉液"等石刻题词。洞中央"纯阳殿"内置吕洞宾石像，传说他就在此修道成仙，每当云雾缭绕之时，骤添几分仙气。毛泽东的著名诗句"天生一个仙人洞，无限风光在险峰"更使仙人洞景点名扬四海，成为游客的必游之地。

（2）推荐诗词

诗文：暮色苍茫看劲松，乱云飞渡仍从容。
　　　天生一个仙人洞，无限风光在险峰。

——毛泽东《七绝·为李进同志题所摄庐山仙人洞照》

[赏析] 此诗开头两句写劲松不屈不挠的战斗姿态：在苍茫的暮色中，刚劲的青松任凭云雾翻腾，仍泰然自若。后两句写要想看到仙人洞无限美好的风光，必须登上最险要的高峰。毛泽东首先塑造"劲松"和"仙人洞"两个主要形象，然后塑造"暮色""乱云""险峰"等次要形象，它们作为背景出现在诗中，从而构成了庐山仙人洞这一"无限风光"的艺术境界。整首诗不但形象生动、气势宏伟，而且字里行间蕴含着一种深刻的哲理，使人得到启发：对于我们每一个人来说，无论做什么，都应该充满必胜的信心，

图 1-10 仙人洞

进行不懈的努力，敢于攀登险峰，去夺得最后的胜利。因此，这首绝句成了寄情于景、寓理于景的脍炙人口的佳作。

5. 花径

（1）景点简介

花径公园位于牯岭街西南2千米处的如琴湖畔（图1-11）。相传白居易被贬任江洲（九江）司马时，于公元816年登庐山游览。时值暮春，山下桃花已落，而此处却桃花盛开，白居易有感吟诗一首《大林寺桃花》，故后人称此地为"白司马花径"，并建造了"景白亭"。1988年在园中建有"白居易草堂陈列室"，1996年著名雕塑家王克庆制作的白居易石像立于湖畔。花径亭中一横石上刻有"花径"二字，传说系白居易手书（图1-12）。如琴湖形如提琴，故名，有曲桥通往湖心岛。园中繁花似锦，亭台碑碣，曲径通幽，湖光山色，风景如画。

图1-11
花径（1）

图1-12
花径（2）

（2）推荐诗词

诗文：人间四月芳菲尽，山寺桃花始盛开。

长恨春归无觅处，不知转入此中来。

——唐·白居易《大林寺桃花》

[赏析] 诗的开篇两句，是写诗人登山时已届孟夏，正属大地春归，芳菲落尽的时候。但在高山古寺之中，又遇上了意想不到的春景——一片始盛的桃花。从紧跟后面的"长恨春归无觅处"一句可以得知，诗人在登临之前，就曾为春光的匆匆不驻而怨恨、恼怒、失望。因此当这始所未料的一片春景冲入眼帘时，该是使人感到多么的惊异和欣喜。这首诗中，既用桃花代替抽象的春光，把春光写得具体可感，形象美丽；又把春光拟人化，描写得生动具体，天真可爱，活灵活现。这首小诗的佳处，恰在立意新颖，构思灵巧，而戏语雅趣，又启人深思，惹人喜爱，可谓唐人绝句小诗中的又一珍品。

6. 三叠泉

（1）景点简介

若论瀑布形态之奇、落差之高，当首推三叠泉（图1-13）。三叠泉位于五老峰下部，飞瀑流经的峭壁有三级，溪水分三叠飞泻而下，落差共155米，极为壮观，撼人魂魄。因而有"不到三叠泉，不为庐山客"之说。

（2）推荐诗词

诗文：飞泉如玉帘，直下数千尺。

新月如帘钩，遥遥挂空碧。

——元·赵孟頫《水帘泉》

图1-13
三叠泉

[赏析] 水帘泉即三叠泉，在庐山东谷会仙亭旁。三叠泉由五老峰背东注，飞泻而下，直落大磐石上，轰响如雷，又经两次折叠，散而复聚，再曲折回绕，复泻于下，有如冰绢飘于空中。此诗写月夜观泉，以帘喻泉，又将新月喻为帘钩，语言清浅明丽，意境优美。

任务实施

一、诗词鉴赏的艺术手法

1. 抒情手法

抒情手法分为直抒胸臆和间接抒情。间接抒情分为借景抒情（情景交融、寓情于景）、托物言志、借物抒情、借古讽今。

2. 修辞手法

修辞手法按照内容分为比喻、比拟、夸张、借代、用典、点化、双关、对比（衬托）、通感；按照形式分为对偶、设问、反问、互文、排比、反复。

3. 描写手法

描写手法包括衬托（分正衬和反衬）、联想与想象（又叫虚实结合）、对比、白描、细节描写、欲扬先抑、象征、点面结合、渲染、烘托、动静结合、移步换景。

4. 结构技巧

（1）形象与情感。先景后情、先情后景、以景结情。

（2）前后关联。重章叠句、铺垫、照应、过渡。

（3）诗歌主旨。开篇点题、卒章显志、以小见大、对比。

二、诗词鉴赏范例：《七律·登庐山》

1. 作者

毛泽东（1893—1976年），字润之，湖南湘潭人。诗人，伟大的马克思主义者，无产阶级革命家、战略家、政治家和思想家，中国共产党、中国人民解放军和中华人民共和国的主要缔造者和领导人。

2. 背景

1959年庐山会议前夕，毛泽东登上庐山立足峰巅、极目远眺，江山胜览尽收眼底。置身雄伟高耸、满目苍翠的庐山，面对开阔辽远、云海弥漫的景致，诗人心中涌动着对社会主义建设事业的豪迈之情，于是写下了这首讴歌奋发的诗篇。

诗文：

一山飞峙大江边，跃上葱茏四百旋[①]。

冷眼向洋看世界，热风吹雨洒江天。

云横九派②浮黄鹤，浪下三吴③起白烟。
陶令④不知何处去，桃花源⑤里可耕田？

3. 注释

①跃上葱茏四百旋：葱茏，草木青翠茂盛，这里指山顶。庐山登山公路，建成于1953年，全长35千米，盘旋约400转。

②九派：这里的九派指江西境内向东北流注鄱阳湖而入长江的河流。《十三经注疏》本《尚书·禹贡》"九江"注："江于此州界分为九道。"明李攀龙《怀明卿》："豫章（今南昌）西望彩云间，九派长江九叠山。"

③三吴：古代指江苏南部、浙江北部的某些地区，具体说法不一。这里泛指长江下游。

④陶令：陶潜（365—427），一名渊明，字元亮，东晋诗人，曾经做过彭泽县令，故称陶令。据《南史·陶潜传》记载，他曾经登过庐山。他辞官后归耕之地，离庐山也不远。

⑤桃花源：陶潜曾作《桃花源记》，文中说秦时有些人逃到一个偏僻宁静的"桃花源"避乱，从此与世隔绝，过着和平的劳动生活。直到晋朝才有一个武陵（湖南常德）的渔人因迷路偶然找到这个美丽幸福的奇境。

4. 赏析

庐山为文人荟萃之地，登临歌咏之诗层出不穷。一代大诗人毛泽东就曾登庐山，以其特有的才识与胸怀写下《登庐山》。

首联从动态入手，着重写庐山所处的地势、庐山的雄伟与壮丽以及登山的情景。"飞峙"句写山，"跃上"句写人，庐山突兀凌空的雄姿，登山者豪迈振奋的神情，俱活现于这"飞""跃"二字之中。"一山飞峙大江边"，起笔不凡，整座庐山如同飞来一样耸立于长江边上。"跃上葱茏四百旋"，仅用7个字便写出了庐山的险、庐山的高和宜人景色。概括性的描写，如同绘画中的泼墨写意。而"跃上"则写出了上山的感觉，它比登上和爬上更传神，有一种飞身腾越的动感。这种飞身腾越的感觉，便是想象与联想作用的结果，作者把自己想象成展翅飞翔的鸟儿，通过盘旋而上的联想，才会有这一动感十足的生动描写。

颔联是写登高远望。这里的"看",是用"冷眼""看"的,"冷眼"表现出一种既冷静、冷峻,又轻视、蔑视的复杂神情。"看"不但有动感,而且更准确地表达了诗人的感情。向洋,即面向海外,面向五洲四海,面向世界。而当他把视野收缩回国内,所见到的是一种"热风吹雨洒江天"的景象,一语双关,称赞中国人民从美好愿望出发而激起的建设新社会的热情的诗句。

颈联借想象的翅膀驰骋于长江上下,"横、浮、下、起"连环动感、虚实相间,形成立体画面:长江由西而东,经武汉直下三吴,注入大海;大江上下,云烟浩渺,浪涛滚滚,气象万千。毛泽东正是用此种磅礴、壮伟、奔腾的气势,喻写新中国的建设事业无论如何,都将如江涛汹涌,奔腾向前。

尾联以追忆历史人物陶潜收结。本意在于忆述陶渊明不满官场现实的历史掌故,赞许陶渊明"不为五斗米折腰"的精神。诗重在评价陶渊明虚构的空想社会而借以礼赞新中国的新社会现实。

全诗紧扣诗题"登庐山"来写,把登山、写景、用典融于一体,把磅礴、壮阔、气势、幽默融于一体,总体格调显得雄伟豪迈。

任务拓展

李白曾五次登临庐山,纵贯一生,留下了写庐山的十余篇诗作。从孤傲遁世,到隐居避世,再到看透世间名利,庐山是他多舛一生中一座神奇的坐标。现在请你建立一个学习团队,收集李白吟咏庐山的诗歌,并选出三首代表性的诗歌从艺术手法的角度进行赏析,为和远足旅行社合作开展的"跟着李白游庐山"旅游活动做好准备。

任务三 桂林山水甲天下——桂林山水

[任务分析] 广西某职业学校组织高一学生暑期开展了"诗词+旅游"的桂林四日研学旅行活动,其中一项学习任务是完成一篇游记。同学们要想写好这篇游记,首先要了解桂林山水"山清、水秀、洞奇、石美"这四个特点,再去读读历代文人墨客在此留下的优美诗文,进一步感受"桂林山水甲天下"的独特魅力,最后把自己的所观、所闻、所感记录下来,写出一篇生动多彩的游记。

知识储备

小链接
岩溶地貌
桂林山水属于岩溶地貌,又称喀斯特地貌,是具有溶蚀力的水对可溶性岩石进行作用所形成的地表和地下形态的总称。

一、清秀奇美赏桂林

"桂林"之名,始于秦代,桂林郡因当地盛产玉桂而成名。拥有世界自然遗产桂林山水、世界灌溉遗产灵渠两大世界遗产。桂林具有典型的喀斯特岩溶地貌,形成了千峰环立、一水抱城、洞奇石美的独特景观,自古以来就有"桂林山水甲天下"的美誉。秦始皇开凿灵渠后,桂林便成为南连海域、北达中原的重镇,现已成为世界著名的风景游览城市和中国历史文化名城,广西东北部地区的政治、经济、文化、科技中心。

二、众里寻她

本次的研学旅行是为职业学校高一学生量身打造的,学生可以找出能体现桂林山水"山清、水秀、洞奇、石美"四个特点的有代表性的景点,如象鼻山、漓江、芦笛岩和穿山岩等,搜集相关的历史文化资料,为写作游记准备素材,让游记更有文化内涵。

1. 漓江

（1）景点简介

漓江，全长214千米，其中100千米流经漓江风景名胜区，是国家5A级旅游景区和国家重点风景名胜区（图1-14）。漓江的特点概括为"清、奇、巧、变"四个字，主要景点概括为一江（漓江）、两洞（芦笛岩、七星岩）、三山（独秀峰、伏波山、叠彩山），它们基本上是桂林山水的精华所在。漓江两岸的山峰挺拔，形态万千，山峰的倒影颇有"分明看见青山顶，船在青山顶上行"的意境。

（2）推荐诗词

诗文：苍苍森八桂，兹地在湘南。
　　　江作青罗带，山如碧玉簪。
　　　户多输翠羽，家自种黄甘。
　　　远胜登仙去，飞鸾不假骖。

——唐·韩愈《送桂州严大夫同用南字》

[赏析] 此诗是韩愈在送别友人严谟时所作的五言律诗。首联点明严谟赴任之地是位于"湘南"的桂林，颔联以高度的概括力，写出了桂林山水的特点和山水之美，是千古脍炙人口之佳句。颈联写桂林迷人的风俗人情，尾联说到桂州赴任，表达了作者的祝愿与不舍。

图1-14 漓江

2. 象鼻山

（1）景点简介

象鼻山原名漓山，位于桂林市内桃花江与漓江汇流处（图1-15），因酷似一只站在江边伸鼻豪饮漓江甘泉的巨象而得名，是桂林山水的象征。象鼻山以神奇著称，首先是形神毕似，其次是象鼻与象身之间的水月洞，范成大说它"其形正圆，望之端整如月轮"。水月洞里江水通流，可泛小舟，在明月之夜，它的倒影则构成"象山水月"的奇观，使历代诗人吟咏不止。

（2）推荐诗词

诗文：象鼻分明饮玉河，西风一吸水应波。

青山自是饶奇骨，白日相看不厌多。

——明·孔镛《象鼻山》

[赏析] 象鼻山景色最美的是月夜，但是孔镛这首《象鼻山》所截取的却是"白日相看"的镜头，可谓另辟蹊径，匠心独运。开篇首句"分明"一词就显示了"白日相看"的形象，"象鼻"的轮廓也显现得清清楚楚。接着，作者再加一笔"西风一吸水应波"，是"象鼻"乘着"西风"吹来之势把水"吸"上来，因而引起"水应波"。这一联形象生动地写出了漓江岸边象鼻山的奇丽景色。"不厌"一词，语出平淡，却富含情感，道出了作者对象鼻山奇丽风光的深深

图1-15 象鼻山

眷恋之情。而以"白日相看不厌多"一语作结,既紧连上句,又概括了全篇,并给读者留下一个宽广的想象余地。

3. 芦笛岩

(1) 景点简介

芦笛岩是一个以游览岩洞为主、观赏山水田园风光为辅的风景名胜区(图1-16)。芦笛岩洞深240米,游程500米。因为洞口附近生长着芦荻草,据说可以做成笛子,吹出悦耳动听的声音,芦笛岩因此而得名。洞内有大量绮丽多姿、玲珑剔透的石笋、石乳、石柱、石幔、石花,琳琅满目,组成了狮岭朝霞、红罗宝帐、盘龙宝塔、原始森林、水晶宫、花果山等景观,令游客目不暇接,如同仙境,被誉为"大自然艺术之宫"。洞内保存有自唐贞元八年(792年)以来的壁书70余则,大部分是用墨笔在洞壁上书写的题名纪游。

(2) 推荐诗词

诗文: 桂林岩洞多灵巧,芦笛新开巧不同。

异彩缤纷今古自,奇踪探索忘西东。

初临绝壁悬崖上,似入琼楼玉宇中。

莫怪吾华常自傲,世间那有此仙宫。

——现当代·熊瑾玎《赞芦笛洞》

图1-16 芦笛岩

[赏析]诗人极力赞美芦笛岩洞内奇巧多姿、玲珑剔透的石笋、石乳、石柱、石幔、石花,琳琅满目,美丽异常,像是琼楼玉宇中的"仙宫",可谓实至名归。诗人进洞,在林立的石柱缝隙中间转来转去,加上彩色灯光的照耀,如同置身仙境一般,流连忘返,不愧是中华民族引以为傲的"大自然的艺术之宫"。

4. 穿山岩

(1) 景点简介

穿山是桂林的名山之一,穿山岩在穿山山半,是新开辟的不规则岩洞(图1-17),总长1531米,主洞长348米,形成于3.4万年前。1977年发现、开辟,岩洞内曲折回环,灿烂多姿,有天鹅湾、水帘洞、

图 1-17 穿山岩

连心石盾、龙鳞壁、古树坪、卷曲石、空心石、金刚宝剑、珍珠龟等 25 个景点。穿山岩被人们誉为"世界罕见神奇的水晶宝洞"。

（2）推荐诗词

诗文：桂林多洞府，疑是馆群仙。
　　　四野皆平地，千峰直上天。

——宋·陈藻《题静江》

[赏析] 第一句写景，实中有虚；第二句言情，虚中有实，疏密得当，落笔有度。诗人把桂林的"洞府"和神仙缀合起来，既抒发了诗人的情怀，又恰到好处地将桂林的风貌反衬出来。

任务实施

一、游记创作要点

1. 游踪清晰，线索分明

游记常常以"游踪"为线索，将自然风光和游览观感有机结合。

2. 移步换景，情景交融

游记的内容一般采用"移步换景"的方法来组织文章，即随着游踪的变化和时间的推移，依次展现沿途风光。游踪所到之处，皆有美景，在描写美景时融入情感，把情与景有机地加以融合，让游记能以"美"动人、以"情"感人。

3. 明确顺序，详略得当

写游记时，可按照时间的先后顺序，或者按照移步换景的顺序，或者将时空融合在一起，以游踪为序，走一程，写一物，做到脉络清楚。所记的景物必须分清主次详略，抓住重点，写具体，写生动。虽然游记要交代游览的过程，但又不能写成面面俱到的流水账。因此在写作中，对重要的行程、有特色的景观应重点描写，其余的可以略写或不写。

4. 突出特点，落脚感受

游记中写景要抓住景物的特点来写，所谓"突出特点"，就是要"把握差别，突出个别"。如就时间而言，不同季节，景物各异；同一季节的不同阶段，景物不同；同一季节、同一阶段的不同天气，景物也有差别；甚至一天的晨昏朝暮，景物也各呈异彩。就空间而言，不同地方的景物，南方与北方、平原和山区、城市和农村，其整体风貌不同。即使同一景物由于观察角度不同，也会出现"横看成岭侧成峰"的现象。

游记写作还要落脚到自己的感受上，选取对自己印象最深、触动最大的方面去写。

二、游记写作范例

游 桂 林

"桂林之奇，当为天下第一。"古往今来有数不尽的游客争相一睹"桂林山水甲天下"的风采。据说桂林的山，千姿百态；漓江的水，明洁如镜；山多有洞，洞幽景奇；洞中怪石，鬼斧神工，于是形成了"山清、水秀、洞奇、石美"的"桂林四绝"。今年暑假，我终于有幸跟随学校的研学旅行团，来到了广西桂林。

乘船缓缓前行，只见两岸的青山渐次映入眼帘，真是十步一景，百米如画。澄澈的百里漓江不愧是桂林的灵魂，山和水是相得益彰的奇妙组合，漓江的水出奇的静，静得我们根本感觉不到它在流动；漓江的水清澈见底，可以看见有许多美丽的鱼儿在水中游动。漓江的水还特别的绿，绿得简直可以与无瑕的翡翠相媲美，果然是"漓江神秀天下无"！难怪"唐宋八大家"之首的韩愈，曾以"江作青罗带"的诗句来赞美这条如诗似画的漓江。

桂林最有代表性的当属象鼻山,它的神奇,首先是形神毕似,其次是在鼻、腿之间造就一轮临水皓月,构成"象山水月"奇景。"千峰环野立,一水抱城流",景在城中,城在景中,是桂林城市独具魅力的特色。

下船后首先参观的是被誉为"大自然艺术之宫"的芦笛岩,据导游介绍自洞顶垂下的称石乳,自地上向上生长的叫石笋,石乳与石笋连接成石柱,根据不同的形状还有石幔、石枝、石花、石瀑等;有一些石头中空,敲击时发出的声音清悦入耳,这些又被称为石琴、石鼓、石钟。石钟乳中所含方解石微粒反光,在洞内装饰灯光的照耀下,便形成了"钻石山""高峡飞瀑"等奇观。没想到欣赏美景之余还能学到这些知识,同学们纷纷表示要回去后组建兴趣小组,继续研究石钟乳奇观。而且我们还了解到从唐代起,历代都有游人踪迹,现洞内存历代壁书 70 余则,在感叹大自然鬼斧神工的同时,还能欣赏历代文人墨客在洞壁上书写的题名纪游,这是怎样不同凡响的旅程啊!

从芦笛岩出来,我们继续沿着江畔公路前行,向山的西侧看去,到处是已经建设好的新景……尤其令我心动不已的是穿山岩里那晶莹透亮的鹅管、卷曲的石枝、雪白透明的水晶石、石头开花长毛,真不愧是"世界罕见神奇的水晶宝洞"。进入山洞,里面首先是一个狭长的走廊,走廊的尽头是一个大洞厅,洞厅里有一个大石笋,石笋的旁边是个大石幔。仔细看看石幔,咦,这老头儿不就是太上老君嘛!他是不是来找那被孙悟空打落的炼丹炉,不觉间已被这奇妙的景象给迷住了。另一个石幔旁,有一只仙鹤正准备降落,它那细长的脖子上长着一个小小的脑袋,身体的两侧长着一对宽大的翅膀。原来它是太上老君的坐骑,陪太上老君留在这里也"乐不思蜀"了。在洞厅的尽头,出现了一棵巨大的"榕树",说是"榕树",其实是棵石笋,正好和四周垂下的石钟乳合在了一起,看起来像极了"故乡的榕树"。穿山岩里的美景数不胜数,真是说不尽,道不完。

出了岩洞,不知不觉间,夕阳西下;山峰倒影,几分朦胧,几分清晰。江面渔舟几点,红帆数页,从山峰倒影的画面上流过,在一幅幅水墨画般的美景中,我们结束了这如诗如画的旅程。

范例点评

本篇游记能够体现游记创作的要点,写清了游踪,游览顺序是漓江、象鼻山、芦笛岩和穿山岩。移步换景,抓住了景点的特色,让人读了产生身临其境之感。对于重点的景物,如芦笛岩和穿山岩,不但详细描绘出它们的位置、动态、静态、颜色等,做到了详略得当,而且引入诗词、典故等内容,很有特色。这样穿插一些趣味性和知识性的内容,可以消减因"一线到底、有条不紊"而可能带来的平淡和呆板。与此同时还能绘声绘色地记下在穿山岩里自己的所见、所闻、所感。游记在写景的同时融进自己饱满、丰富的情感,这样会增加文章的感染力。

任务拓展

兴坪古镇是漓江上一颗璀璨的明珠,位于阳朔县东北部(图1-18),以其美丽的风光而闻名。20元人民币的背面图(图1-19)景就是兴坪。请根据游记创作要点,将旅游美景与诗词相结合,以兴坪古镇为游览对象,写一篇游记。

图1-18
兴坪古镇

图1-19
20元人民币背面图

任务四 奇山峻峰叹武陵——武陵源

[任务分析] 某校导游社团与四季旅行社近期合作开展了"'诗词+旅游'导游词创作"活动。本次任务是为老年大学文学旅游团创作"诗词+旅游"的武陵源导游词。社团成员想要完成本次任务，必须要有丰富的文化底蕴和古诗鉴赏能力，同时分析该旅游团的旅游需求，让游客在一步一景中感受诗词、历史故事和神话传说带来的震撼，在欣赏美景的过程中领略武陵源历史文化遗迹的魅力。

知识储备

小链接

石英砂岩峰林地貌

石英砂岩峰林地貌是在夹有薄层砂质页岩的石英砂岩地层中，由于地壳稳定上升、岩层垂直节理发育，经长期风化和重力作用发生断裂崩塌，同时充沛的地表流水对其又进行强烈的侵蚀，而形成的密度和规模庞大、千姿百态的砂岩石峰。

一、功成拂衣去，归入武陵源

武陵源风景名胜区位于湖南省西北部，由张家界市的张家界森林公园、慈利县的索溪峪自然保护区、桑植县的天子山自然保护区、杨家界景区组成。方圆397平方千米，奇山异峰3 000多座，其中海拔在千米以上的有243座。武陵源的三千奇峰拔地而起，八百溪流蜿蜒曲折，融"峰、林、洞、瀑"于一身，集"秀、幽、野、险"为一体，其中武陵源"五绝"即奇峰、怪石、幽谷、秀水、溶洞，兼有黄山之奇、泰山之雄、华山之险、桂林之秀。武陵源地处石英砂岩与石灰岩结合部，经亿万年河流变迁降位侵蚀溶解，形成了无数的溶洞、落水洞、天窗、群泉，是典型的石英砂岩峰林地貌。

二、众里寻她

本次接待的老年大学旅游团大多数成员都是诗词文化爱好者，可选取金鞭溪、天门山、黄石寨和天子山等景点，相对而言，这些景点有历代文人留下的诗篇，对爱好文学的老年大学成员积累写作素材很有帮助。因此在撰写导游词时，尽量多运用诗词、历史典故和优美的文字介绍,让团友可以更好地了解各个景点的独特美景和经典传说,留下美好记忆。

1. 金鞭溪景区

(1) 景区简介

金鞭溪风景区是张家界的黄金旅游区,因流经金鞭岩而得名(图1-20)。"奇峰三千,秀水八百",金鞭溪把张家界的山水发挥到了极致,有着"千年长旱不断流,万年连雨水碧青"的美誉。主要景致有醉罗汉、神鹰护鞭、金鞭岩、劈山救母、千里相会、楠木坪、水绕四门等。金鞭溪所经之地被誉为"世界上最美丽的峡谷",这里森林植被和野生动物资源极为丰富,是一座巨大的生物宝库,也是负氧离子含量颇高的天然氧吧。

(2) 推荐诗词

诗文: 神鹰展翅护金鞭,只为秦皇欲赶山。

伉俪重逢情脉脉,久别私语意绵绵。

——佚名《七绝·题金鞭溪之一》

图1-20 金鞭溪

[赏析] 此诗写了金鞭岩的美景。紧靠金鞭岩左侧,有一座与金鞭平齐的峰岩。峰形似一只山鹰,头高昂、勾嘴、双翅半展、利吻微张、试振双翅,成俯冲之势,紧紧守护着金鞭,似欲与来犯金鞭者搏击,其形态气势,惟妙惟肖,故有"神鹰护鞭"之誉。相传秦始皇持鞭赶山填海至此,遗金鞭于此化为岩。雄奇挺拔的奇峰,恰如久别重逢的夫妻含情脉脉地相互凝视,窃窃私语,倾诉离情。

2. 天门山

(1) 景点简介

天门山古称嵩梁山,主峰1 518.6米,是张家界永定区海拔最高的山(图1-21),因自然奇观天门洞而得名,境内云雾缭绕,古树参天,被喻为"天界仙境",是最早被记入史册的名山。1992年7月被批准为国家森林公园。天门山文化底蕴深厚,神农、赤松子、鬼谷子均留有遗迹,还有大量赞咏天门山的诗词,"天门洞开、鬼谷显影、独角瑞兽"等传说扑朔迷离。天门山终年云雾缭绕,云海

图 1-21 天门山

景象变化无穷,被誉为空中原始花园,分碧野瑶台、觅仙奇境、天界佛国、天门洞开四大游览区,景色各异。

(2)推荐诗词

诗文:山峦百态出天门,绝壁缠云万仞根。
应是天宫移别苑,人间误得御花园。

——当代·黎生明《张家界诗四首》(其一)

[赏析] 本诗是作者在游览张家界永定区海拔最高的天门山之际,感叹眼前天门山的山势陡峭险峻,景色雄奇壮丽,处处如天宫般令人惊叹而作,不愧被世人誉为"世界最美的空中花园"和"天界仙境"。

3. 黄石寨

(1)景点简介

黄石寨位于张家界森林公园中部,是由诸多悬崖峭壁共同托起形成的台地(图 1-22),是张家界美景最为集中的地方,也是张家界最大的凌空观景台,故有"不登黄石寨,枉到张家界"之说。相传汉朝留侯张良看破红尘、辞官不做,追随赤松子,隐匿江湖,云游张家界,被官兵围困,后得师父黄石公搭救而得名黄石寨。景区山间袅袅雾气萦绕,游人沉醉其中,恍若置身仙境。

图 1-22 黄石寨

（2）推荐诗词

诗文：六奇阁上览风光，四面峦河鸟瞰详。
　　　北赞千峰争雅秀，南歌万木比葱芳。
　　　张良陷寨黄公救，大圣囚山佛祖镶。
　　　岩壁巍峨惊世界，自然造境赛天堂。

——佚名《张家界黄石寨》

[赏析] 此诗前两联着重写张家界黄石寨的美景，颈联"张良"句写黄石寨来历，意在写山势险峻。"大圣"句写当地五指山传说。如来将悟空囚在山下，写山形状。作者游览黄石寨，寨台四周云漫万壑，千峰攒聚，群峰或明或暗，变幻神奇，联想到黄石寨得名的缘由和五指山的传说，更是为黄石寨增添了神秘色彩。作者欣赏奇幻美景的同时展开丰富的想象，为自己的黄石寨之行增添了情趣。

4. 天子山

（1）景点简介

天子山因明初土家族领袖向大坤自号"向王天子"而得名。天子山海拔最高 1 262.5 米（昆仑峰），最低 534 米（狮兰峪）。天子山的景观鬼斧神工，全无人工雕琢痕迹。层层山峦，座座石峰，在艳阳的照耀下显得更加俊秀多姿，不断变幻的云雾缠绕在峰林中，让景区恍若仙境。"谁人识得天子面，归来不看天下山""不游天子山，枉到武陵源"就是对天子山美景的赞誉（图1-23）。

（2）推荐诗词

诗文：张家界上起仙风，吹落瑶池怪石丛。
　　　紫气飘来淹帝殿，轻纱笼罩蔽枭雄。
　　　千军挥剑山巅下，万马奔腾石阵中。
　　　个个低头拜天子，人人复返搀醉翁。

——当代·海珠儿《游张家界天子山》

[赏析]"紫气飘来淹帝殿"，指霞光映照，天子山如同帝宫一般金碧辉煌。枭雄，指天子山主峰。"千军挥剑山峰下，万马奔腾石阵中"是比喻天子山所有拔地而起的石林，如同千军挥剑，万马奔腾。面对如此美景，游览者像在朝拜天子一样，归来时都被天子山的美好景色所陶醉，像醉翁一样相互搀扶着。作者被天子山令人惊叹的景色所吸引，领略了其无穷魅力，并写下了自己独特的感受。

图1-23 天子山

任务实施

一、初识导游词

1. 导游词的定义

导游词是导游引导游客观光游览时的讲解词，是导游同游客交流思想，向游客传播文化知识的工具，也是应用文写作研究的文体之一。导游词一般包括欢迎辞、欢送辞、沿途讲解词及景点导游词。

导游词是导游讲解的依托和基础。每个景点都有导游词，内容都比较丰富，但表达方式不尽相同。

2. 导游词的功能

（1）引导游客鉴赏。导游词的宗旨是通过对旅游景观绘声绘色地讲解、指点、评说，帮助游客欣赏景观，以达到游览的最佳效果。

（2）传播文化知识。即向游客介绍有关旅游胜地的历史典故、地理风貌、风土人情、传说故事、民族习俗、名胜古迹、风景特色，使游客增长知识。

（3）陶冶游客情操。导游词的语言应具有言之有理、有物、有情、有神等特点。通过语言艺术和技巧，给游客勾画出一幅幅立体的图画，构成生动的视觉形象，把游客引入一种特定的意境，从而达到陶冶情操的目的。

此外，导游词通过对旅游地出产物品的说明、讲解，客观上起到向游客介绍商品的作用。

二、导游词创作范例

各位团友：

大家好！我是导游员小肖，欢迎来到风光如画的武陵源。"人间仙境，世外桃源"的武陵源风景区，奇峰起伏、泉清瀑美、洞幽石奇，故有"别开生面张家界，竟在五岳黄山外"的美誉。

各位游客，现在映入我们眼帘的就是张家界国家森林公园了。这座大门一边有当地土家族民俗风格的小青瓦园林式建筑，另一边配以砂岩石峰，将大门与自然巧妙地结合在一起。这里属于罕见的大面积石英砂岩峰林地貌，沟谷幽深，石壁陡峭，是独一无二的"张家界风貌"。相传在三亿八千万年前，这里曾是一片汪洋大海，海底岩层逐步沉积形成积岩，经过复杂而漫长的成岩过程，才形成我们今天看到的总厚达560米的大面积石英砂岩和部分石灰岩。大家看看，这里的山峰都像什么呢？对呀，有的像采药的老人，有的像美丽的少女，有的像摩天大楼……

各位，我们再往前走300米就是金鞭溪的入口了，那里的主要景观有醉罗汉、神鹰护鞭、金鞭岩、千里相会、楠木坪、水绕四门等。金鞭溪所经之地被誉为"世界上最美丽的峡谷"，这里森林植被和野生动物资源极为丰富，是一座巨大的生物宝库，也是负氧离子含量颇高的天然氧吧，大家到了之后一定要好好享受一番哟！要说张家界的峰林之中，最特别的要数金鞭岩了，它是最高的山峰，和其他的山峰截然不同，从山脚到山顶，像被斧头砍刀劈过似的。一会儿您站到观景台上，武陵源的景色可尽收眼底。

各位游客，您现在已站在了观景台，大家看，远处有一只展翅欲飞的雄鹰，一只翅膀抱着金鞭岩，它就是有名的"神鹰护鞭"……

各位游客，我们现在的位置是黄石寨。它位于森林公园西部，因整座山像一头勇猛的雄狮，又名黄狮寨。当地有句民谣说："不登黄石寨，枉到张家界。"世界著名摄影家简庆福登上黄石寨，就曾感叹道："踏遍名山千百座，方到天崖绝妙处！"

大家知道吗？武陵源之所以被称为自然的迷宫、地质的博物馆、森林的王国、植物的百花园、野生动物的乐园，是因为这里也是植物、动物的家，活化石珙桐、银杏、水杉比比皆是，野生动物众多，都是国家一二级保护动物……这里还被列入世界遗产名录，给人类留下了无数的宝贵财富。

"绝美武陵源，震撼天宇间"。游客朋友们，在接下来的旅程中大家可以进一步地体会武陵源的仙府美景，祝大家玩得开心！

任务拓展　索溪峪自然保护区，因"山奇、水秀、桥险、洞幽"的特点成为武陵源风景名胜区中的一颗明珠。保护区内景点众多，星罗棋布，主要有宝峰湖、黄龙洞、百丈峡、十里画廊、西海峰林等。请以"遇见索溪峪"为主题，为中职旅游专业的学生旅游团创作一篇突出诗词特色的导游词。

任务五 雁荡山中最奇绝——雁荡山

[任务分析] 本任务是为赴雁荡山写生的高中美术生团设计"诗画游雁荡"的导游词。要完成本任务,不仅要了解雁荡山相关的历史文化及历代文人墨客吟咏较多的雁荡山知名景点,还要了解雁荡山相关的中国绘画史以及与雁荡山相关的名人画作。同时分析该高中美术生团的旅游需求,将诗画与旅游景观相融合,让学生在美景中体悟雁荡之神韵。

知识储备

诗风词韵耀名山——雁荡山

一、不游雁荡是虚生

雁荡山位于浙江省乐清市境内,部分位于永嘉县及温岭市。它以山水奇秀闻名,素有"海上名山、寰中绝胜"之誉,又名雁岩、雁山。因山顶有湖,芦苇茂密,结草为荡,南归秋雁多宿于此,故名雁荡。雁荡山开山凿胜始于南北朝,兴于唐,盛于宋,史称"东南第一山"。雁荡山方圆 450 平方千米,分灵岩、灵峰、三折瀑、大龙湫、雁湖、羊角洞、显胜门、仙桥八大景区,有 500 多处景点。其中"两灵一龙"即灵岩、灵峰、大龙湫尤为有名,被称为"雁荡三绝"。明代宣德皇帝到清朝乾隆皇帝等帝王将相纷纷神往而登临;叶澄、吴彬、钱维城、黄宾虹、张大千、潘天寿等历代名画家前来写生,留下一幅幅珍贵无比的画作;谢灵运、沈括、徐霞客、蔡元培、叶圣陶、郁达夫、郭沫若等历代名人或旅游或探险,留下流传千古的诗文名篇。5 000 多首诗词,400 多处摩崖石刻,不同风格、不同门类的画作,都成为雁荡山的珍藏和人类文化的瑰宝。

> **小链接**
>
> **雁荡画史**
>
> 中国绘画史上的雁荡山，无疑拥有更为悠久的历史。
>
> 据传，晋永和年间，西域诺矩罗，因慕雁荡"花村鸟山"之美名进山，是为开山鼻祖。北宋嘉祐二年（1057年），赵宗汉完成了山水画《雁山叙别图》，这是目前所见最早的描绘雁荡山之作。元代李昭《雁荡图卷》中，以七段画面记录了许多今天依然可以寻访的地点。元代画家黄公望作品《龙湫宴坐图》描绘了雁荡山大龙湫一带的景色。明代嘉靖年间画家叶澄作有《雁荡山图》（图1-24），明代唐寅作有《雁荡图》，文徵明作有《雁荡山水图》，可惜后两幅原稿已经湮没不存。清朝状元画家钱维城两度游览雁荡，留下一幅《雁荡图》，绘下雁荡山五十三景。到了近现代，雁荡山吸引了很多画家的关注：黄宾虹三游雁荡，一生留下雁荡山水作品、画稿数百件；张大千曾与好友方介堪、谢稚柳、黄君璧、于非闇等同游雁荡三四天，留下《灵岩山色图》《西石梁瀑布》《雁荡山大龙湫》等名作；李可染两次赴雁荡写生。现代画家中与雁荡关系最为密切且影响最著者，当推潘天寿。1965年潘天寿的《雁荡山花》，被送往北京人民大会堂做铺壁。

图1-24 雁荡山图

二、众里寻她

本次接待的游客为高中美术生，因此，小组成员可选取历代名家笔下描绘最多的"二灵一龙"景点，即"雁荡三绝"：灵岩、灵峰、大龙湫。这三处景点，不仅有沈括、徐霞客、汤显祖、袁枚、蔡元培、叶圣陶、郁达夫、郭沫若、邓拓等历代名人为其吟咏留作，更有贯休、黄公望、叶澄、吴彬、钱维城、黄宾虹、张大千、潘天寿等历代名画家为其落墨成像，可以满足该旅游团在写生同时了解雁荡文化的需求。

1. 灵岩

（1）景点简介

"雁荡冠天下，灵岩尤绝奇"，灵岩被誉为雁荡山之"明庭"（图1-25）。它位于雁荡中心，以灵岩古刹为中心，后有灿若云锦的屏霞嶂，左右天柱、展旗二崖对峙，壁立千仞，合计景点91个。游灵岩景区还可以观看雁荡山独有的民间绝技——灵岩飞渡。

（2）推荐诗词

诗文：雁荡冠天下，灵岩尤绝奇。

烟霞列屏障，日月明旌旗。

岩前有卓笔，可以书雄词。

——宋·王十朋《游灵岩辉老索诗至灵峰寄数语》（节选）

图 1-25　灵岩

[赏析] 王十朋，南宋著名政治家、诗人，爱国名臣。他是雁荡开山以来第一个以大量诗文予以赞美的名士，是真正意义上的"文化雁荡"的开拓者。他至少七次经行雁荡，题咏的诗有 30 多首。1157 年，王十朋状元及第，第 6 次经行雁荡，观感一新。在诗中，他首先对雁荡山做了一次总评价："雁荡冠天下，灵岩尤绝奇。"接着将雄伟奇秀、千姿百态的屏霞嶂、展旗峰、卓笔峰一一呈现于他的笔端，歌颂了雁荡山水的奇绝。

> **小链接**
>
> **灵岩飞渡**
>
> 灵岩飞渡，最早起源于悬崖采药。在天柱峰和展旗峰的峰顶拉上一条绳子，高达 200 多米，宽亦 200 多米，人在绳子上表演翻跟斗、飞翔等动作，可谓世界罕见，堪称一绝(图 1-26)。曾有人赋诗赞曰："削壁高千仞，双峰一线牵。降空犹落叶，横渡似飞猿。"著名作家莫言观看飞渡表演后也赞美道："雁荡药工巧如神，飞崖走壁踏青云。采得长生不老药，献给天下多情人。"灵岩飞渡是古代雁荡山人同自然斗争的产物，于 2016 年 12 月被列入《第五批浙江省级非物质文化遗产名录》。

图 1-26　灵岩飞渡

项目一　诗风词韵耀名山——地貌旅游资源

2. 灵峰

（1）景点简介

灵峰为雁荡山的东大门（图1-27），总面积约46平方千米。沿鸣玉溪而上，山腋两壁，危峰乱叠，溪涧潺潺。其中合掌峰是灵峰景区的主题，也是雁荡山的代表。每当夜幕降临，诸峰剪出片片倩影，"雄鹰敛翅""犀牛望月""夫妻峰""相思女"……移步换形，变幻多姿，妙不可言。

图1-27
灵峰

（2）推荐诗词

诗文：　我来无一语，闲认昔游踪。
　　　　谁种路傍树，却遮山上峰。

——南宋·徐照《游雁荡山八首·灵峰》（节选）

[赏析]身为"永嘉四灵"之一的徐照，也曾到访灵峰，诗中点明此地景色宜人而无法用语言表达，足以见得灵峰之美：我来到这里被景色所吸引，竟无法用语言表达这里的美景，抽出空想认出我以前来过的踪迹。谁在路旁种了那么多树木，竟然遮住了山峰。

3. 大龙湫

（1）景点简介

大龙湫景区位于雁荡山中部偏西，集峰、嶂、瀑、溪之大成

（图1-28）。其中大龙湫瀑布落差197米，为中国瀑布之最，有"天下第一瀑"之誉。它与贵州黄果树瀑布、黄河壶口瀑布、黑龙江吊水楼瀑布并称"中国四大瀑布"。

图1-28 大龙湫

（2）推荐诗词

诗文：摧崖裂石出层阿，风裹飞泉溅沫多。
　　　石飑片帆横碧海，天悬匹练落银河。
　　　诗心入画王摩诘，逝水通禅诺讵那。
　　　一峡倒倾雄万壑，况经夏涨雨滂沱。

——近现代·黄宾虹《坐一帆峰下观大龙湫瀑布》

［赏析］这是中国近现代绘画史上的杰出画家黄宾虹所写的一首七律。首联、颔联写瀑布的气势和形态，摧崖裂石，似银河倒倾，风吹泡沫飞溅，石如片帆横海，粗细结合，立体感很强。颈联用唐代诗人画家王维和东晋诺矩罗的典故，隐括诗情禅意，让人思绪稍稍宕开。尾联又回到瀑布，一"况"字再掀波澜，暗示大雨刚过，大龙湫更是怒涛如注，极尽变幻，轰雷喷雪，声威雄壮，令人回味不尽。

任务实施

一、导游词的基本结构

1. 引言

引言就是开场白。好的开场白，好比一出大戏的序幕，一篇乐章的序曲，一部作品的序言。游客都讲究"第一印象"，而引言是给游客留下"第一印象"的极佳机会。

引言包括欢迎辞和景点概述两部分。

（1）欢迎辞。是导游员表示欢迎的简短用语，包括称呼、问好、欢迎语等要素。

（2）景点概述。即景观的基本情况，是对整个路线景点的预告。

2. 主体

主体部分是导游词的核心，其内容是把景点的具体内容向游客进行详细的介绍。这一部分大都是以游踪为线索，按景点顺序用分述的方式一一进行解说。在对景点进行介绍时，要注意景点之间的过渡与连接，不要让游客感到突兀。

3. 结语

结语是简单的欢送辞。如果说欢迎辞给游客留下了美好的第一印象，那么好的欢送辞则给游客留下的最后印象是深刻的、持久的，甚至是永生难忘的。结语常包含表示惜别、感谢合作、小结旅游、征求意见、期盼重逢等内容。

二、导游词创作范例

各位团友：

大家好！欢迎各位同学来到"寰中绝胜、天下奇秀"的雁荡山写生，我是导游员小江，今天将和你们一起在诗画中游览雁荡山。

史称"东南第一山"的雁荡山开山凿胜始于南北朝，兴于唐，盛于宋。因山顶有湖，芦丛茂密，南归秋雁多宿于此而得名。其中"两灵一龙"即灵峰、灵岩、大龙湫尤为有名，被称为"雁荡三绝"。历代文人墨客纷至沓来，谢灵运、贯休、沈括、徐霞客、康有为、张大千、沙孟海、潘天寿、郁达夫、郭沫若、邓拓、舒婷等都留下了不朽的诗篇和墨迹。雁荡山在中国绘画史上更是拥有悠久的历史，可以说雁荡山是古往今来的画家创作的源泉。画家通过绘画的技巧将对雁荡山的感受形之于笔墨,以达"自然之性""内涵之神",留下了许多珍贵的艺术瑰宝。

"雁荡冠天下,灵岩尤绝奇",现在我们面前的就是"雁荡三绝"中的灵岩景区,它位于雁荡中心,被誉为雁荡山之"明庭"。同学们打开手机导览图,请看上海博物馆所藏的元代延祐三年(1316年)李昭《雁荡图卷》的一段画作(图1-29),再看眼前的景致。以灵岩寺为中心,"左展旗,右天柱,后屏霞,数千仞,神工鬼斧,灵岩胜景叹无双"。清人喻长霖的楹联所赞叹的灵岩胜景是不是跃然眼前?元代文学家李孝光云:"峭刻瑰丽,莫若灵峰;雄壮浑庞,莫若灵岩。"站在灵岩寺前,同学们是否有一种万虑俱息的感受?其实,灵岩还有许多奇巧的景点,如天窗洞、龙鼻水、龙湫、玉女峰、双珠瀑等,只是隐藏在各处,需要同学们的"慧眼""巧手"将它们的美一一呈现。

图1-29
雁荡图卷

图1-30
灵岩涧一角

在雁荡山,即使是一石一花也有它的灵秀所在,大家请看手机导览图中现代画家潘天寿的《灵岩涧一角》(图1-30)。同学们能不能说一下这幅画作的妙处?潘老曾三游雁荡山,独创一家之风格,有"雁荡山水潘公石"之誉。1965年他创作了《雁荡山花》,雁荡的花花草草在他的笔下尽显霸气。不仅如此,他还创作了《大龙湫》《雁湖》《灵岩寺晓晴口占》《天柱峰》《访显道上人于灵岩古寺》等多首诗歌,咏诵雁荡山的雄奇壮美。

"一夜黄梅雨后时,峰青云白更多姿。万条飞瀑千条涧,此是雁山第一奇。"潘天寿大师的《灵岩寺晓晴口占》是不是也如同画家写生,将我们眼前的山峰、云色与瀑布一同描绘了出来?不仅如此,当代客居杭州的温州籍老画家胡铁铮就以这首诗的诗意绘制了长6米的雁荡山山水长卷。在我们手机导览图上呈现的就是《雁荡神韵》中充满诗意的灵岩画面(图1-31)。

图1-31
雁荡神韵

潘老曾言,不到雁荡山的画家,称不上是成功的画家。今天我们不仅实地游览了雁荡山,更感受到了景中的诗、景中的画,相信同学们对雁荡山的美景都有了更真切的体验,期待着大家创作出更加优秀的作品,今天的游览赏鉴就到这里,谢谢同学们。

任务拓展　"欲写龙湫难下笔,不游雁荡是虚生",被誉为"天下第一瀑"的大龙湫瀑布变幻多姿,蔚为壮观,为"雁荡三绝"之首。"雁荡经行云漠漠,龙湫宴坐雨蒙蒙",充满诗情画意的大龙湫是诗人们的最爱,也是画家们的灵感所在。请你建立一个学习团队,以"诗画游龙湫"为主题,为诗画爱好者旅游团创作一篇导游词。

任务六 武夷山里一溪横——武夷山

[任务分析] 某校旅游专业与光明旅行社合作开发了"诗词之旅""旅拍记忆""动漫之旅"等主题定制旅游项目。本次任务是为四位热衷于拍照（摄影）及热爱传统文化的企业退休人员以"旅拍记忆"为主题设计微视频拍摄脚本。同学们想要完成本任务，必须要充分了解武夷山的自然、人文特点，同时也要考虑到老年人的精力、体力，合理规划旅游线路，引导游客通过拍摄照片、创作"旅拍记忆"微视频来记录武夷山的丹山碧水、独特地貌以及延续千年的人文内涵。在游览中可以将"诗词"作为线索，串联景点欣赏与讲解、景观拍摄与文化体验，让游客在拍摄中近距离感受武夷山的自然风光与历史文化。

知识储备

一、奇秀甲东南

武夷山位于福建省北部，因其典型的丹霞地貌、完整的中亚热带生态系统、独特的闽越文化与朱子理学，1999年被评为世界文化与自然双重遗产，成为全球第23处、全国4处之一的世界文化与自然双遗产地，也是全国首批5A级旅游景区、首批国家全域旅游示范区、首批国家公园，素有"碧水丹山""奇秀甲东南"的美誉。景区规划范围79平方千米（其中主景区64平方千米），划分为九曲溪、武夷宫、溪南、云窝—天游—桃源洞、山北五个景区，区内独特稀有的自然景观与底蕴深厚的人文景观相互融合，是人类与自然环境和谐统一的代表。

小链接
中国的世界文化与自然双遗产地
泰山、黄山、峨眉山—乐山大佛、武夷山。

诗风词韵耀名山——武夷山

二、众里寻她

本次接待的为四位企业退休人员，选定的一日游主题为"旅拍记忆"。因此，同学们可提供玉女峰、大红袍、天游峰、武夷宫等有代表性的景点和景区，让游客们在一日游的过程中有重点地进行游览、拍摄。沿九曲溪坐竹筏漂流，既可远观大王峰、玉女峰、架壑船棺等著名景点，又能够沿途感受石刻中蕴含的历史文化，积累诗词名篇，品味诗词魅力。这些都是制作旅拍微视频的绝佳素材，符合游客们的旅游需求。

1. 玉女峰

（1）景点简介

玉女峰位于九曲溪的二曲溪南面，三块削岩，前者石壁突出，中间的山峰古木苍翠，最高的一块刚好面向大王峰（图1-32）。峰顶花卉参差，恰似山花插鬓；岩壁秀润光洁，宛如玉石，乘坐竹筏从水上望去，正像一位秀美绝伦的少女，因而得名"玉女峰"。玉女峰山势难以攀爬，但在峰壑半壁留下了先人生活的遗迹。玉女峰也是武夷山最秀丽的山峰，现已成为福建省旅游名片，每年都吸引着大量游客驻足欣赏。

图1-32 玉女峰

（2）推荐诗词

诗文：玉女峰前一棹歌，烟鬟雾鬓动清波。
　　　游人去后枫林夜，月满空山可奈何。

——宋·辛弃疾《游武夷作棹歌呈晦翁十首》（其三）

[赏析] 此诗是辛弃疾游武夷山时与朱熹（号晦翁）诗歌唱和而作，共写了十首，这是其中第三首。本诗采用拟人手法，把玉女峰想象成一位美丽的少女，

描写游人对山川的倾慕,先有"动清波"的以景写情,后有"可奈何"的以情结尾,别有韵味,也充分表现了诗人对美好山川的热爱之情。朱熹、陆游、辛弃疾三人同为文学家,志趣相投,在武夷山留下了相遇相知、谈儒论道、报国为民的千古佳话,也被当地人尊称为"三翁"(朱晦翁、陆放翁、辛瓢翁)。

> **小链接**
>
> **朱熹**
>
> 朱熹(1130—1200年),宋代著名的思想家、哲学家、教育家、诗人,儒学集大成者(图1-33),世尊称为朱子。朱熹在九曲溪的五曲修建"武夷精舍"。初建的"武夷精舍"仅有一间教室,名为"仁智堂",左边的"隐求室"是自己居住的卧室,右边的"止宿寮"是接待朋友的客舍。他在此传道授业,著书立说,将《大学章句》《中庸章句》《论语集注》《孟子集注》合著为《四书章句集注》,完成了他哲学体系、理学思想的双重构建,并确立了"朱子学说"。为此,当时的学界精英、文化名家纷至沓来,武夷山也因此被称为"道南理窟",朱子理学也成为武夷山独特的文化资源。

图1-33 朱熹像

2. 大红袍景区

(1)景区简介

该景区有三条峡谷:慧苑坑、牛栏坑、马子坑。山岩溪谷间布满茶园(图1-34),主要有霞宾岩、水帘洞、鹰嘴岩、流香涧、竹窠、九龙窠、天心岩、马头岩、三仰峰、刘官寨等景点。武夷山是世界6大茶类中乌龙茶和红茶的发源地,为"万里茶道"起点,首个"中国茶文化艺术之乡",武夷岩茶(大红袍)制作技艺被

图 1-34 大红袍景区

列为国家首批非物质文化遗产。大红袍母树生长在九龙窠内的一座陡峭的岩壁上。往东可至天心岩,岩下有武夷山最大的佛教寺院——永乐禅寺。

(2)推荐诗词

诗文: 武夷高处是蓬莱,采取灵芽于自栽。
地僻芳菲镇长在,谷寒蜂蝶未全来。
红裳似欲留人醉,锦幛何妨为客开。
咀罢醒心何处所,近山重叠翠成堆。

——宋·朱熹《咏武夷茶》

〔赏析〕这是一首写景抒情的茶诗。朱熹著述讲学之余,在武夷精舍附近开辟茶园,如今在隐屏峰顶、天游峰顶、晒布岩下、茶洞等处还都保留有茶园。开篇便写武夷高处是蓬莱仙境,诗人亲手种茶,同时写出武夷岩茶生长的清幽环境。诗中将晒布岩比作仙女织就的红裳,将隐屏峰比作山谷里的秀丽锦幛。在明媚的春光里,在醉人的山谷中,诗人饮罢手栽自制的名茶,一洗尘心,悠然地与自然相处。全诗不仅描绘了一幅幽静清新的春谷图,同时也写出了诗人在武夷山中种茶采茶、以茶待客、品茗吟咏的生活乐趣,展现出山水之美、岩茶之妙。

> **小链接**
>
> **武夷岩茶**
>
> 武夷产茶历史悠久，唐代已栽制茶叶，宋代被列为皇家贡品，元代在武夷山九曲溪之四曲设立御茶园专门采制贡茶。武夷岩茶种类繁多（图1-35），以大红袍、铁罗汉、白鸡冠、水金龟最为著名。这其中，武夷山大红袍更为稀有。大红袍母树生长在九龙窠陡峭绝壁上，产量稀少，被视为稀世珍品。这里日照短，多反射光，昼夜温差大，岩顶终年有细小甘泉由岩谷滴落。这种特殊的自然环境，造就了大红袍的特异品质。大红袍茶香气浓郁，滋味醇厚，有明显"岩韵"特征，被誉为"武夷茶王"，有"茶中状元"之称。2007年最后一次采摘自母树的20克大红袍茶叶被中国国家博物馆珍藏，这也是现代茶叶第一次被藏入国家博物馆。

图1-35 武夷岩茶

3. 天游峰

（1）景点简介

天游峰为福建省武夷山第一胜地，东接仙游岩，西连仙掌峰，壁立万仞，高耸群峰之上（图1-36）。由山南蜿蜒来的胡麻涧奔泻而下，形成了著名的雪花泉景观。涧旁的石壁上，有历代摩崖石刻30余处，美不胜收。每当雨后乍晴，晨曦初露之时，白茫茫的烟云，弥山漫谷，风吹云荡，起伏不定，犹如大海的波涛，汹涌澎湃。登峰巅，望云海，变幻莫测，宛如置身于蓬莱仙境，遨游于天宫琼阁，故名"天游"，为武夷第一险峰。徐霞客评点："其不临溪而能尽九曲之胜，此峰固应第一也。"

（2）推荐诗词

诗文：天游峭壁削成屏，铁嶂排空万仞横。
　　　一曲清溪峰外转，恍如银汉绕金城。

——明·王弘诲《天游峰》

图 1-36 天游峰

[赏析] 天游峰位于九曲溪的六曲。九曲溪发源于武夷山桐木关,因地质断裂构造作用,折为九曲,两岸峰岩夹峙。天游峰峰顶常有云雾弥漫,是观云海、看日出的佳处,景色最胜。此诗以写景为主,先写天游峰的陡峭高耸,好像是自然天成的一道屏障,而后笔锋一转,写九曲溪在天游峰外,山环水绕,水贯山行,武夷山之美便在于丹山碧水的相映成趣。

4. 武夷宫

(1) 景点简介

武夷宫又名会仙观、冲佑观、万年宫,坐落于大王峰的南麓,前临九曲溪口(图 1-37),是帝王祭祀武夷君的地方,也是宋代全国六大名观之一。

据《武夷山志》记载,武夷宫始建于唐天宝年间(742—755 年),是武夷山最古老的一座宫殿,迄今已有 1000 多年的历史。武夷宫初建时,并不在今址,而是筑屋于一曲的洲渚上,称天宝殿。到了南唐才移建到今址,名"会仙观",宋代改名冲佑观。南宋词人辛弃疾、诗人陆游、理学家朱熹等都曾主管过冲佑观。元代称"万年宫",明代因战乱而焚毁。2006—2008 年,武夷宫主殿重新修复,庭院里的两株桂树为宋代遗存的 800~900 年的古树。

图 1-37 武夷宫

（2）推荐诗词

诗文： 肃肃灵宫古，萧萧老树存。
谁知五岳外，自拥数峰尊。
人采烟霞气，仙为水石魂。
穹岩遗蜕在，聊与示曾孙。

——清·张际亮《武夷宫望大王、幔亭诸峰》

[赏析]此诗以武夷宫为视点，首句中的"灵宫"即为武夷宫，清中叶以后，武夷宫日见萧条，所以诗人有"萧萧"之语。颔联以五岳为对比，写武夷山不逊五岳。颈联选取烟霞、水石为意象，营造出在武夷宫看大王峰、幔亭峰等清静幽旷的意境。尾联中的"穹岩"指洞穴，"遗蜕"指武夷山洞穴里的悬棺。悬棺，又称架壑船棺，是把殓尸棺木高置于临江面海、依山傍水的悬崖峭壁上的崖壁、洞穴、裂隙的丧葬习俗，至今仍有大量未解之谜，也是武夷山的一大奇观。全诗既写出了武夷宫的古老萧瑟，又写出了武夷山的缥缈秀美，语言简练明快，令人回味。

任务实施

一、微视频脚本写作要点

1. 因人制宜,满足游客的定制需求

微视频脚本是为游客定制,因此游客的需求是脚本设计时首要考虑的条件,包括游客的年龄、职业、定制的主题、微视频的受众等。本次任务接待的是四位热衷于拍照(摄影)及热爱传统文化的企业退休人员,选定的主题是"旅拍记忆",因此在微视频脚本写作时要注意跟游客做好沟通,合理安排人物出镜的场次、动作,以简练、自然为主,以武夷山的自然景观与相关诗词为辅,注意人与景的镜头分配。

2. 因时因地制宜,安排拍摄的时间、景点

本次任务为武夷山一日游,需要在有限的时间内完成微视频的拍摄。因此,在微视频脚本写作时需要综合考虑当天的天气、游览线路、拍摄景点及拍摄时间,准备好收音设备、拍摄器材,提前规划拍摄素材。

3. 及时沟通,考虑微视频的后期制作

微视频脚本的框架可以采用表格分镜头列出,或采用文字分条列出,方便游客提前熟悉拍摄流程。脚本的撰写要综合考虑镜头的选择、字幕、音乐、后期剪辑及转场等,同时及时与游客沟通,在拍摄时要标记好所用素材,为微视频的后期制作做好准备。

4. 自然流畅,注重台词写作的口语化

微视频脚本中的台词写作要考虑到不同的游客特点,考虑到本次任务接待的老年游客,精力有限,因此要合理安排人物的出镜拍摄与实景拍摄的场次。出镜的台词要注意口语化,以自然流畅为主,不宜浮夸或啰唆。配音的台词要注意规范化,以景点的相关诗词为主,语言要精练明快。

二、微视频脚本写作范例

1. 微视频脚本

镜号	镜头	景别	背景	内容+字幕	音乐	画面	备注
1	定镜头	全景+特写	武夷山九曲溪	四人出镜（挥手打招呼）：各位观众，大家好！今天我们4人结伴来到武夷山，天气不错，我们打算上午登天游峰，下午去九曲溪乘坐竹筏漂流。下面我们就带大家开始今天的游览吧。 A出镜："天游峭壁削成屏，铁嶂排空万仞横"（加字幕），它被誉为武夷第一胜地。 B出镜：所以，我们今天第一站就是攀登天游峰。出发啦！	宁静	平缓转场	片头
2	仰拍（30°左右）—俯拍	远景+中景+特写	天游峰（沿途跟拍）	实景+字幕+配音：天游峰有上下之分，一览亭、左近方是上方，胡麻涧一带是下方。山南的胡麻涧，从妙高台西面奔泻，由此形成了我们现在看到的雪花泉。涧旁的石壁上，有历代摩崖石刻30多处，美不胜收。（镜头转石刻） C出镜（跟拍）：我们马上就要到峰顶了，相信大家跟我们一样期待即将出现的武夷美景。 实景+配音：登峰巅，望云海，宛如置身于蓬莱仙境，遨游于天宫琼阁，所以此峰得名天游峰。徐霞客评点说："其不临溪而能尽九曲之胜，此峰固应第一也。"（加字幕）丹山碧水，白云薄雾，真是如梦如幻，如诗如画。 D出镜：大家往下看，下面的溪水便是九曲溪，天游峰在六曲，山水相映成趣，怪不得古人写诗说："山水参差六曲流，此中绝境适天游。" 四人出镜：下午我们将乘竹筏游览，这是我们来武夷山特别期待的一项活动。咱们走着！（伸手指向九曲溪）	背景音乐渐弱	拉长帧，定格游客手指的方向，转场	天游峰
3	定镜头、上移镜头	远景+近景+特写	竹筏漂流	实景+配音：当地人把武夷山称为"四菜一汤"，其中的"一汤"就是九曲溪。游人乘竹筏安稳舒适，漂流而下，视野开阔，可见山景，能赏水色，宛若置身山水画廊，一路上可以看到众多景点。郁达夫在《游武夷》中写"武夷三十六雄峰，九曲清溪境不重"（加字幕），今天我们也去领略一下九曲的魅力。 四人出镜：古人游九曲溪，是从一曲逆流而上直至九曲，朱熹曾写过《武夷棹歌》，就是按照这个顺序，沿途无处不成景。 实景+配音：这里有神秘的架壑船棺、悠远的岩茶花香。这里有精妙的摩崖石刻，还有无数奇峰异石，让人流连忘返。古往今来有多少文人墨客为武夷山尽洒才华。李商隐笔下是"只得流霞酒一杯，空中箫鼓几时回"，陆游笔下是"三十六奇峰，秋晴无纤云"，辛弃疾笔下是"蓬莱枉觅瑶池路，不道人间有幔亭"，朱熹笔下是"红裳似欲留人醉，锦幛何妨为客开"。（诗句加字幕） 实景+四人出镜：武夷以山石为躯，以溪水为灵，为我们提供了一方世外桃源。	实地水声，艄公船歌	跟拍	九曲溪
4	手持晃动转圈	中景+全景	武夷山全貌	四人出镜：今天我们跟大家的旅行分享就要结束了，希望大家能从我们的镜头和诗词中，领略到千年来武夷山的魅力，我们下期再会！	宁静渐弱	渐黑	片尾

2. 微视频脚本设计理由

此脚本选取天游峰—九曲溪漂流的线路，衔接合理。天游峰被誉为"武夷山第一胜地"，九曲溪漂流将两岸的丹霞地貌景观串联一体，沿路拍摄，既能够让游客看沿岸美景，一览武夷山山水，又能通过乘竹筏九曲漂流，观摩崖石刻，一览人文景观。在此过程中，移步换景，拍摄视野极佳，能够满足企业退休人员以"旅拍"为主题的旅游需求。以诗词为串联，在满足游客欣赏传统文化诉求的同时，也能够更好地带领游客感受武夷山的独特魅力。

> **任务拓展**
>
> 武夷山不仅有着秀美的自然风光、优越的生态环境，还拥有彭祖文化、闽越文化、朱子文化、茶文化、柳永文化等丰富的文化资源。武夷山中值得寻访之处不胜枚举，请你建立一个学习团队，为中学生以"穿越古今，寻访朱子文化"为主题创作一个微视频拍摄脚本。

项目二

诗风词韵吟胜水
——水体旅游资源

项目导入

  老子言：上善若水，水利万物而不争。前人抒怀，常以水为载体，其喜怒婉约、豪放洒脱，皆可被包容其中。我国江河湖泊众多，水系纵横交错，河流如同大地的血脉一样源远流长，而星罗棋布的湖泊则如同镶嵌在大地上的明珠，更有众多的泉水和瀑布，或汩汩滔滔，或飞流直下，千姿百态，令人叹为观止。古往今来，先贤们对各种形态的水不吝溢美之词，传诵的优美诗篇成千上万，许多至今仍朗朗上口，流淌在国人的血脉里。本项目将介绍我国主要的水体旅游资源，完成旅游新闻稿写作、旅游风貌通讯写作等学习任务，在诗词赏鉴中感受水体旅游资源的美。

任务一 遥望洞庭山水翠，白银盘里一青螺——洞庭湖

[任务分析] 某校在山海旅行社的实习生，接到一个带团前往洞庭湖游览的任务。该旅游团是由某高校退休教师组成的"夕阳红"旅游团，团内退休教师文化层次较高，旅游需求偏好山水风光、历史遗迹等。根据上述情况，带团的实习生为退休教师制订了"诗词+旅游"的游览方案，即在景点的游览中重温古诗词，在古诗词中领略历史文化遗迹的魅力。实习生想要完成本任务，必须要了解历代文人墨客吟咏较多的洞庭湖景点，同时掌握一定的诗词赏析方法，才能出色地完成本次任务。

知识储备

小链接
中国五大淡水湖
鄱阳湖、洞庭湖、太湖、洪泽湖、巢湖。

诗风词韵吟胜水——洞庭湖

一、吴楚东南坼，乾坤日夜浮

洞庭湖，古称云梦泽，是我国著名的五大淡水湖之一。现大致分为东洞庭湖、南洞庭湖和西洞庭湖三部分。东洞庭湖是其中面积最宽广、保存最完整的聚水湖盆。洞庭湖之名，始于春秋、战国时期，因湖中洞庭山（即今君山）而得名，并沿用至今。湖内水产丰富，航运便利，现是长江流域最重要的集水、蓄洪湖盆。湖区名胜繁多，以岳阳楼为代表的历史胜迹是重要的旅游文化资源。

二、众里寻她

千百年来，八百里洞庭以其磅礴大势跃然历史的取景框中，许多景点都是国家级的风景区。实习生可选取洞庭湖景区有代表性的自然景点和文化景点。"白银盘里一青螺"的君山、"洞庭天下水，岳阳天下楼"的岳阳楼、"对月临风，吟诗把酒"的三醉亭，将自然之景与文化之情相融合，以诗赏景，把洞庭湖的自然山水之美与

历史文化之美相结合,既体现了"诗词+旅游"的任务特色,也契合了退休教师的旅游需求。

1. 君山

(1) 景点简介

君山(图2-1),古称洞庭山、湘山,是八百里洞庭湖中的一个小岛,与千古名楼岳阳楼遥遥相对,总面积0.96平方千米,由大小七十二座山峰组成。君山名胜古迹众多,文化底蕴深厚。历代文人墨客围绕君山或著文赋诗,或题书刻石。这里有中国发现的历史上最早的摩崖石刻、"星云图"、新石器遗址,有惊天地、泣鬼神的爱情见证——斑竹、二妃墓、柳毅井,有秦始皇的封山印、汉武帝的射蛟台、宋代农民起义的飞来钟、杨幺寨等。李白的"淡扫明湖开玉镜,丹青画出是君山"、刘禹锡的"遥望洞庭山水翠,白银盘里一青螺"更使君山名声大噪。

(2) 推荐诗词

诗文: 湖光秋月两相和,潭面无风镜未磨。
　　　遥望洞庭山水翠,白银盘里一青螺。

——唐·刘禹锡《望洞庭》

[赏析] 此诗描写了秋夜月光下洞庭湖的优美景色。全诗从一个"望"字着眼,"水月交融""湖平如镜",是近望所见;"洞庭山水""犹如青螺",是遥望所得。微波不兴,潭面如镜,湖水如盘,君山如螺。诗人笔下的君山犹如放置在白银盘上的一颗青螺,用词精到,想象独特,生动地描绘出一幅美丽的洞庭山

图2-1
君山

小链接

中国十大历史文化名楼

湖南岳阳岳阳楼、湖北武汉黄鹤楼、江西南昌滕王阁、山西永济鹳雀楼、云南昆明大观楼、陕西西安钟鼓楼、山东烟台蓬莱阁、江苏南京阅江楼、湖南长沙天心阁、浙江宁波天一阁。

范仲淹

范仲淹文武兼备、智谋过人，无论在朝主政、出帅戍边，均系国之安危、时之众望于一身。他不仅是北宋著名的政治家和军事家，还是一位卓越的文学家和教育家。他倡导的"先天下之忧而忧，后天下之乐而乐"思想和仁人志士节操，为儒家思想中的进取精神树立了一个新的标杆，是中华文明史上宝贵的精神财富。

水图，表现了诗人对大自然的热爱，也表现了诗人壮阔不凡的气度和高卓清奇的情致。

2. 岳阳楼

（1）景点简介

岳阳楼（图 2-2），矗立于岳阳市古西门城头，紧靠洞庭湖畔，下瞰洞庭，前望君山，其前身为三国时期东吴将领鲁肃的阅兵楼，距今已有近 1 800 年历史。历代屡加重修，现存建筑沿袭清光绪六年（1880 年）所建时的形制与格局。因北宋滕子京重修岳阳楼，邀好友范仲淹作《岳阳楼记》使得岳阳楼著称于世，与湖北武汉黄鹤楼、江西南昌滕王阁并称为"江南三大名楼"，是"中国十大历史文化名楼"之一。

（2）推荐诗词

诗文：昔闻洞庭水，今上岳阳楼。
　　　吴楚东南坼，乾坤日夜浮。
　　　亲朋无一字，老病有孤舟。
　　　戎马关山北，凭轩涕泗流。

——唐·杜甫《登岳阳楼》

［赏析］这首诗是诗人于大历三年（768 年）创作的一首五言律诗。诗中描绘了岳阳楼的壮观景象，"昔

图 2-2
岳阳楼

闻"说明诗人向往已久,"今上"写出诗人如愿以偿登上岳阳楼的喜悦。颔联写登楼后所见之景,一个"坼"字下笔有力,仿佛洞庭湖的万顷波涛、千层巨浪把吴、楚两地冲开,显示出洞庭湖的磅礴气势。"浮"则十分生动,似乎日月星辰都随着湖水飘荡起落。到了颈联,诗人转回写自身晚年生活的不幸。尾联,诗人又从个人身世遭遇的描写扩展到国事的描写,抒发了忧国忧民的情怀。整首诗歌情因景生,景以衬情,浑然一体。

3. 三醉亭

(1)景点简介

三醉亭(图2-3)位于岳阳楼北侧,与仙梅亭遥相呼应。因传说中吕洞宾三醉岳阳楼而得此名。现在的三醉亭,是一座仿宋建筑的方亭,为岳阳楼主楼辅亭之一。红柱碧瓦,门窗雕花精细,藻井彩绘鲜艳,外形装饰华丽、庄重。一楼楼屏上的吕洞宾卧像,把吕仙飘逸的神态,潇洒的风度表现得淋漓尽致。画屏两边挂着由清代方功浚撰书的一副对联:"对月临风,有声有色;吟诗把酒,无我无人。"楼上,吕洞宾的木雕像端坐在一个神盒龛里。他一手举杯,一手持书,神态十分端庄。龛额上题有"诗酒神仙"的字样。

图2-3
三醉亭

项目二 诗风词韵吟胜水——水体旅游资源

（2）推荐诗词

诗文： 朝游岳鄂暮苍梧，袖里青蛇胆气粗。

三醉岳阳人不识，朗吟飞过洞庭湖。

——唐·吕洞宾《过洞庭》

［赏析］据《岳阳风土记》等古籍记载，八仙之一的吕洞宾经常光临岳阳。浩渺的洞庭，秀丽的君山，庄重的岳阳楼，这一切都使他为之驻足、倾倒。而最令吕仙念念不忘的，却是人间的美酒。传说他三次路过岳阳，在岳阳楼上狂饮，人皆不识。次日酒醒之后，吕仙拔剑起舞，朗朗吟诵着诗句。诗中"青蛇"即为青蛇剑。饮酒、赋诗、舞剑，使传说中的仙人富有人情味，也深受百姓的喜爱。因此，当地的老百姓为了纪念这位诗酒豪气的仙人，就在岳阳楼旁修建了一座"三醉亭"。

4. 二妃墓

（1）景点简介

二妃墓（图2-4）在君山东麓山脚下，又名湘妃墓。相传4 000多年前，舜帝南巡，两个爱妃娥皇、女英随之赶来，船被大风阻于君山，二妃突然听到舜帝已死于苍梧，悲痛欲绝，望着茫茫的洞庭湖水，攀竹痛哭。泪水洒遍了山上的竹林，遂成斑竹。不久，二妃忧郁成疾，死于洞庭湖，葬于山之东麓。墓为石砌，前立石柱，

图2-4
二妃墓

上雕麒麟、雄狮、大象、中竖"虞帝二妃之墓"墓碑。墓前两旁也立有石碑，上刻历代文人墨客赞叹君山的诗词和二妃画像。墓前10米处有一对石引柱，上有一副楷书石刻对联："君妃二魄芳千古，山竹诸斑泪一人"。

（2）推荐诗词

诗文：　斑竹枝，斑竹枝，泪痕点点寄相思。楚客欲听瑶瑟怨，潇湘深夜月明时。

——唐·刘禹锡《潇湘神·斑竹枝》

[赏析]"深夜月明时"作者触景生情，怀古抒怀，叙写舜帝与娥皇、女英二妃的故事。这个生离死别的故事带有浓厚的悲剧色彩，因而诗人也着意渲染其忧思感伤、哀怨凄凉的情调。诗人利用潇湘地理风物，婉转复沓，有一唱三叹之妙。全词借咏斑竹以寄怀古之幽思。

任务实施

一、诗词鉴赏要点

情与景是我国古典诗歌的两大要素。"景乃诗之媒，情乃诗之胚"，孤不自成，两不相背。两者相互生发与渗透，产生美妙的意境。古诗中景和情的结构关系一般有以下三种：

1. 先景后情，借景抒情

诗人对某种景象或某种客观事物有所感触时，把自身所要抒发的感情、表达的思想寄托在此景此物中，通过描写此景此物来抒发情感的方式叫借景或借物抒情。在我国古代诗歌中，落日、古道、清风、梅、松、竹等常是诗人借以抒情的对象。

2. 先情后景，以景结情

"以景语结情语"是古典诗词重要的结构方式之一。是以"景物"来传达、折射、暗示出作者的感情、抱负。

3. 融情于景，情景合一

融情于景就是将感情融汇在特定的自然景物或生活场景中，借对这些自然景物或场景的描摹刻画抒发感情，是一种间接而含蓄的抒情方式。即王国维在《人间词话》中所说："一切景语皆情语。"

二、诗词鉴赏范例：《望洞庭湖赠张丞相[①]》

1. 作者

孟浩然（689—740 年），名浩，字浩然，号孟山人，世称孟襄阳。出身书香门第，是唐代著名的山水田园派诗人。

2. 背景

关于此诗的创作时间有两种说法。一种说法认为此诗为开元二十一年（733 年）所作。时张九龄为相，孟浩然（45 岁）西游长安，以此诗投赠张九龄，以求录用。另一种说法认为开元二十一年孟浩然在长安时，张九龄尚在家乡韶关遭逢母亲丧事。张九龄于年底才进京就任中书侍郎。孟浩然此次未见到张九龄。孟浩然和张九龄的相会应当在张九龄被贬为荆州长史时。

3. 诗文

八月湖水平，涵虚[②]混太清[③]。
气蒸云梦泽[④]，波撼岳阳城。
欲济无舟楫，端居[⑤]耻圣明。
坐观垂钓者，徒有羡鱼情。

4. 注释

①张丞相：张九龄。

②涵虚：指天倒映在水中。

③混太清：与天混成一体。

④云梦泽：古时云、梦为二泽，长江之南为梦泽，江北为云泽，后来大部分变干、变淤，成为平地，并称为云梦泽，约为今洞庭湖北岸一带地区。

⑤端居：闲居。

5. 赏析

这是一首投赠之作，诗文从洞庭湖的水起兴。诗人孟浩然委婉地向丞相张九龄表达了自己想要从政的愿望，希望丞相能举荐他，含蓄而又不失体面地达到了自荐的目的。

开头两句交代了时间,诗人站在湖边远眺,浩瀚的湖水和天空浑然一体,景象阔大。三四两句继续写湖水广阔,目光由远及近,从湖面写到湖中倒映的景物:笼罩在湖上的水气蒸腾,吞没了云、梦二泽。波涛奔腾,好像要摇动岳阳城似的。面对浩瀚的洞庭湖,诗人意欲横渡,可是没有船只;生活在圣明的时世,应该贡献自己的力量,但没有人推荐,只好闲居在家。最后两句,诗人说自己坐在湖边观看那些垂竿钓鱼的人,却白白地生出羡慕之情。俗语说:"临渊羡鱼,不如退而结网。"诗人借了这句谚语来暗喻自己有做一番事业的愿望,只怕没人引荐,所以说"徒有"。诗人希望得到张九龄的赏识并通过他举荐的心情在字里行间自然流露出来。

这首诗把写景同抒情有机地结合在一起,触景生情,情在景中。诗的前四句,描写洞庭湖的景象和磅礴的气势,衬托出诗人积极进取的精神状态,后四句是借此抒发自己的政治热情和希望,愿为国家效力,做一番事业。

任务拓展

岳阳楼景区面积庞大,拥有许多有价值的游览景观。除了岳阳楼主体外,还有仙梅亭、怀甫亭、双公祠、小乔墓等,每一个都是不可错过的重要景点、建筑。请以"寻找岳阳楼景区里的古诗词"为主题,在景区的其他景点找寻两三首相关的古诗词,了解诗文内容并从情景关系的角度加以赏析,感受这些诗词中的情怀。

任务二 —— 青藏高原上的"蓝宝石"——青海湖

[任务分析] 某校导游社团的学生在天地旅行社实习,接待了一个由摄影爱好者组成的老年大学旅游团。该旅游团的成员爱好摄影,沿途用镜头记录着青海湖的优美风光,回程后要在老年大学举办一场"诗词+旅游"的摄影展。导游社的同学们想要完成本任务,既要了解青海湖各个景点的特色,又能结合"诗词"将景点中的人文内涵介绍给游客,让该团游客在美丽的自然风景和古诗词中领略青海湖的魅力,协助他们完成"诗词+旅游"的青海湖之行。

知识储备

一、青海无波春雁下,草生碛里见牛羊

拥有 4 549.38 平方千米的青海湖浩瀚神秘,碧波万顷,宛如一颗璀璨的蓝宝石镶嵌在青藏高原东北隅。藏语称青海湖为"措温布",蒙古语称它为"库库诺尔",都是"青色的海"之意。汉语中,青海湖古称"西海",从北魏起才更名为"青海"。它是我国第一大内陆湖泊,也是我国最大的咸水湖。

诗风词韵吟胜水——青海湖

二、众里寻她

青海湖的碧水蓝天、油菜花海、万鸟翔集等绝美景象,吸引着旅游团的摄影爱好者频频举起相机,将自然美景尽收眼底。社团同学们随之将景点相关的诗词进行讲解,以诗词为载体带领旅游团的成员领略青海湖的风土人情、历史文化。

1. 黑马河

(1)景点简介

黑马河(图2-5)位于西宁以西约220千米处的青海湖边上,是青海湖环湖公路的起点,从这里沿环湖公路走70千米,便是著

名的鸟岛，黑马河往鸟岛方向这一段，又被称为环湖西路，不少"暴走族"驴友或自行车迷，都选择从黑马河开始他们的环湖梦幻之旅。黑马河到鸟岛这一段被誉为青海湖最美的路段，在不同的季节呈现不同的美景：5月野花绽放，群鸟飞翔；8月万亩油菜花在湖畔灿烂盛开；而在繁华过尽的10月，黑马河草原归于平静，青海湖也呈现出最朴素的美态。此外，秋天是看日出的最佳季节，而位于湖西岸的黑马河正是观看青海湖日出的最佳地点之一。

（2）推荐诗词

诗文： 青海长云暗雪山，孤城遥望玉门关。
黄沙百战穿金甲，不破楼兰终不还。

——唐·王昌龄《从军行七首其四》

图2-5 黑马河

[赏析] 这是一首气魄宏伟的边塞诗。一、二两句展示的是阔大、苍凉的背景，景中含情：青海的上空笼罩这层层乌云，祁连山也为之黯淡，广袤的背景下是"孤城"玉门关。唐诗中的"玉门关"既是驻防之边塞重地，也是诗人笔下象征思乡之情的意象。三、四两句直接抒情，传达战士的心声。"黄沙百战穿金甲"，形容战争时间之长久、战斗场面之惨烈，战士们在沙漠中身经百战。"不破楼兰终不还"，这一句掷地有声：如果不攻下楼兰，我们坚决不回去！对此还有另外一种理解，认为这抒发的是一种还乡无望的悲怨情绪：虽然已经是黄沙百战、金甲穿破，但是如果不破楼兰，我们始终无法回去啊！最后一句作豪放语解读固佳，作悲怨语解读亦佳，这体现了诗歌意蕴的丰富。

2. 鸟岛

（1）景点简介

鸟岛（图2-6），位于青海湖的西北隅，因岛上栖息着数以万计的候鸟而得名。它由大小不一，形态各异的两座岛屿组成。每年春天，许多鸟来到这里，在岛上筑巢垒窝，繁育后代。到了产卵季节，岛上的鸟蛋一窝连着一窝，密密麻麻数不清，所以，人们又把

图 2-6 鸟岛

这里称为蛋岛。对于摄影爱好者来说,鸟岛简直就是一个拍摄鸟类和自然风光的摄影天堂。

(2)推荐诗词

诗文: 水连天,云接地。一色湛蓝染透湖中水,隐隐峰峦云水际。芳草黄沙,寂寞晴光里。

雁鸥来,繁子嗣。万里翱翔总是家乡美。懒散鸬鹚礁上醉。鸟语人喧,都道江山瑞。

——乐时鸣《苏幕遮·青海湖》

[赏析] 这是原解放军政治学院副政委乐时鸣同志所写的一首赞美青海湖美丽、富饶、生机勃勃的词。上阕写天空倒映在湛蓝的湖水里,湖水连天,水天一色,远处山峦若隐若现,只有天边那洁白的云彩点缀着苍茫的湖边,让青海湖更加地壮美。下阕写候鸟的乐园——鸟岛。鸟岛上的雁鸥产下的遍地鸟蛋,群鸟翱翔蓝天,游弋湖面,数里之外,鸟鸣声可传入耳际,一片秀丽祥和的画面。

3. 仓央嘉措文化广场

(1)景点简介

仓央嘉措文化广场(图2-7)位于青海省刚察县的县城中。仓央嘉措诗歌千古流芳于雪域高原、梦幻湖畔,青海湖的风声入禅,

图 2-7 仓央嘉措文化广场

那湛蓝的湖水,溅落在草原儿女的双眸间,闪现一缕最耀眼的光芒,如同仓央嘉措充满人性的诗歌,普照世间所有的心灵。刚察人民因地制宜,自出心裁,修建了别具一格的仓央嘉措文化广场,让世人徜徉于仓央嘉措神圣的文化乐园,领略世间最美的诗歌,品味和感悟大师最具人格魅力的一面,它印证了刚察儿女最深情的缅怀和追思——永远怀念这位步入红尘之中的圣者。

（2）推荐诗词

诗文：我终于明白
　　　世间有一种思绪
　　　无法用言语形容
　　　粗犷而忧伤
　　　回声的千结百绕
　　　而守候的是
　　　执着
　　　一如月光下的高原
　　　一抹淡淡痴痴的笑
　　　笑那浮华落尽月色如洗
　　　笑那悄然而逝飞花万盏
　　　谁是那轻轻颤动的百合
　　　在你的清辉下亘古不变

项目二　诗风词韵吟胜水——水体旅游资源　067

谁有那灼灼热烈的双眸
在你的颔首中攀援而上
遥远的忧伤
穿过千山万水
纵使高原上的风
吹不散
执着的背影
纵使清晨前的霜
融不化
心头的温热
你静守在月下
悄悄地来
悄悄地

——仓央嘉措《无题》

[赏析] 仓央嘉措是西藏最具代表性的诗人，写了很多细腻真挚的诗歌，给人们留下了不少脍炙人口的爱情诗篇。这位被誉为世间最美的情郎用自己曼妙的笔与玲珑的心，将世间的爱情描绘得凄美动人。但是活佛达赖这个身份让他无法像正常的男子一样去追求自己的爱人，《无题》这首诗便表达了身不由己的仓央嘉措对美好爱情的向往。

4. 海心山

（1）景点简介

"一片白银浮白雪，无人知是海心山"。青海湖湖心偏南，距离南岸 30 多千米的地方，有一个孤岛海心山（图 2-8）。全岛东西长 2.3 千米，南北宽 0.8 千米，面积为 1 平方千米，通体乳白色，形如海螺。天晴日丽时，凭高远眺，只见海心山犹如雪浪飘浮，蔚为壮观。海心山远离尘世，自古以来就是藏传佛教僧人修行的宝地。僧人于冰合时，取一年之粮而入居，整年不复出。附近牧民还养着马牛羊等牲畜。后来，人们发现把良马放在岛上，来年，所有的母马都会产下一种奇异的马，这种神奇的马有一个漂亮的名字叫龙驹，

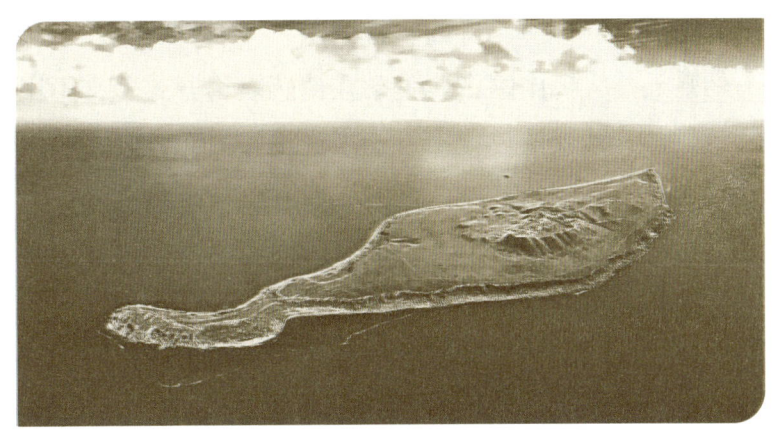

图 2-8
海心山

海心山因此而称为"龙驹岛"。

（2）推荐诗词

诗文：退浑儿，退浑儿，冰消青海草如丝。
　　　明堂天子朝万国，神岛龙驹将与谁。

——吕温《蕃中答退浑词二首》（其二）

［赏析］唐代诗人吕温以侍御史身份入蕃，在吐蕃滞留经年。他以诗的形式，记载了出使吐蕃期间的亲身经历，其中《蕃中答退浑词二首》等诗歌，见证了唐和吐蕃的矛盾冲突。退浑，又译为吐谷浑，中国古代少数民族之一。吐蕃统治势力给吐谷浑人民带来了深重的灾难和巨大的负担。诗人到蕃中后，有人把吐谷浑人的悲惨遭遇翻译给他，他便有感而发，以满腔同情和愤慨之情，写下了两首答诗。上文所选的其二篇，是劝慰吐谷浑人不要气馁衰颓，唐王朝将会收复此地。"冰消青海草如丝"，既写出了青海湖一带冰化雪消、春草如丝的美丽景色，也以"春风"暗示唐朝的恩泽，隐喻唐王朝总有一天会来解救吐谷浑人民的。末两句意思是待到唐朝收复此地，你们与各国在明堂上朝见唐王时，海心山所产的龙驹将给予谁呢？诗人自己当时也正在被吐蕃无端羁留，与吐谷浑人民同病相怜，诗中的激励与劝慰之辞，表现了诗人的乐观与豁达。

项目二　诗风词韵吟胜水——水体旅游资源

任务实施

一、诗词鉴赏要点

中国古典美学在情感表达方式上，不主张情感的直接宣泄，往往要通过一定景物来表达，因而，古人特别重视情与景的关系。鉴赏借景抒情诗词时，应着重注意以下几个要点：

1. 掌握诗词的主题思想

比较常见的几种主旨思想有：表现作者对大自然的热爱，如白居易的《钱塘湖春行》"几处早莺争暖树，谁家新燕啄春泥"；表现作者对农村风光的热爱，如孟浩然的《过故人庄》"故人具鸡黍，邀我至田家"；表现作者对家乡思念之情，如崔颢的《黄鹤楼》"日暮乡关何处是，烟波江上使人愁"。李白的《关山月》，就是用多抒离别哀伤之情的乐府古题来写战士的戍边思乡之情。

2. 抓住诗中所描绘的景物及其特点

王维的《山居秋暝》，诗人虽在写景，却以景美而明志洁。松、泉可以理解为是对诗人高尚情操的写照。又如"月如钩，寂寞梧桐深院锁清秋"用秋景渲染悲凉的气氛，把环境的凄冷与心境的悲凉融合在一起。《关山月》中，诗人从"天山、玉门关、青海湾"这些塞外边陲的景象写起，为诗文写戍边的士兵思乡之情做了铺垫渲染。

3. 抓住细节描写

辛弃疾的"最喜小儿无赖，溪头卧剥莲蓬"，"卧"字让小儿天真、活泼的特点跃然纸上。"戍客望边邑，思归多苦颜"中，"望边邑"虽仅仅三个字，却把戍边士兵们翘首望故乡的情景，思念故乡的情感描绘得淋漓尽致。

4. 领会诗词中所蕴含的典故含义

"汉下白登道，胡窥青海湾"用的典故就是汉高祖刘邦曾在白登山被匈奴围困了七天，而青海湾一带，则是唐军与吐蕃连年征战之地。战争使得出征的战士，几乎见不到有人生还故乡。这些典故的运用，写出了战争的残酷，自然也就可以理解诗歌的主旨了。

5. 多种修辞手法的运用

"知否？知否？应是绿肥红瘦"运用设问，自问自答，问得寻常，答得巧妙。运用比喻，喻义新颖。因而这首《如梦令》也是流传至今。曹操的"日月之行，若出其中；星汉灿烂，若出其里"用夸张的修辞手法，描绘一幅宏伟气象，表现诗人宏伟的政治抱负。

二、诗词鉴赏范例：《关山月①》

1. 作者

李白（701—762年）（图2-9），字太白，号青莲居士，又号"谪仙人"，唐代伟大的浪漫主义诗人，被后人誉为"诗仙"，与杜甫合称为"大李杜"。

2. 背景

唐代虽然国力强盛，但边塞战事从未停息过。李白的这首《关山月》就是反映当时无数戍边将士及其家人无限愁苦的力作。

图2-9
李白

3. 诗文

明月出天山②，苍茫云海间。
长风几万里，吹度玉门关③。
汉下白登④道，胡窥青海湾⑤。
由来征战地，不见有人还。
戍客⑥望边邑，思归多苦颜。
高楼⑦当此夜，叹息未应闲⑧。

4. 注释

①关山月：乐府旧题，多抒离别哀伤之情。

②天山：甘肃祁连山。

③玉门关：在今甘肃敦煌西北，古代通向西域的交通要道。

④下：出兵。白登：今山西大同东有白登山。汉高祖刘邦领兵征匈奴，曾在白登山被匈奴围困了七天。

⑤胡：此指吐蕃。窥：有所企图。青海湾：即今青海省青海湖。

⑥戍客：驻守边疆的战士。

⑦高楼：古诗中多以高楼指闺阁，这里指戍边兵士的妻子。

⑧未应闲：该是不会停止的。

5. 赏析

《关山月》是唐代著名诗人李白的诗作，诗人用乐府古题来写战士的戍边思乡之情。

全诗分为三层，开头四句，以明月、天山、云海、长风、玉门关为背景，描绘了一幅壮阔的万里边塞图。"长风几万里，吹度玉门关"，士卒们身在西北边疆，月光下伫立遥望故园时，但觉长风浩浩，似掠过几万里中原国土，横渡玉门关而来。这四句表面上似乎只是写了自然景象，但只要设身处地体会这是征人东望所见，那种怀念乡土的情绪就很容易感觉到。

中间四句具体写到战争的景象，又在从古到今的历史长河中，揭示了边境战争的残酷。"汉下白登道，胡窥青海湾。由来征战地，不见有人还。"这是在前四句广阔的边塞自然图景上，叠印出征战的景象。汉高祖刘邦曾在白登山被匈奴围困了七天。而青海湾一带，则是唐军与吐蕃连年征战之地。这种历代无休止的战争，使得出征的战士，几乎见不到有人生还故乡。这四句在结构上起着承上启下的作用，描写的对象由边塞过渡到战争，由战争过渡到征戍者。

最后四句写戍卒和思妇的两地相望相思，使戍边思乡的复杂感情变得格外深沉而动人。"戍客望边邑，思归多苦颜。高楼当此夜，叹息未应闲。"战士们望着边地的景象，思念家乡，脸上多现出愁苦的颜色，他们推想自家高楼上的妻子，在此苍茫月夜，叹息之声当是不会停止的。"望边邑"三个字在李白笔下似乎只是漫不经心地写出，但却把以上那幅万里边塞图和征战的景象，跟"戍客"紧紧联系起来了。

此诗如同一幅由关山明月、沙场哀怨、戍客思归三部分组成的边塞图长卷，用广阔的空间和时间做背景，将战士的思乡、家人的思亲融于广阔苍茫的景色里，使得景因情而怨，情因景更伤，读来哀婉凄凉而又雄浑悲壮。

任务拓展　青海湖国际诗歌节创办于2007年，每两年举办一次。目前，青海湖国际诗歌节已在国内外享有极高的声誉，被国际诗坛列为当今世界最著名的七大国际诗歌节之一。请同学们查找搜集描写大美青海的优秀诗词，从中选取一二首，运用诗词鉴赏方法加以赏析。

任务三 不尽长江滚滚来——长江

[任务分析] 随着旅游业的快速发展和人民生活水平的日益提高，旅游业成为国民经济新的增长点，而信息技术的蓬勃发展使人们对旅游信息的需求加大，旅游信息的传播媒介——旅游新闻学应运而生。旅游新闻学是一门从属于新闻学范畴，服务于旅游业专业领域内的新闻传播学。作为旅游从业者，掌握撰写旅游新闻的技巧，及时写出有价值的旅游新闻，对做好本职工作大有裨益。本次接待的是由某高中语文教师组成的"诗歌长江之旅"主题旅游团，导游员在精心设计长江诗路旅游线路的基础上，需要写一篇报道此次主题旅游活动的新闻。在写旅游新闻稿前，导游员需学习并掌握旅游新闻稿的写作要点，并尝试写作，从中深刻体会旅游新闻稿中的消息与一般新闻稿的异同。

知识储备

小链接

长江
长江在世界大河中长度仅次于非洲的尼罗河和南美洲的亚马孙河，居世界第三位。

诗风词韵吟胜水——长江

一、不尽长江滚滚来

长江发源于"世界屋脊"青藏高原的唐古拉山脉各拉丹冬峰西南侧。干流流经青海、西藏、四川、云南、重庆、湖北、湖南、江西、安徽、江苏、上海 11 个省级行政区，于崇明岛以东注入东海，全长 6 397 千米。

二、众里寻她

本次接待的是某高中语文教师团，所设计线路要满足高中语文教师进行"诗歌长江之旅"的主题旅游需求。本条线路特选择诗城奉节、长江三峡、江城武汉、东坡赤壁四个长江诗歌标志性文化景观，开展文旅融合下的"诗歌长江之旅"，着力打造长江诗词文化旅游品牌。

1. 诗城奉节

（1）景点简介

重庆市奉节县是古夔州治所，是一座有着 2 300 多年悠久历史的文化名城（图 2-10）。夔州城雄踞三峡瞿塘峡口，夔门雄峙，瞿

图 2-10 诗城奉节

塘幽深,环山皆秀。文人墨客至此,无不游目骋怀,"吐纳珠玉之声"。陈子昂、李白、杜甫、白居易、刘禹锡等历代著名诗人,有感于三峡之巅、夔门绝景,先后留下上万首传世诗篇,仅《夔州诗全集》就收录诗人 742 位,作品 4 464 首,奉节无愧于"中华诗城"的美誉。

（2）推荐诗词

诗文：风急天高猿啸哀,渚清沙白鸟飞回。
无边落木萧萧下,不尽长江滚滚来。
万里悲秋常作客,百年多病独登台。
艰难苦恨繁霜鬓,潦倒新停浊酒杯。

——唐·杜甫《登高》

[赏析] 此诗是杜甫于唐大历二年（767 年）秋在夔州时所写。全诗通过登高所见秋江景色,倾诉了诗人长年漂泊、老病孤愁的复杂感情,慷慨激越、动人心弦,被誉为"古今七言律诗之冠"。诗歌前半部分写景,后半部分抒情。首联诗人围绕夔州（今重庆奉节）的特定环境,用"风急"二字带动全联,一开头就写成了千古流传的佳句。颔联着重渲染整个秋天气氛,集中表现了夔州秋天的典型特征,颈联表现感情,从纵（时间）、横（空间）两方面着笔,由异乡漂泊写到多病缠身。尾联又从白发日多,护

病断饮,归结到时世艰难是潦倒不堪的根源,杜甫忧国伤时的情感跃然纸上。

2. 长江三峡

(1) 景点简介

长江三峡西起重庆市奉节县白帝城,东至湖北宜昌市南津关(图2-11),全长193千米,自西向东依次为瞿塘峡、巫峡、西陵峡。三峡两岸高山对峙,崖壁陡峭,山峰一般高出江面1 000~1 500米。最窄处不足百米。三峡是由于这一地区地壳不断上升,长江水强烈下切而形成的。矗立在长江西陵峡谷的三峡工程是世界领先的水利工程(图2-12),铭刻着中华民族的百年梦想,堪称"世界奇迹"。

图2-11
长江三峡

图2-12
三峡工程

（2）推荐诗词

诗文：　汉水波浪远，巫山云雨飞。
　　　　东风吹客梦，西落此中时。
　　　　觉后思白帝，佳人与我违。
　　　　瞿塘饶贾客，音信莫令稀。

——唐·李白《江上寄巴东故人》

[赏析] 此诗是李白创作的一首五言律诗。首联场景恢宏，以"汉水波浪"和"巫山云雨"暗喻诗人自己与巴东故人各自所在地域；颔联诗人言说自己作客江夏，夜梦欲醒时分，已是东风劲吹，残月西落；颈联接颔联续写一觉醒来，思念起在夔州白帝城与老朋友相处的那些美好的日子；尾联谆谆嘱咐远在夔州的老朋友，一定要随时互通有无。整首诗融情于景，深切地抒发了对故人的思念之情。

3. 江城武汉

（1）景点简介

武汉，简称"汉"，别称江城，是湖北省省会（图2-13）。武汉是国家历史文化名城，楚文化的重要发祥地，境内盘龙城遗址有3 500多年的历史。作为中国经济地理中心，武汉素有"九省通衢"之称，江城武汉古迹众多、景色迷人，美不胜收。历代文人多会于

图2-13
江城武汉

此，写下诸多精彩的诗篇。

（2）推荐诗词

诗文：　一为迁客去长沙，西望长安不见家。
　　　　黄鹤楼中吹玉笛，江城五月落梅花。

——唐·李白《与史郎中钦听黄鹤楼上吹笛》

［赏析］此诗是李白晚年的作品，写诗人游黄鹤楼时听笛的经历，抒发了满腔的迁谪之感和去国之情。全诗四句，前两句写诗人的生活遭遇和心绪，捕捉了"西望"的典型动作加以描写，传神地表达了怀念帝都之情和"望"而"不见"的愁苦；后两句点题，写在黄鹤楼上听吹笛，从笛声化出"江城五月落梅花"的苍凉景象，借景抒情，使前后情景相生，妙合无垠。

4. 东坡赤壁

（1）景点简介

东坡赤壁，又名黄州赤壁、文赤壁，位于古城黄州西北边的湖北省黄冈市（图2-14）。因为有岩石突出像城壁一般，颜色呈赭红色，所以称为赤壁。苏轼的《念奴娇·赤壁怀古》《前赤壁赋》《后赤壁赋》让该景点美名远扬。这里有许多历代名人书画碑刻。东坡赤壁素有"风景如画"之美誉，也是湖北黄冈的标志。

图2-14
东坡赤壁

（2）推荐诗词

诗文： 大江东去，浪淘尽，千古风流人物。故垒西边，人道是，三国周郎赤壁。乱石穿空，惊涛拍岸，卷起千堆雪。江山如画，一时多少豪杰。

遥想公瑾当年，小乔初嫁了，雄姿英发。羽扇纶巾，谈笑间樯橹灰飞烟灭。故国神游，多情应笑我，早生华发。人生如梦，一尊还酹江月。

——宋·苏轼《念奴娇·赤壁怀古》

[赏析]《念奴娇·赤壁怀古》是苏轼的代表作，也是豪放词中的杰作。此词通过对月夜江上壮美景色的描绘，借对古代战场的凭吊和对风流人物才略、气度、功业的追念，曲折地表达了作者怀才不遇、功业未就、老大未成的忧愤之情，同时表现了作者关注历史和人生的旷达之心。全词借古抒怀，雄浑苍凉，大气磅礴，笔力遒劲，境界宏阔，将写景、咏史、抒情融为一体，给人以震撼人心的艺术力量，被誉为"古今绝唱"。

任务实施

一、旅游新闻稿写作要点

旅游新闻稿包括标题、电头、导语、主体、背景、结尾等。

1. 标题

旅游新闻稿的标题既可以单行，也可以多行；既可以实写，也可以虚写，力求确切、简洁、醒目、生动。

2. 电头

旅游新闻稿一般在正文前设置电头。电头由发布消息的通讯社（电台、报社）、消息来源地、时间、记者姓名和"电"字组成。如"新华社北京×年×月×日电（记者××报道）"，或"本报讯""本台消息"等。

3. 导语

导语是旅游新闻稿开头的一句话或一段话，概括出最主要的新闻事实，或点明全篇的核心内容。写作导语要善于把最新鲜、最动人、最传神的内容放在最前面。反之，导语无法引起读者的注意，正文也就会失去被阅读的机会。新闻写作的六种要素（何时、何地、何人、何事、何故及如何）应在导语中有所体现。

4. 主体

主体也叫正文，是旅游新闻稿的主要部分。从篇幅上说，它占的比例最大，是对导语中已披露的新闻要素做进一步的解释、补充与叙述，又称作"旅游新闻稿躯干"。主体写作要力求观点明确、层次清楚、点面结合、生动活泼。

5. 背景

背景是旅游新闻事件发生的历史环境和原因，是为充实新闻内容、烘托和突出主题服务的。背景在新闻中没有固定的位置，它可以在主体中出现，也可以在导语或结尾中出现，背景只是从属部分，不可喧宾夺主。

6. 结尾

多数旅游新闻稿因为要表现新闻事件的完整性和逻辑的严密性，有单独的结尾部分。好的结尾，能使读者加深对全篇新闻的感受，得到更多的启发和教育。

二、旅游新闻稿写作范例

诗城奉节召开"诗歌长江之旅"旅游诗词大会

本报讯　近日，中华诗城奉节成功召开"诗歌长江之旅"旅游诗词大会。本次诗词大会以"赏长江胜景，品长江诗韵"为主题。

大会以跟着李白、杜甫、刘禹锡、白居易、陆游等诗人的名作游览诗城奉节、长江三峡、江城武汉、东坡赤壁四个长江诗歌标志性文化景观为主要内容，着力打造长江诗词文化旅游品牌。整个活动内容丰富，形式新颖。才子佳人长江诗词挑战赛、长江诗词吟诵会、长江诗剧等集文化性、趣味性于一体的活动，充分彰显中华诗城奉节的历史文化，让观众沉浸式体验长江名胜古迹以及长江诗词的人文诗韵等。本次诗词盛会在互联网同步播出，来自全国的诗词爱好者也可以积极参与现场互动。全新的三维、全息、云互联、第五代移动通信技术（5G）、人工智能（AI）、虚拟现实（VR）、混合现实技术（MR）、AI、VR、MR等先进技术，让观众足不出户跟着诗词游长江，感受长江的胜景与诗意。

此次诗词大会受到广泛好评，它不仅锻造了"中华诗城奉节"的金字招牌，也让人们在诗词中进一步感受诗歌长江之美。

（《×× 旅游报》× 年 × 月 × 日）

任务拓展

100 年间，在整个长江流域，小小"红船"历经了中共一大、二大、四大、五大的"烈火淬炼"和遵义会议的生死攸关，取得了渡江战役的伟大胜利，打赢了疫情防控的人民战争，成为一艘行稳致远的巨轮，创造了"地球上最大的政治奇迹"。请你以"诗歌长江·红色之旅"为主题，撰写一则相关的旅游新闻稿。

任务四 九曲黄河万里沙——黄河

[任务分析] 旅游风貌通讯是旅游新闻中能较好地反映旅游地民众社会生活状况及国家建设成就的传播媒介，便于受众了解当地美丽的自然风光、历史遗迹或风土人情等。本次黄河八日"生态诗路之旅"行远高中研学旅行团的学生要在领略黄河标志性旅游景点风貌的基础上，学习写作旅游风貌通讯，通过游（云游）、学、写，进一步感受黄河蕴含的丰富文化内涵及生态文明建设的成果，让更多游客走近黄河、了解黄河、爱上黄河。

知识储备

小链接

九曲黄河的流域分界标志
黄河上中游的分界点是内蒙古托克托县河口镇，中下游的分界点则是河南郑州桃花峪。

诗风词韵吟胜水——黄河

一、黄河远上白云间

黄河是中国第二长河，发源于青藏高原巴颜喀拉山脉，呈"几"字形，流经青海、四川、甘肃、宁夏、内蒙古、山西、陕西、河南、山东 9 个省级行政区，最后流入渤海，干流全长约 5 464 千米。由于中段流经黄土高原地区，夹带了大量泥沙，所以它也是世界上含沙量最多的河流。黄河是中华民族的摇篮和中国古代文化的重要发源地，被称为中国人的"母亲河"。它不但是一条自然河流，而且已经成为中国人重要的文化意象和文化符号，象征中华民族自强不息、百折不挠、勇往直前的精神品格。

二、众里寻她

本次黄河生态诗路之旅"行远高中研学旅行团"需要通过黄河地标景观的游览，了解黄河的自然风光，并结合诗词感受文旅融合、相得益彰的魅力所在。本旅行团的游览主要线路为黄河源园区（为保护黄河源区湿地生态环境，目前无旅行团旅游，故采取网上云游的形式）—九曲黄河第一湾—黄河三峡—壶口瀑布—

黄河入海口。

1. 黄河源园区

（1）景点简介

黄河源园区包括三江源国家级自然保护区的扎陵湖—鄂陵湖和星星海2个保护分区，面积1.91万平方千米，涉及黄河乡、扎陵湖多和玛查理镇19个行政村。与横贯中国的黄河流域比起来，玛多源头的面积显得那么微不足道，但它的影响不容小觑，很小的变化都足以牵动整个黄河流域的生态发展。

（2）推荐诗词

诗文：君不见黄河之水天上来，奔流到海不复回。
　　　君不见高堂明镜悲白发，朝如青丝暮成雪。

——唐·李白《将进酒》（节选）

［赏析］李白咏酒的诗篇极能表现他的个性，《将进酒》为其代表作。《将进酒》原是汉乐府短箫铙歌的曲调，"将"意为"愿""请"，题目意为"劝酒歌"。作者当时与友人岑勋在嵩山另一好友元丹丘的颍阳山居为客，三人常登高饮宴唱和。开篇两组句子如挟天风海雨迎面扑来。"君不见黄河之水天上来，奔流到海不复回"，颍阳去黄河不远，登高纵目，故借以起兴。上句写大河之来，势不可当；下句写大河之去，势不可回。一涨一消，形成舒卷往复的咏叹。李白笔酣墨饱，情极悲愤而作狂放，语极豪纵而又沉着。夸张的手法和深厚的内在感情使诗篇气势磅礴、语言豪放，给人以一泻千里的感觉。

2. 九曲黄河第一湾

（1）景点简介

从四川省阿坝藏族羌族自治州若尔盖县唐克镇出发，向北行9千米，登上索克藏寺背后的一座小山，只见黄河之水犹如仙女舞动的飘带从天际缓缓而来，白河恰到好处地在此处汇入，被称为"九曲黄河第一湾"的美景一览无余（图2-15）。

图 2-15
九曲黄河第一湾

（2）推荐诗词

诗文： 九曲黄河万里沙，浪淘风簸自天涯。
如今直上银河去，同到牵牛织女家。

——唐·刘禹锡《浪淘沙》（其一）

［赏析］日月经天、江河行地，刘禹锡仅用"九曲黄河"四个字，就传神地勾勒出黄河在中华大地上的崎岖蜿蜒之态。中华民族历经风雨沧桑、百折千回的民族历史与黄河的九曲回环何其相似！源自高原之巅的黄河水本是一川清流，然而跋涉万里的黄河水泥沙俱下。"万里沙"足以让人想见黄河的浊黄如浆、汩汩滔滔。第三句刘禹锡借张骞为汉武帝寻找河源的典故与牛郎织女的古老传说，表达自己不畏风沙、欲逆流而上，到牵牛织女家的壮志豪情。纵观全诗，刘禹锡举重若轻，只言片语写就黄河的"形"与"神"，也写就自己的满怀豪情，他不愧是笔底生花的诗家里手！

3. 黄河三峡景区

（1）景区简介

黄河三峡景区是国家 4A 级旅游景区（图 2-16），位于甘肃省中部西南，临夏回族自治州北部永靖县境内，距省会兰州市 44 千米，西与青海接壤，东北与兰州相连，贴近欧亚大陆桥和兰青线，

图 2-16
黄河三峡景区

是古丝绸之路的重要通道,素以刘家峡水电站、炳灵寺石窟闻名于世。黄河呈"S"形流经县域 107 千米,形成了炳灵峡、刘家峡、盐锅峡三大峡谷景观,构成了黄河三峡景区,总面积 214 平方千米。境内自然风光俊奇秀美,名胜古迹星罗棋布,古今文化交相辉映,是一处内涵丰富、特色鲜明的旅游胜地,也是中国恐龙之乡、彩陶之乡、花儿之乡、傩文化之乡。

(2) 推荐诗词

诗文:　崚嶒赤壁接云程,一抹浓红入望明。
　　　　琢就珊瑚成突兀,高临霄汉显峥嵘。
　　　　千寻石柱凭空起,万斛丹砂似染尘。
　　　　几次凿山曾避难,幸蒙佛佑迪清平。

——清·罗锦山《赤壁崚嶒》

[赏析] 这是清朝罗锦山笔下的永靖黄河赤壁、黄河三峡的景观风貌。这个画面中有黄河赤壁千寻石柱凭空起的崚嶒突兀与高临霄汉显峥嵘的形状描绘,也有浓红、丹砂的色彩描绘,奇特瑰丽、刚柔并济的特点通过诗词就可以让我们一览无余,画面色彩明丽,颇具感染力。

4. 壶口瀑布

(1) 景点简介

黄河壶口瀑布旅游区位于晋陕大峡谷中段,是世界上最大的黄色瀑布（图2-17），有"千里黄河一壶收"的美誉。特别是每年夏秋季节，黄河壶口段受黄河中上游降雨和水库调水影响，水流增大，形成绵延数百米的瀑布群景观，蔚为壮观。

图2-17 壶口瀑布

（2）推荐诗词

诗文： 源出昆仑衍大流，玉关九转一壶收。
　　　双腾虹浅直冲斗，三鼓鲸鳞敢负舟。
　　　桃浪雨飞翻海市，松崖雷起倒蜃楼。
　　　鳌头未可寻常钓，除是羽仙明月钩。

——明·惠世扬《壶口》

[赏析] 惠世扬为明万历三十五年（1607年）进士。虽值贬寓，僻居一隅，但豪思纵放、气势高迈，言简意赅地描述了壶口瀑布的气吞山河之势、声绝九霄之壮，万般风情和冲天撼地的磅礴雄姿，历来为世人所称道。

5. 黄河口生态旅游区

（1）景区简介

黄河口生态旅游区位于山东省东营市黄河入海口（图2-18），依托国家级自然保护区而建，拥有河海交汇、新生湿地、野生鸟类

图 2-18 黄河入海口

三大世界级旅游资源，亦拥有我国暖温带最广阔、最完整、最年轻的湿地生态系统，是中国六大最美湿地之一。2020 年 1 月，黄河口生态旅游区被评为国家 5A 级旅游景区。

（2）推荐诗词

诗文： 白日依山尽，黄河入海流。
　　　欲穷千里目，更上一层楼

——唐·王之涣《登鹳雀楼》

[赏析] 此诗只有二十个字，但意境非常壮阔。前两句写所见，诗人遥望一轮落日向着楼前的群山西沉，在视野的尽头冉冉而没；而流经楼前的黄河奔腾咆哮、滚滚而来，又在远处折而向东，流归大海。诗人运用极其朴素、极其浅显的语言，既高度形象又高度概括地把进入视野的万里河山，收入短短十个字中，画面宽广辽远。后两句写所想，"欲穷千里目"写诗人一种无止境探求的愿望。整首诗看起来只是平铺直叙，但其含意深远，耐人寻味。尤其是后两句议论，别出新意，饱含哲理，成为千古传诵的名句，也使这首诗成为一首千古绝唱。

任务实施

一、旅游风貌通讯的写作要点

1. 主题要明确

有了明确的主题，取舍材料才有标准，起笔、过渡、高潮、结尾才有依据。旅游风貌通讯需围绕素材，凸显与旅游相关的主题。

2. 材料要精当

需要按照主题思想的要求，精心选材，把最能反映事物本质的、具有典型意义的和最有吸引力的材料写进去。

3. 方法要灵活

写作方法要灵活多样，除叙述外，可以描写、议论，也可以借助细节描写，穿插人物对话、自叙和作者的体会、感受，既可以用第三人称的报道形式，也可以写成第一人称的访问记、印象记或书信体、日记体等。

4. 凸显风貌变化

旅游风貌通讯的写作重在呈现名胜古迹的风貌、风土人情与人民生活状况及国家建设的成就等，需要作者善于发现典型，抓住特点；善用对比衬托；丰富知识，增添趣味；叙论结合、情景交融，重点突出"新"和"变"。

二、旅游风貌通讯写作范例

黄河入海口展现生态新画卷

万里黄河自青藏高原巴颜喀拉山，一路穿山越岭，奔腾向东，最终在山东省东营市注入渤海。

昔日的黄河入海口是一片盐碱滩涂，雄浑中尽显苍凉。因缺乏环境保护意识，土地受到污染，水质堪忧，打猎、设网捕鸟的现象屡禁不止。

在推进黄河流域生态保护和高质量发展战略下，黄河沿线的生态环境、脱贫致富、产业升级有了很大发展。地处黄河入海口的山东省东营市在生态建设、绿色发展等方面取得了巨大进步。

东营市投资8亿元人民币开发的九大旅游项目逐步展开，这些旅游项目包括以芦竹产业为主体的10万亩观光农业区、以胜利油田科技展览中心作为旅游景点的石油工业旅游区、黄河口湿地生态旅游区、山东省最大的城市公园——清风湖公园和中国北方最大的平原水库——天鹅湖公园的新建项目。还有位于东营市河口区孤岛镇的亚洲面积最大的人工刺槐林,面积达1.2平方千米。

2021年10月,习近平总书记考察黄河入海口时,当地负责同志介绍说:"我们这里是中国东方白鹳之乡、黑嘴鸥繁殖地,去年以来还新发现了火烈鸟、白鹈鹕、勺嘴鹬。这些年通过退耕还湿、退养还滩,推进湿地修复,生态环境越来越好,最多的时候年游客量有60万,我们限定了每天最大游客量。"

黄河入海口坚持绿色发展的理念,呈现出生态美与百姓富的美丽新画卷,令人陶醉。

(《生态周刊》2021年10月24日 记者××)

任务拓展

城市是文明传承的核心载体,黄河流域拥有中国八大古都中的五个:西安、洛阳、开封、安阳、郑州。以黄河流域历史文化名城为依托,集中展现古都古城的历史文化内涵和现代城市文明成就,便于让游客体验中华文明5 000年的生生不息与新时代建设的辉煌成果。请你以"黄河古都新城"为旅游主题,设计旅游线路,并结合旅游诗词的提示,选择其中一个城市撰写相关的旅游风貌通讯。

任务五 白水瀑布信奇绝
——黄果树瀑布

[任务分析] 光明旅行社组织某学校旅游专业的实习生分小组开展了"诗词+旅游"一日游的导游词创作活动。第一小组的任务是为前往黄果树瀑布旅游的初中学生旅游团创作导游词。小组成员想要完成本任务,必须要了解黄果树景区的景点分布以及与之相关的诗词文化,认真分析旅游需求,做好一日游的时间安排,根据旅游团的年龄特点,让同学们在游中学,在学中游,在导游词的设计中充分体现古诗词文化,让游客领略黄果树瀑布的魅力。

知识储备

一、飞流直泻碧潭中

黄果树旅游区位于贵州省西南部,景区平均海拔900米,总面积163平方千米,是第一批国家级重点风景名胜区和国家首批5A级旅游区,主要景区包括黄果树风景名胜区、天星桥景区、陡坡塘景区等。

景区环境优美,景色迷人,空气清新,每立方厘米空气中含负氧离子2.8万个以上,素有"天然大氧吧"之称。景区内分布着雄、奇、险、秀风格各异的大小18个瀑布,形成一个庞大的瀑布"家族"。黄果树瀑布是亚洲第一、世界第三的大瀑布,水势浩大,气势磅礴,景象壮观。

小链接
世界最大的瀑布——维多利亚瀑布(非洲)
世界最宽的瀑布——伊瓜苏瀑布(南美洲)

二、众里寻她

本次接待的旅游团由初中学生组成,年龄不大,且对景区景点的自然风光与人文内涵充满好奇。因此,小组成员可选取黄果树瀑布、水帘洞、陡坡塘、天星桥等有代表性的景区景点,不仅要安排自由拍照、游玩,还要安排景点相关的文化讲解,尤其是深入浅出地讲解诗词，辅以趣味游戏，满足初中学生的旅游需求。

1. 黄果树瀑布

（1）景点简介

黄果树瀑布（图 2-19），位于安顺市镇宁县境内的白水河上，古称白水河瀑布，亦名"黄桷树"瀑布，因分布着一种名为"黄葛榕"的植物而得名。黄果树瀑布高约 77.8 米，宽 101 米，因水流的侵蚀作用而形成，是喀斯特地貌中的侵蚀裂典型瀑布。白水河先是形成了一个落水洞型瀑布，后来随着河流侵蚀、溶蚀、侧蚀作用在地壳间歇抬升及后期温湿气候中，水动力逐渐加大等因素影响下，落水洞的洞顶逐步坍塌，现今雄伟壮观的黄果树大瀑布终于呈现，已有 5 万年的历史。

（2）推荐诗词

诗文：匡庐瀑布天下称奇绝，何如白水河灌犀牛潭。

银汉倒倾三叠而后下，玉虹饮涧万丈那可探。

——清·田雯《白水岩放歌》（节选）

[赏析] 此诗为九言诗，这是继二言、三言、五言、七言诗体后出现的一种中国传统诗体，每句九字，以偶数句式为主。诗歌开篇以水写水，先写庐山瀑布已是天下奇景，但在诗人眼中却不如白水河落入犀牛潭而形成的黄果树瀑布，在对比中展现瀑布之

图 2-19
黄果树瀑布

诗风词韵吟胜水——黄果树瀑布

奇。同时，诗人采用"灌"这一动词，也写出了白水河水量充沛，进一步点明黄果树瀑布水势浩大的特点。后一句从视觉的角度描写黄果树瀑布的特点，运用比喻的手法，写瀑布犹如银河流泻，彩虹倒垂，"银汉倒倾""玉虹饮涧"既写出了黄果树瀑布的高耸，也写出了瀑布在阳光照耀下的绚丽色彩，同时也赋予了读者无限想象的空间。

图 2-20 水帘洞

小链接

徐霞客

徐霞客（1587—1641年），名弘祖，字振之，号霞客，明代地理学家、旅行家。徐霞客的足迹遍及名山大川，他将自己的考察所得记载在日记中，逝后其日记被整理成《徐霞客游记》。明崇祯十年（1637年）徐霞客游历贵州，途经黄果树瀑布，在日记中对黄果树瀑布进行了细致的描绘，黄果树瀑布也因此扬名。

水帘洞

黄果树瀑布后面半山腰有一个长 134 米的水帘溶洞（图 2-20），主要景点有倒挂仙人掌、古榕悬根、藤帘、袖珍花园、鼓风口、水晶宫等。游人穿行于水帘洞中，可从水帘洞的各个洞窗可以看到瀑布巨大的水流轰然从面前跌下，阳光下虹霓若隐若现，宛如人间仙境。

2. 陡坡塘瀑布

（1）景点简介

陡坡塘瀑布（图 2-21）位于黄果树瀑布上游 1 千米处，瀑宽 105 米、高 21 米，是黄果树瀑布群中最宽的天然坝型瀑布。陡坡塘瀑布在水量大时，会变得异常凶猛雄壮，直坠瀑布下方钙化堆积而成的洞穴，形成奇特的汽笛效应，发出巨大的轰隆声，因此陡坡塘瀑布又称"吼瀑"。在水流不大时，陡坡塘瀑布就显得十分清秀妩媚。水流沿着和缓的瀑面，均匀地撒开，如一层薄薄的、半透明的面纱，又如一面面张开的素绢扇面，故而又有人称陡坡塘瀑布为"新娘面纱"。

（2）推荐诗词

诗文：文章之妙避直露，自半以下成霏烟。
　　　银虹堕影饮馘錾，天马无声下神渊。
　　　沫尘破散汤沸鼎，潭日荡漾金镕盘。

图 2-21
陡坡塘瀑布

白水瀑布信奇绝，占断黔中山水窟。
世无苏李两谪仙，江月海风谁解说。

——清·郑珍《白水瀑布》（节选）

[赏析] 黄果树瀑布古称白水河瀑布，这首诗布局精巧，以较大篇幅多层面地描写了瀑布的壮美景观。用"文章之妙避直露"的比喻来形容瀑布入潭时的大转折。由于河床落差大、水势猛，掀起高浪，"自半以下成霏烟"写出瀑布入潭时下端雨垂烟接的情景。中间两句描绘瀑布飞流而下的具体形象，化用李白的"隐若白虹起"，用"银虹"比喻瀑布，借"天马"写瀑布下落之迅疾。"沫尘破散汤沸鼎，潭日荡漾金镕盘"两句描写潭水受冲刷后水沫飞溅与红日照射下潭水波翻浪动的情景。诗人观景后，以"奇绝"二字赞叹瀑布的独特风光，以"占断黔中"评价它是贵州最佳山水。借苏轼、李白等诗仙之作，写瀑布之美。当年李白用"海风吹不断，江月照还空"的诗句来形容庐山瀑布之佳，而今谁能"解说"白水瀑布的"奇绝"呢？无限惋惜尽在不言之中，道出了白水瀑布的雄奇美妙，进一步增加了读者的遐想。

3. 银链坠潭瀑布

（1）景点简介

天星桥景区位于黄果树大瀑布下游 7 千米处，这里主要观赏石、树、水的美妙结合，是水上石林变化而成的天然盆景区。银链坠潭瀑布（图 2-22）是天星桥景区的最佳代表，在黄果树庞大的瀑布家族中，它因千丝万缕的奇特形态和如泣如诉的柔美瀑声而闻名。银链坠潭瀑布上面如扇形，向下渐变成漏斗形状，底部是槽状的溶潭。水流到此围圆石而下，交错搭连，曼妙神奇，宛如条条银链坠入深潭，绚丽无比。

（2）推荐诗词

诗文：即视长空曳素练，百幅千幅鹅溪绢。
　　　天矢雨集下玉箭，五月晴霄忽飞霰。
　　　喷沫跳珠湿两岸，白雾迷漫风不散。
　　　此间傥可便乘槎，拟唔张骞话星汉。

——清·国梁《还过白水河》（节选）

[赏析] 诗歌前六句写景，先用比喻把瀑布比作高空中飘挂的白色绢帛，鹅溪绢指的是产于四川省盐亭县鹅溪的绢帛，因其细腻绵密而成为唐代贡品。"曳"字点明瀑布的摇曳生姿。诗人将黄果树瀑布比作千幅万幅鹅溪绢，写瀑布的水势绵密，光彩夺目。后将瀑布水流比作从天上射出的玉箭，瀑布跌宕下落而成的水雾，却让诗人好像看到了五月飘雪，足见其水势阔大。"喷""跳"两个动词形象地写出了黄果树瀑布落下后水花飞溅，白雾弥漫的景象。最后一句借景抒情，诗人化用张骞出使的典故，借天河与海相通的传说，抒发了浪漫遐想。

图 2-22
银链坠潭瀑布

任务实施

一、导游词创作的选题

要做好选题工作，应当遵循下面两个原则：

1. 创新原则

不论是自然景观还是人文景观，都有悠久的历史，一般都有着大量的口头流传的故事或丰富的文学材料。创作导游词时要广泛收集材料，经过认真阅读、分析、比较，筛选出优秀的、科学的、符合时代精神的、富有艺术的部分，要善于"推陈出新"，有新见解、新角度。

2. 个性原则

导游词一定要突出所描写景观的个性，即充分揭示其本身独有的、不同于其他任何景观的特色。个性即特色、特点，是独一无二的东西，个性越鲜明，则旅游资源的价值越高。例如，名山各有个性：泰山的雄、华山的险、黄山的奇、峨眉的秀等。创作导游词时一定要深刻地挖掘所要描写对象的个性，绝不能停留在泛泛的描述上，落入俗套。

再比如历史文化遗产类的人文资源，应尽可能保持其原来的风貌，特别是古建筑与古典园林，除审美价值外还具有历史价值，在一定程度上反映古人的审美意识与生活情趣。

二、导游词创作范例

同学们：

大家好！我是导游员小汪。欢迎大家来到美丽的黄果树瀑布，今天我们将一起欣赏黄果树瀑布的自然风光，品读诗词歌赋，开启充实而又美好的一天！

自明代地理学家、旅行家、散文家徐霞客对黄果树瀑布进行考察和记录后，黄果树瀑布才被许多文人学者所熟悉，留下了不少赞颂的诗篇。明末才子谢三秀诗中有"素影空中飘匹练，寒声天上落银河"；清康熙年间曾任贵州巡抚的田雯曰"匡庐瀑布天下称奇绝，何如白水河灌犀牛潭"。清代诗人郑珍用"九龙浴佛""五剑挂壁""美人乳花""神女佩带"来描述黄果树瀑布，更赞叹"白水瀑布信奇绝，占断黔中山水窟"。这些诗词与黄果树瀑布相互呼应，大家可以在拍照打卡时猜一猜，将这些诗句与瀑布美景一一对应。

同学们，大家看，这就是黄果树瀑布，它高77.8米、宽101米，是亚洲第一大瀑布、世界上著名的大瀑布之一，也是世界上唯一能从前、后、左、右、上、下六个角度观赏的大瀑布。我们现在听到的"轰隆隆"的巨大声响就是瀑布跌落的声音。黄果树瀑布水势浩大，溅起的水雾可弥漫数百米以上，瀑布左侧崖顶上的寨子和街市常常被溅起的水雾所笼罩，这就是"银雨洒金街"。

接下来，我们要穿过瀑布的心脏——水帘洞，大家注意脚下湿滑。在古典名著《西游记》中，吴承恩用奇幻妙笔描绘了一个神奇莫测的神话世界，其中对水帘洞进行了精彩描述："潺湲名瀑布，直似挂帘帷。"这样一个神仙洞府着实使人向往。接下来咱们就一起走进86版《西游记》水帘洞的取景地。

请大家顺着我的手势看过去，那就是瀑布跌落处——犀牛潭。此潭因传说有神犀潜藏水底而得名。潭水神秘幽深，至于潭中的神犀，谁也没有见过，但每每驻足，都会让我们浮想联翩。若是晴天，由于阳光的折射，还可以透过瀑布冲击时溅起的雨雾看到从深潭中升起的七色彩虹。古人说："天空云虹以苍天作衬，犀牛潭云虹以雪白之瀑布衬之。"故有"雪映川霞"的美称。

同学们，我们继续朝前走，马上就到水上吊桥了，请大家跟紧我，一定注意脚下安全。

任务拓展　庐山瀑布被誉为中国最秀丽的十大瀑布之一，吸引了众多的文人墨客，其中最为著名的便是李白《望庐山瀑布》中"飞流直下三千尺，疑是银河落九天"的名句。请你建立一个学习团队，以"追寻诗人足迹，畅游庐山瀑布"为主题进行导游词创作。

任务六 千里黄河一壶收——壶口瀑布

[任务分析] 光明旅行社组织某学校旅游专业的实习生分小组开展了"诗词+旅游"一日游的导游词创作活动。第二小组的任务是为前往壶口瀑布的高二研学旅游团创作导游词。小组成员想要完成本任务，必须要了解壶口瀑布不同季节的观赏景点以及与之相关的诗词文化，认真分析团员的旅游需求，让游客在领略壶口瀑布魅力的同时，感受诗词文化的意蕴，同时积累一定的文学、地理、文化知识。

知识储备

一、一水中分秦晋异

黄河壶口瀑布风景区是国家重点风景名胜区、国家地质公园和地质遗迹保护区、国家5A级旅游景区。地处晋陕大峡谷中段，滔滔黄河到此被两岸苍山挟持，被誉为"黄河奇观"。

二、众里寻她

本次接待的研学旅游团以高中生为主，对于诗词文化、古代历史、自然地理都有一定的知识储备。因此，小组成员可选取壶口瀑布、孟门山等具有代表性的文化景区景点。在讲解时，可以通过提问、互动等方式，激发学生观察、学习、探索的主动性，在观景的同时完成研学目标。

1. 黄河壶口瀑布

（1）景点简介

黄河壶口瀑布（图2-23）为世界上最大的黄色瀑布，因两岸高山挟持，黄河河水到这里犹如进入一个狭窄的瓶颈，河面由300米骤减至50米，形成落差达二三十米的瀑布，浊浪滔天、气势壮观，有"千里黄河一壶收"之称。

（2）推荐诗词

诗文： 星宿发源自碧空，凿开壶口赖神功。
　　　吐吞万壑百川浩，出纳千流九曲雄。
　　　水底有神掀石浪，岸傍无雨挂长虹。
　　　朝奔沧海夕回首，指顾还西瞬息东。

——明·张应春《观壶口》

图 2-23
黄河壶口瀑布

［赏析］整首诗语言凝练，首句将星宿与壶口并举，写星宿自碧空发源，壶口因神功而凿。民间传说，大禹治水时有神龙相助，龙身一摆辟出一道石槽，龙足一顿踏出千丈深潭，洪水由此流泻而去。事实上，由于瀑流冲切力巨大，日久天长硬生生从坚石上冲出一道狭长岩沟。广纳百川的壮阔、九曲黄河的雄伟都体现在壶口瀑布中。在这里，水底有神灵能够掀起石浪，岸边无雨却有彩虹，水流奔腾，瞬息万变。全诗气势磅礴，同时富于浪漫的想象，描绘出壶口壮阔之美。

2. 孟门山

（1）景点简介

孟门山（图 2-24）距壶口瀑布下游 5 000 米处，有两个河心岛，被称为"九河之蹬"。大孟门岛南面石崖上，小孟门岛在大孟门岛

图 2-24
孟门山

上游 10 多米处。这两个河心岛全由呈水平状产出的块状灰绿色砂岩组成。

（2）推荐诗词

诗文： 峨冈矗矗水洋洋，银汉横空夜未央。
河底有天涵兔魄，山间无物掩蟾光。
清辉厚积千林雪，寒气转飞九陌霜。
因甚孟门开宝镜，姮娥向晚理残装。

——明·张周祜《孟门夜月》

[赏析] 每当农历月半，夜临孟门，可见河底皓月高悬。站北南望，水中明月分为两排飞舞而下；立南北望，水中明月合而为一迎面而来，人们称这一景色为"孟门夜月"。这首诗写的便是这一景观。诗人先写孟门山冈高峻，河水广远无涯，深夜时银河当空，后借用玉兔、蟾光、嫦娥等与月亮相关的传说，为"孟门夜月"这一美景更增添了一抹浪漫神秘的色彩。全诗语言清丽，更引发了读者对美景的无限遐想。

任务实施

一、导游词创作的基本要求

1. 准确性

导游词中所涉及的各类资料要真实可靠，有据可查，语言表述力求规范、准确。

2. 针对性

明确旅游主题，针对旅游者的身份和特点进行导游词创作，做到"因团施策""因人施策"。

3. 生动性

口语化与书面语有机融合，恰当运用修辞手法及其他艺术表现手法增强导游词的幽默性、趣味性和生动性。

4. 文化性

要挖掘旅游景点的文化内涵，结合旅游主题创作高品位的导游词。

5. 互动性

与旅游者进行有效交流,可以运用设悬念法、问答法等加强互动,使旅游者成为旅游的真正主人。

6. 教育性

旅游资源是思想政治教育的重要载体,旅游从业人员应结合旅游主题,结合旅游者的特点深挖其思政教育内容,并在导游词创作中有机融入,让旅游者在游览的同时提高自身修养。

二、导游词创作范例

各位同学:

大家好!我是导游员小李。"风在吼,马在叫,黄河在咆哮,黄河在咆哮!"这首《黄河大合唱》相信大家都不陌生。大家也都曾从90版的50元人民币上见过壶口瀑布的风采。今天,我们就一起走近壶口瀑布,听黄河咆哮,赏瀑布美景,感人文历史。

壶口之名,得来已久。《禹贡》曰:"盖河漩涡,如一壶然。"《古今图书集成》谓:"山西崖之脚,尽受黄河之水,倾泻奔放,自上而下,势如投壶。"《水经注》记载:"禹治水,壶口始。"传说壶口是公元前2140年大禹治水时凿石导河之处。

"黄流滚滚入壶中,九折波涛此地雄",壶口瀑布虽是中国第二大瀑布,却是全世界第一大黄色瀑布,其流速之急、浪涛翻滚之猛,其他瀑布无法比拟。由于四季气候和水量的差异,壶口一年四季景色各不相同,无论何时来都是"不虚此行"。早春,冰块跌落,巨龙掀浪,声似雷鸣;炎夏,河水汹涌,浊浪排空,气势磅礴;金秋,雾气腾空,风雨迷离,如诗如画;隆冬,冰桥出现,冰凌倒挂,蔚为壮观。

我们现在已经来到了壶口岸边。看壶口瀑布,不能不知道八大奇观:水底冒烟、旱地行船、霓虹戏水、山飞海立、晴空洒雨、旱天惊雷、冰峰倒挂、十里龙槽。大家细看脚下的黄河石岸,就会发现断断续续的摩擦痕迹,这就是壶口八大奇观之一旱地行船的船道。在古代,黄河的商业作用非常巨大。明清时代的商品都是依靠黄河水运南下进行销售的。但是由于壶口落差大、龙槽窄、水流急,货船根本无法航行，只得用人力拉纤拖出水面，沿山西一侧拉过龙槽，再进入河中继续航行。旱地行船时艄公们唱着船歌，纤夫们喊着号子，推、拉、牵、挽，互相呼应；场面极其壮观。

我左手方向，就是十里龙槽。龙槽是大自然的杰作，是滚滚的黄河水千万年来冲刷切割的结果。由于壶口瀑布终年累月的向下冲击因而在河床上留下一道深壕，而且每年都在加长，至今已有5千米之远，恰似一条匍匐在地的长龙，故名十里龙槽。

壶口瀑布这些壮观的美景也化为历代文人墨客笔下的诗句，流传至今。明代陈维藩在《壶口秋风》中言"碧空昨夜渡宾鸿，壶口波兮思禹功"，将壶口瀑布与大禹治水的传说相联系。明代张应春在《观壶口》中写"吐吞万壑百川浩，出纳千流九曲雄"，强调壶口瀑布的壮阔之境与豪迈之气。清代文人刘龙光诗云"渴马奔泉近，山雷震谷声"，突出壶口瀑布雷霆万钧之势。

下面，我们将近距离感受壶口瀑布的壮观。请大家注意脚下，稍后我再给大家详细讲解。

任务拓展

三峡大瀑布原名白果树瀑布，是"中国十大名瀑"之一，2022年经批准成为国家5A级旅游景区，是展示震旦纪、奥陶纪、寒武纪等多个地质年代的天然地质博物馆，也是世界上少有的集峡谷、溶洞、山水、化石文化为一体的国家级地质公园。请你建立一个学习团队，以"观地质奇景，游三峡大瀑布"为主题进行导游词创作。

任务七 云雾润蒸华不注——趵突泉

[任务分析] 某中职学校导游社团与行远旅行社联合组织社团成员进行济南趵突泉公园一日游，本次旅游旨在带领成员感受济南名泉之冠——趵突泉的胜景，并寻访"千古第一才女"李清照的遗踪。在此基础上，结合倡议书的写作要领，为大家提出"护河保泉，人人有责"的倡议。

知识储备

小链接

济南三大名胜
趵突泉、千佛山、大明湖。
济南四大名泉
趵突泉、黑虎泉、五龙潭、珍珠泉。

诗风词韵吟胜水——趵突泉

一、家家泉水，户户垂杨

济南，别称泉城，山东省省会城市，因境内泉水众多，拥有"七十二名泉"，素有"四面荷花三面柳，一城山色半城湖"的美誉。济南不仅是拥有"山、泉、湖、河、城"独特风貌的旅游城市，也是国家历史文化名城、首批中国优秀旅游城市，是史前文化——龙山文化的发祥地之一。济南孕育了名医扁鹊、名相房玄龄、名将秦琼、"婉约派"才女李清照、"豪放派"词人辛弃疾等众多历史名人。境内有千佛山、大明湖、灵岩寺等名胜古迹。

二、众里寻她

趵突泉公园位于济南市市中心，南倚千佛山，北临大明湖，东与泉城广场连接，因园内有因"天下第一泉"著称的趵突泉而得名，是一座以泉水、人文景观为主的文化名园。本次接待的是某中职学校导游社团，所设计线路不仅要让学生感受天下第一名泉的胜景，还要让他们充分感受趵突泉景区蕴含的深厚文化底蕴，所以特设计趵突泉一日游，主要集体游览路线为趵突泉—观澜亭—李清照纪念堂—漱玉泉。

1. 趵突泉

（1）景点简介

趵突泉（图2-25）北临泺源堂，西傍观澜亭，东架来鹤桥，南有碑刻长廊围合。泉水有三个出水口，水质清冽甘美，水量巨大。趵突泉三窟鼎立，"泉源上奋，水涌若轮"。"趵突腾空"被古人列为济南八景之一。自古至今，趵突泉都是济南的象征，历来就有"不到趵突泉，空负济南游"之说。

（2）推荐诗词

诗文：泺水发源天下无，平地涌出白玉壶。
　　　谷虚久恐元气泄，岁旱不愁东海枯。
　　　云雾润蒸华不注，波澜声震大明湖。
　　　时来泉上濯尘土，冰雪满怀清兴孤。

——元·赵孟頫《趵突泉》

图2-25
趵突泉

［赏析］1292年夏，赵孟頫被任命为同知济南路总管府事。公事之余，他寄情于济南的山水名胜，诗作《趵突泉》是其咏泉的得意之作。"云雾润蒸华不注，波澜声震大明湖"，诗中最为人称道的是此联。蒸腾的云雾仿佛能升起华不注山，泉声甚至震动了大明湖。诗句所绘趵突泉的浩大声势，不仅印证了张养浩所谓的"三尺不消平地雪，四时常吼半空雷"，而且与杜甫笔下的"气蒸云梦泽，波撼岳阳城"有异曲同工之妙。整首诗，作者绘色、绘形、绘声、绘情，绘出了"天下第一泉"的魅力所在。

2. 观澜亭

（1）景点简介

趵突泉西边的亭子叫"观澜亭"（图2-26），原为北宋熙宁年间史学家刘诏（官至寺丞）庭园中的建筑物，名"槛泉亭"，后倾圮。明天顺五年（1461年）钦差大臣韦、吴二人来济，乃于泉旁构亭（另说为巡抚胡缵宗建），名为"观澜"，"观澜亭"三个字是明代书法家邢侗所写。亭始建于北宋熙宁年间，建造讲究，为历代文人称颂。

图 2-26 观澜亭

观澜亭上的楹联是张养浩的诗句"三尺不消平地雪,四时长吼半空雷",道出了趵突泉的喷涌气势,此楹联是由我国著名书法家武中奇题写。

(2)推荐诗词

诗文: 连山带郭走平川,伏涧潜流发涌泉。
汹汹秋声明月夜,蓬蓬晓气欲晴天。
谁家鹅鸭横波去,日暮牛羊饮道边。
滓秽未能妨洁净,孤亭每到一依然。

——宋·苏辙《槛泉亭》

[赏析] 苏辙在济南任职时,遍游济南名胜,多有题咏,《槛泉亭》即其中之一。苏轼曾题"枯木一枝"于槛泉亭壁。不过据苏辙此诗所写情景,可以想见趵突泉当时并未辟为园林,鹅鸭横波,牛羊饮溪,颇具山野风味。

3. 李清照纪念堂

(1)景点简介

济南李清照纪念堂位于趵突泉公园内,漱玉泉旁,1959年始在原丁公(丁宝桢)祠处辟建而成,1999年进行较大规模扩修建,现今面积达 4 000 余平方米,纪念堂采用宋代建筑风格,整个建筑布局精巧和谐。纪念堂门前有郭沫若撰写的山东济南李清照纪念堂联：大明湖畔，趵突泉边，故居在垂柳深处；漱玉集中，金石录里，文采有后主遗风（图2-27）。

（2）推荐诗词

诗文： 常记溪亭日暮，沉醉不知归路。兴尽晚回舟，误入藕花深处。

争渡！争渡！惊起一滩鸥鹭。

——宋·李清照《如梦令》

［赏析］此词乃李清照无忧无虑的青春生活写照。"沉醉""兴尽"中的惬意溢于言表，以致乐而忘返，"不知归路""晚回舟"，行文自然，不漏斧凿之痕。结尾的"误入藕花深处。争渡！争渡！惊起一滩鸥鹭"极具画面感，青春的气息扑面而来，活泼欢愉，令人深受感染。

图2-27 李清照塑像

4. 漱玉泉

（1）景点简介

漱玉泉（图2-28）泉池呈长方形，周围砌以汉白玉栏杆。泉水从池底冒出，形成串串水泡，在水面破裂，嘶嘶作响，漫石穿隙，如同漱玉。"玉"一词源于《世说新语·排调》中的"漱石枕流"。相传这里是李清照的故居所在，她常来此处对着池中清明如镜的泉水梳洗打扮，吟诗填词，她的作品《漱玉词》即以此泉命名。

图2-28 漱玉泉

(2) 推荐诗词

诗文： 南泉漱玉派匡庐，应是云门瀑布余。

　　　月照波心清可鉴，岂无湘女解琼琚。

——明·晏璧《七十二泉诗·南漱玉泉》

[赏析] 诗歌中"南泉漱玉派匡庐，应是云门瀑布余"对漱玉泉水源流做了推断。"月照波心清可鉴"写出了月下漱玉泉水的清澈可人，既增加了画面的清幽，又丰富了读者的想象空间，"岂无湘女解琼琚"以反问做结，言有尽而意无穷。

任务实施

倡议书是为倡议、发起某项活动而写的号召性的公开提议性的专用书信。它作为日常应用写作中的一种常用文体，在现实社会中的应用较为广泛，对精神文明建设具有重要意义。

一、倡议书写作要点

倡议书一般由标题、称呼、正文、结尾、落款五部分组成。

1. 标题

倡议书标题一般由文种名单独组成，即在第一行正中用较大的字体写"倡议书"三个字。另外，标题还可以由倡议内容和文种名共同组成。如"文明旅游倡议书"。

2. 称呼

称呼一般顶格写在第二行开头。倡议书的称呼可依据倡议的对象而选用适当的称呼。有的倡议书也可不用称呼，而在正文中指出。需要特别指出的是，倡议书像其他专用书信一样，不写问候语。

3. 正文

一般在第三行空两格写正文。倡议书的正文需包括以下内容：

（1）写明倡议书的背景、原因和目的。倡议书的发出贵在引起广泛的响应，只有交代清楚倡议活动的原因以及当时的各种背景事实，并申明发布倡议的目的，人们才会理解和信服，也才会自觉地采取行动。

（2）写明倡议的具体内容和要求。这是正文的重点部分。倡议的内容一定要具体化，一般要条分缕析，以便读者清晰明确、一目了然。

4. 结尾

结尾要表示倡议者的决心、希望或写出建议。

5. 落款

落款即在右下方写明倡议者单位、集体或个人的名称或姓名，并署上发倡议的日期。

二、倡议书范例

"节水护泉"倡议书

尊敬的泉城市民：

大家好！泉水是济南的名片，泉城济南的胜景与我们每个人节水护泉的理念与行动息息相关。只有切实行动起来，泉城济南才能实至名归，济南的清泉也才能生生不息。所以，我们倡议泉城市民齐心协力，在日常生活中努力做到以下几点：

（1）秉持节水护泉理念。增强水忧患和水危机意识，充分认识惜水、爱水、护水的必要性和节水护泉的重要意义，自觉树立节约光荣、浪费可耻的用水观念。

（2）践行节水习惯。从生活中的点点滴滴入手，从节约厨房一盆水、浴室一缸水、洗衣一桶水做起，积极使用节水器具，杜绝"长流水"，坚持一水多用，让节约用水成为每个单位、每个家庭、每个人的自觉行动。

（3）争做节水护泉卫士。积极参与各类节水宣传活动，倡导节约用水理念，发动更多人加入"节水保泉"行动中，维护好、传播好家乡济南"泉城"的城市名片，营造人人节水的良好氛围。

（4）参与节水型城市建设。主动学习国家节水型城市、海绵城市、水生态文明城市等建设理念，发挥自身优势，从我做起，积极参与到节水城市建设中去，从而形成强大的社会合力，推动我市节水城市建设。

同住一座城，共爱一个家。让我们行动起来，从现在做起，从自身做起，从点滴做起，"养成节水好习惯，树立绿色新风尚"，用爱心和责任凝聚成强大的力量，塑造人水和谐的绿色文明泉城！

泉城节水志愿服务队
2022年7月25日

任务拓展

倡导文明旅游是提高社会文明程度、促进社会和谐、形成良好社会风尚的有效途径，每位游客和旅游从业者责无旁贷。毕业季，很多高三同学打开毕业旅行的方式，来和自己的高中生活做美好的告别。请你以旅游从业者的身份，深入思考，以"文明旅游，你我同行"为主题，写一份倡议书。

任务八 芽茶烹得与尝新——虎跑泉

[任务分析] 本任务是带领某高中茶文化研学旅行团的成员,在已了解西湖龙井茶的基础上,来到虎跑泉,开展"虎跑山泉居品茗会"活动。活动中,成员们观泉、品茗,并结合有关虎跑泉的神话传说、名家诗词及名人故事等,深刻地体悟杭州名泉与名茶的相得益彰,也深刻体会名人与名诗、名泉、名茶邂逅的美好,并结合旅游广告写作的规范,尝试旅游广告的撰写。

知识储备

一、西湖名泉

玉泉、杭州大慈山下的虎跑泉、龙井山中的龙井泉合称西湖三大名泉。龙井、虎跑泉水早就被杭城市民、游客所熟知,而玉泉则一直披着神秘的面纱,只听其声不见其面。玉泉和灵隐寺有着一定的渊源,从玉泉至灵隐寺之间,是一巨大洪积扇,构成了良好的透水岩层,当大气降雨和地表溪流从桃源岭、北高峰、天竺山等三面向玉泉一带汇流到达谷口洪积扇顶部时,绝大部分地表水经渗透转变成为地下水,地下水顺着倾斜地形,最后涌出地表,便成玉泉。

二、众里寻她

本次接待的高中研学旅行团成员在系列茶文化参观活动中,对中国茶文化与茶艺表演有了一定的认识和体验。为了让成员们更好的理解泉之于茶的重要性,特组织虎跑泉一日游,以"虎跑泉山泉居品茗会"为活动主要内容,游览线路为虎跑泉—山泉居茶楼—济公殿—济公塔院—李叔同纪念馆。

虎跑泉

（1）景点简介

虎跑泉（图2-29）位于浙江省杭州市西南大慈山白鹤峰下慧禅寺（俗称虎跑寺）侧院内，虎跑泉是一个两尺（约66.67厘米）见方的泉眼，泉后壁刻着"虎跑泉"三个大字，为西蜀书法家谭道一的手迹。泉水晶莹甘洌，居西湖诸泉之首。虎跑泉原有三口井，后合为二池。在主池泉边石龛内的石床上，高僧寰中侧身卧睡，神态安静慈善。另外，栩栩如生的两只老虎正从石龛右侧向入睡的高僧走来，形象十分生动逼真。这组《梦虎图》浮雕寓神仙给寰中托梦，派遣仙童化作二虎搬来南岳清泉之典。

（2）推荐诗词

诗文：　　　　游虎跑泉

竹床松涧净无尘，僧老当知寺亦贫。
饥鸟共分香积米，落花常足道人薪。
碑头字识开山偈，炉里灰寒护法神。
汲取清泉三四盏，芽茶烹得与尝新。

——明·袁宏道《游虎跑泉》

[赏析]"竹床松涧净无尘"，起笔先写寺外，松荫下，清涧边，僧人的竹床干干净净，没一丝灰尘，暗示主人的清高出尘。饿了的鸟也要来这很贫的寺里争

图2-29
虎跑泉

米吃，僧人收拾的柴堆上有飘落下的花叶。抹去青苔，细看寺里开山祖写的偈语，大殿佛像前的香炉里已有不少冷灰。汲取清泉的水，煮水后沏新的茶尖儿，尝尝这新鲜的茶，茶的鲜香沁人心脾。整首诗语言朴实，娓娓道来，体现了公安派文人独抒性灵的特点。

> **小链接**
>
> **一个传说**
>
> 传说杭州附近有一座秀丽的小山，山中有一个小村庄和一家小寺院。有一年，天大旱，人们都渴得快要活不下去了。一天夜里，寺院的老和尚做了一个梦，梦见两只斑斓大虎跑进寺院，老和尚正觉得奇怪，忽然，寺门外的一阵喧哗声将他从梦中惊醒。老和尚跑了出去，看见两只大虎正在寺前刨土，刨完后，恋恋不舍地绕了一圈儿，便跃入林中远去了。众人发现地上多了一个小坑，坑里涌出了一股清凉的泉水。为了纪念刨泉的两只大虎，人们将此泉命名为"虎跑泉"。用虎跑泉的泉水泡龙井茶，味道香醇，是茶中的上品。
>
> **两个人物**
>
> 1. 济公
>
> 南宋高僧济公被后人尊称为"济公活佛"，济公圆寂后，葬在虎跑，虎跑有济公殿、济公塔院（图 2-30）。2006 年，"济公传说"被列为首批国家级非物质文化遗产。2012 年，"济公传说"又荣获"浙江最具地域特色民间故事"。
>
> 2. 李叔同
>
> 弘一法师李叔同在杭州虎跑泉剃度出家，开始了从一代文化大师到一代佛学宗师的跨越。李叔同弘一法师纪念馆（图 2-31）陈列了李叔同各个时期的生活照片与历史资料，供人学习研究，纪念馆已成为一个新的旅游景点和爱国主义教育基地。

图 2-30
济公塔院

图 2-31
李叔同弘一法师纪念馆

任务实施

一、旅游广告写作要点

1. 真实性

对游客来讲很多旅游产品都是从未体验过的，对旅游广告的内容真实与否缺乏准确地判断，往往在旅游后，才能有所衡量。这更需要旅游广告的撰写者诚信为本，以实事求是的态度，对所宣传的旅游产品做出恰当的宣传。

2. 时效性

错失时机的广告，无疑将会失去生命力。旅游本身具有很强的季节性、时效性，旅游广告的时效性至关重要，它包括制作周期、发布周期、传播时间和接受时间等。

3. 针对性

任何旅游广告都有很强的针对性，需要满足旅游者的需求。如以旅游诗词文化为主题的旅游活动需要针对旅游主体的需求，将旅游与诗词文化有机统一，实现文旅融合，有效提升旅游文化品位。

4. 艺术性

旅游广告传播的有效性与其文案设计的艺术性息息相关。在旅游广告文案的写作中，尤其需要以新颖的独创性，在短时间里引起消费者对产品的浓厚兴趣，如锦绣中华的旅游广告"一步跨进历史，一日畅游中国"，用简洁的语言，高度概括了锦绣中华浓缩中国历史及中华民俗风情的特点，让人一目了然。

此外，随着信息技术的不断提升，依托新技术增强旅游广告的活力，对助推优秀的旅游产品走向社会具有重要意义。

二、旅游广告范例

虎跑山泉居品茗会广告

"西湖之泉，以虎跑为最。两山之茶，以龙井为佳。"当虎跑名泉遇见驰名中外的西湖龙井，龙井茶的形美、色绿、香郁、味醇便得到了最好的彰显。茶香四溢，沁人心脾，西湖龙井与虎跑水珠联璧合，无愧于"西湖双绝"的美名。

欢迎您来虎跑山泉居品茗会以茶会友。

单位：虎跑山泉居
电话：(0571) 826×××××
传真：(0571) 826×××××

任务拓展　　研学旅行是行走的课堂，在研学过程中，有"研"有"学"，增强参与感、体验感，才能更好地做到知行合一。结合你在虎跑泉的研学体验，进一步了解泉之于茶的重要意义，为趵突泉写一则旅游创意广告文案设计，并借助新媒体尝试独特的表达。

项目三

诗风词韵润草木
——生物旅游资源

项目导入

　　动植物是自然环境不可分割的组成部分。在中国人的文化基因中，对草木鸟兽一直有一种无法名状，更无法割舍的迷恋情愫，而在中国古代诗词歌赋中，有许多关于动植物的描绘，正所谓"愤世疾邪意，寄在草木虫"。此次活动将学生平时所学的与生物相关的诗词知识和旅游景点知识结合起来，通过网络和实地考察等方式，了解生物的生态分布特点，或进行一次关于某种植物的节日策划，或完成一篇关于某种动物的说明文写作，以期达到既丰富自然科普知识，又提高古诗词文学修养的学习目标。

任务一 天苍苍，野茫茫，风吹草低见牛羊——自然界的动物

[任务分析] 某校导游专业学生在希望旅行社实习，接待了一个由初中生组成的研学旅游团，将要开展"诗词+旅游"的自然博物馆一日研学活动。实习生想要完成本任务，必须要了解我国丰富多样的生态环境，了解我国动植物资源。同时又能以课本为依托，采撷古诗词之精华，让团队小成员们在古诗词中感受由各类动物构成的自然界之美，感受中华传统文化的博大精深，并能学习掌握说明文的写作方法。

知识储备

小链接
中国十大濒危动物
大熊猫、金丝猴、白鳍豚、华南虎、朱鹮、褐马鸡、扬子鳄、黑颈鹤、藏羚羊、麋鹿。

一、晴空一鹤排云上，便引诗情到碧霄

动物资源是我国重要的旅游资源。我国地域辽阔，得天独厚的自然条件为野生动物生存和繁衍提供了良好的生态环境。丰富的野生动物资源，不仅为我们提供各种生产原料，也提供了较佳的旅游对象和优良的旅游环境。

我国的陆地动物中有不少的珍稀动物，如中国国宝大熊猫，生活在世界屋脊的白唇鹿、藏羚羊，国家一级保护动物金丝猴等。我国是世界上鸟类种数最多的国家之一，同时也是濒危鸟类最多的一个国家。昆虫是当今地球上种类和个体数量最多的动物类群，分布范围极其广泛，无论是高山、平原、沙漠，还是湖泊、海洋，到处都有它们活跃的身影。

二、众里寻她

北宋诗人梅尧臣曾在诗中说："愤世疾邪意，寄在草木虫。"在长久的文学史演进中，许多物象已经有了固定的主观情意，而活跃其中的动物意象十分引人注目：传递书信的使者"鸿雁"，志

向远大的"大鹏",寓意爱情的鸳鸯,带有悲情色彩的猿猴、杜鹃等。也有一些与昆虫有关的诗句,诗人以虫寓意、抒发情怀,如"今夜偏知春气暖,虫声新透绿窗纱"勾画出一幅春意盎然的图画。本次研学活动,通过实习导游员的讲解,把书本上的优美诗句和自然科普知识相结合,既丰富了学生的知识,又激发了他们学习探索的兴趣。

1. 猿

（1）动物简介

古诗中常用猿鸣来烘托悲凉凄清的气氛（图3-1）。杜甫《登高》"风急天高猿啸哀",郦道元《水经注》中渔者歌曰"巴东三峡巫峡长,猿鸣三声泪沾裳",李端《送客赋得巴江夜猿》"巴水天边路,啼猿伤客情"都是借助猿啼表达伤感的情绪。

（2）推荐诗词

诗文：　巫峡苍苍烟雨时,清猿啼在最高枝。
　　　　个里愁人肠自断,由来不是此声悲。

——唐·刘禹锡《竹枝词九首·其八》

图3-1 猿

[赏析] 这首诗是刘禹锡任夔州刺史时所作。诗文描写了三峡景色,尤其是猿啼的情景,抒发了诗人的断肠之情。诗意源自郦道元《水经注》"巴东三峡巫峡长,猿鸣三声泪沾裳"之说,又以"烟雨"之境增加迷茫凄清之感。而最后两句翻出新意,与《水经注》上说的舟行三峡闻猿啼而断肠不同,而是说不听猿声也断肠,再听猿声,"愁人"的愁苦之情更是不堪忍受。这样更深一层,可谓新奇之笔。

2. 马

（1）动物简介

在古代,马（图3-2）是人们日常生活和作战的重要工具,因而特别受到人们的重视和喜爱。关于马流传下来许多脍炙人口的诗文。"葡萄美酒夜光杯,欲饮琵琶马上催"反映了唐代军营生活中浓郁的边地色彩,"锦帽貂裘,千骑卷平冈"写出了出猎场面的热烈和气势的威猛,"古道西风瘦马"则抒发了羁旅游子的悲苦情怀。

（2）推荐诗词

诗文： 大漠沙如雪，燕山月似钩。

何当金络脑，快走踏清秋。

——唐·李贺《马诗二十三首·其五》

［赏析］这首诗是唐代诗人李贺的作品。诗名为咏马，实际上是借物抒怀，具有寓意精警、寄托遥深、构思奇巧等艺术特色。前两句写燕山一带环境的酷寒荒僻，以暗示骏马之艰辛，但骏马却不以为苦，渴望笼上黄金马络头，在漠北战场上轻快奔驰，就像清秋季节外出郊游一样。此诗抒发了诗人怀才不遇的感叹和愤慨，以及想要建功立业的抱负和愿望。

图 3-2 马

3. 鸿雁

（1）动物简介

鸿雁（图 3-3）是大型候鸟，每年秋季南迁，常常引起游子思乡怀亲之情和羁旅伤感之情。《汉书·苏武传》载，匈奴单于欺骗汉使，称苏武已死，而汉使者故意说天子打猎时射下一只北方飞来的鸿雁，脚上拴着帛书，是苏武写的。单于只好放了苏武。后来就用"鸿雁""雁书""鱼雁"等指书信和音讯。晏殊《清平乐》"红笺小

图 3-3 鸿雁

> **小链接**
>
> **《摸鱼儿·雁丘词》的写作背景**
>
> 据说1205年，16岁的元好问进京赶考。途中碰上一位捕雁者，听他讲了一件奇事。原来前阵子，这位猎人捕了两只比翼双飞的大雁，一只逃走了，另一只被他杀了。逃走的那只一直在空中徘徊，见到伴侣死去后，便哀鸣数声，从空中俯冲而下，以头抢地，自杀而亡。元好问有感于大雁的生死相随，便向这位猎人买下它们，并在汾水旁为其做了个坟，名为"雁丘"，又写下了一首《摸鱼儿·雁丘词》。

字，说尽平生意。鸿雁在云鱼在水，惆怅此情难寄"，李清照词云"雁字回时，月满西楼"。

（2）推荐诗词

诗文：何处秋风至？萧萧送雁群。

朝来入庭树，孤客最先闻。

——唐·刘禹锡《秋风引》

［赏析］首句以"何处秋风至"就题发问，引出耳听萧萧风声，目见随风而来的雁群，表达作者因遭长时期的贬谪而产生强烈的羁旅之情和思归之心。后两句"朝来入庭树，孤客最先闻"，把秋空中的"雁群"移向庭院中的"庭树"，由远而近，步步换景，由此触发独在异乡的"孤客"思乡之情。

4. 杜鹃

（1）动物简介

杜鹃在中国古典诗词中常与悲苦之事联系在一起。杜鹃鸟俗称布谷，又名子规、杜宇（图3-4）。春夏季节，杜鹃彻夜不停啼鸣，声音清脆而短促，唤起人们多种情思。中国古代有"望帝啼鹃"的神话传说，于是古诗中的杜鹃也就成为凄凉哀伤的象征了。李白诗云"杨花落尽子规啼，闻道龙标过五溪"，《蜀道难》有"又闻子规啼夜月，愁空山"，白居易《琵琶行》有"杜鹃啼血猿哀鸣"。

图3-4 杜鹃

（2）推荐诗词

诗文：锦瑟无端五十弦，一弦一柱思华年。

项目三 诗风词韵润草木——生物旅游资源

庄生晓梦迷蝴蝶，望帝春心托杜鹃。

沧海月明珠有泪，蓝田日暖玉生烟。

此情可待成追忆，只是当时已惘然。

——唐·李商隐《锦瑟》

[赏析]《锦瑟》是唐代诗人李商隐的诗作。作者在诗中追忆了自己的青春年华，伤感自己不幸的遭遇，寄托了悲慨、愤懑的心情，大量借用庄生梦蝶、杜鹃啼血、沧海珠泪、良玉生烟等典故，采用比兴手法，运用联想与想象，把听觉的感受转化为视觉形象，以片段意象的组合，创造朦胧的境界，从而借助可视、可感的诗歌形象来传达其真挚浓烈而又幽深的情思。全诗词藻华美，含蓄深沉，情真意长，感人至深。

5. 蝉

（1）动物简介

古人认为蝉餐风饮露，是高洁的象征（图3-5），所以常以蝉的高洁表现自己品行的高洁，即"咏蝉者每咏其声，此独尊其品格"。骆宾王《在狱咏蝉》"无人信高洁"，李商隐《蝉》"本以高难饱""我亦举家清"，他们都是用蝉喻指高洁的品格。

（2）推荐诗词

诗文：垂緌饮清露，流响出疏桐。

居高声自远，非是藉秋风。

——唐·虞世南《蝉》

图3-5
蝉

[赏析] 这首诗的作者是唐代诗人虞世南。诗词托物言志，表面上说的是蝉，实际上说的却是虞世南自己。诗人出身名门望族，他本身更是身居高位，深得唐太宗信任。同时诗人在书法上有很深的造诣，可以说是初唐时期书法界的代表人物。这样的一位虞世南，他的眼界和口气自然就与众不同。这首《蝉》流露出来的自信心和自豪感，让人在蝉声中轻易领略，更让人看到了虞世南不甘平凡的心语。

6. 萤火虫

（1）动物简介

萤火虫（图3-6）是中国古代传统文化的一个符号。流萤飞舞，美丽之余，总是有一丝孤寂和悲凉。于是被中国的古典文人看在眼里，记在心里，写在诗里，而萤火虫的形象也让后人传唱不休。纵观唐诗中描述的萤意象，主要表现在以下几个方面：光明与希望的使者，家园破败之事与感伤怀忧之情的符号，凄清怅惘情绪的物化，勤学苦读的标志，忠贞贤臣的比喻。

（2）推荐诗词

诗文： 银烛秋光冷画屏，轻罗小扇扑流萤。

　　　天阶夜色凉如水，坐看牵牛织女星。

——唐·杜牧《秋夕》

图3-6
萤火虫

［赏析］这首诗写失意宫女孤独的生活和凄凉的心境。前两句描绘出一幅深宫生活的图景，第二句看似随意，却有三重深意。腐草化萤，深宫中竟有萤火虫飞动，可见凄凉；罗扇本是夏天所用，到了秋天，就跟这位宫女一样被遗弃；而孤独的宫女只能罗扇扑萤以取乐，她用小扇扑打着流萤，一下一下，似乎想驱赶包围着她的孤冷与落寞。看见牛郎织女星的爱情传说，想到自己的孤独处境，满怀伤感心事，都在这聚首仰望之中了。

任务实施

一、说明文写作要点

说明文是一种实用性比较强的文体，以说明为主要表达方式来介绍事物、阐明事理。这种文体的写作规律容易把握，抓住事物的特点，确定一个合理的写作顺序，运用恰当的说明方法，注意语言运用的准确性等，就能写出一篇不错的说明文。说明文写作要注意以下四点。

1. 抓住特点进行说明

抓住事物的特征，就能把事物说得清楚、准确、深刻，传达正确的知识和确凿可靠的信息。

2. 根据需要安排说明顺序

说明顺序可以使说明内容更加条理化。常见的说明顺序有时间顺序、空间顺序、逻辑顺序。说明事物成因，介绍动植物的生长过程都可采用时间顺序；说明事物的形状、构造，可采用空间顺序；逻辑顺序是按照事物的内在逻辑关系安排说明顺序，运用逻辑顺序可以使读者的思路跟着文章脉络步步深入。

3. 恰当运用说明方法

撰写说明文，不仅要抓住特征，注意条理，还要巧妙地运用说明方法。常见的说明方法有下定义、举例子、列数字、打比方、做比较、分类别、摹状貌、画图表、做诠释。

4. 注意体现语言特点

说明文的语言特点是准确、简明、通俗、生动。准确，是说明文语言的先决条件。句子中的修饰和限制成分可以使意思的表达更加准确、严密。

二、说明文写作范例

我国的台湾省，地处亚热带，雨水充足，气候温暖，一年四季花儿常开，草木常绿；再加上台湾到处有花木茂密、绿草如茵的山谷，所以非常适合蝴蝶的繁殖和生长。据说，台湾所产的蝴蝶，数量之大、种类之多，名列世界之冠。有人做过统计，蝴蝶种类有400种之多。其中独具特色、最为名贵的是大红纹凤蝶、蛇头蝶、红边小灰蝶、宽尾凤蝶、皇蛾阴阳蝶、兰屿黄裙凤蝶等。拿兰屿黄裙凤蝶来说，它产于台湾的兰屿岛，是凤蝶中最美丽的一种，后翅有大型金黄色的花纹，由于鳞片的特殊构造，逆光看去，会发出灿烂夺目的珍珠般的光辉。这种色彩是世界上蝴蝶中独一无二的。再如皇蛾阴阳蝶，它双翅的形状、色彩，不但不像普通的蝴蝶一样对称，而且大小不一，更为奇特的是，它翅的左边为雌性，右边为雄性。据说，在一千万只蝴蝶中才能发现一只，自然是"物以稀为贵"。至于蛇头蝶，由于它翅膀上端长着像蛇头一样的图案，所以称为"蛇头蝶"。它的双翅张开，足有脸盆那么大，是世界上最大的蝴蝶，堪称珍品。

……

每年的 3—8 月,是蝴蝶繁殖生长的黄金季节。在这期间,一只雌蝶,最少产卵数十个,多者达数百个。为避免天敌的侵害,它们的幼虫能生出各种办法来保护自己。有的形同树枝,有的放射臭气,有的色彩刺眼,有的身含剧毒,在长期的斗争中,它们形成了各种本领。据说,仅就黄蝶幽谷一处,一年就能生出 200 万只五彩缤纷的蝴蝶。它们长成以后,在树木花丛间,山石深水畔,千姿百态,成群结队,犹如带带浮云、片片彩霞,在空中袅绕飘动,不时变化出自然奇观,真是美丽极了!此时,如果游人来到这里,就仿佛进入了神秘的仙境,顿时感到心旷神怡,情不自禁地喊出:"啊,神奇的蝴蝶,多么可爱!"

范例点评

1. 抓住特点进行说明

节选的第一段中,开门见山地抓住台湾蝴蝶"数量之大,种类之多"的特点来写,给读者留下清晰深刻的印象。

2. 运用多种说明方法:列数字、举例子、打比方

节选的第一段中,以兰屿黄裙凤蝶、皇蛾阴阳蝶为例,从色彩、形状等方面写出了这两类蝴蝶的独特珍贵之处。第二段中,写蝴蝶产卵的数量、每年繁殖的数量,都使用了列数字的说明方法。

3. 语言在平实中见生动优美,增加了说明的形象性

第二段中,写蝴蝶成群结队在树木花丛中飞舞的样子,"犹如带带浮云、片片彩霞,在空中袅绕飘动",把蝴蝶优美的姿态、轻盈的体态、绚烂的色彩,生动形象地描写了出来。

任务拓展

本项目介绍了多种动物资源,了解了和这些动物相关的古诗词,学习了说明文的写作方法。请小组成员选择本项目中涉及的其他动物资源,抓住它的特征,按照一定的说明顺序,运用至少三种说明方法,写一篇小说明文介绍一下它。

任务二 试问卷帘人，却道海棠依旧
——青岛太平角的植物

[任务分析] 某校导游社团与山海旅行社合作开展了"'诗词+旅游'的研学活动。主要任务是观察青岛太平角景区的植物，以"诗词+植物+旅游"为特色进行荷花节的节日策划。小组成员首先要了解太平角景区的景点特色，通过实地观察和网上查阅资料，进一步了解青岛的植被特点，再结合有特点的植物，用历代文人墨客吟咏较多的诗句完成节日方案的策划。

知识储备

小链接

八大关

八大关是以8条关隘命名的路而得来的，即韶关路、嘉峪关路、函谷关路、正阳关路、临淮关路、宁武关路、紫荆关路、居庸关路（现已增为十条路，另两条为武胜关路、山海关路）。

一、生意盎然太平角

太平角景区内的八大关是首批中国历史文化名街，也是青岛的主要名胜之一，位于市南区海滨，西到第一海滨浴场，东到第三海滨浴场。名为"八大关"，是因为这里有八条马路（现已增到十条），是以中国古代长城著名关隘命名的。此处也是著名的别墅区，建筑造型独特，汇聚了俄、英、法、德、美、丹麦、希腊、西班牙、瑞士、日本等20多个国家建筑风格，故有"万国建筑博览园"之称，是最能体现青岛"红瓦绿树、碧海蓝天"特点的风景区。八大关内每一条道路都有一种不同的植物作为代表，有"一关一树、关关不同"之说，例如韶关路的碧桃、山海关路的法国梧桐、紫荆关路的雪松等，形成了四季有特色、路路花不同的景观特色。除八大关外，青岛植物园和青岛中山公园也有丰富的植被特点，每年吸引游客前来观赏。

二、众里寻她

本次旅游景点的研学任务需要突出景点的植被特点，因此，小组成员可以从太平角的景观道路中选择有代表性的景点进行调研，规划最合适的路线进行景点介绍。春夏两季，韶关路的碧桃、宁武关路的海棠、正阳关路的紫薇次第开放，山海关路、函谷关路和武胜关路的法国梧桐留下一份阴凉，到了秋天，嘉峪关路上的五角枫叶、居庸关路上的一树树金黄的银杏叶，色彩绚烂，即使到了万物萧条、大雪纷飞的冬季，八大关仍然显露出勃勃生机，临淮关路上的龙柏、紫荆关路上的雪松仍旧碧绿常青。中山公园的樱花、荷花、郁金香，每年花开时节，也都会吸引无数游客。

1. 韶关路（碧桃）

（1）景点简介

青岛韶关路曾是八大关里南北向最长的一条路（图 3-7）。从记载看，韶关路大部分建筑建于二十世纪三四十年代，时间较晚，居于此路上的人以中国、日本人为多，欧美人少，这与其他几"关"不同。碧桃是韶关路的行道树，植被很密，又有各种花色，四月开花之际这里就成了烂漫花海，游人云集，如醉如痴。韶关路、香港西路口一处小游园，绿林中有几株樱花树，樱花初落时，正逢碧桃盛开。

（2）推荐诗词

诗文：碧桃天上栽和露，不是凡花数。乱山深处水潆回，可惜一枝如画，为谁开。

轻寒细雨情何限，不道春难管。为君沉醉又何妨？只怕酒醒时候，断人肠。

——宋·秦观《虞美人·碧桃天上栽和露》

［赏析］词的上阕赞美碧桃本有高韵雅姿，超凡脱俗，却流落郊野，无人怜爱。"碧桃天上栽和露"，系化用晚唐高蟾"天上碧桃和露种，日边红杏倚云栽"（《下第后上永崇高侍郎》）一联而成。"轻寒细雨"原本是春天常见景物，这里却烘托出一层淡淡的忧伤，"为君沉醉又何妨"，借酒消愁，但酒醒时候却又总会令人伤怀。

图 3-7
韶关路

2. 宁武关路（海棠）

（1）景点简介

宁武关路，是八大关里其中的一条路（图3-8），北连香港西路，南通第二海水浴场，全长668米，路虽不长，也不宽，但却小有名气，为八大关三纵之中路。宁武关路的南段多是临街的园林，蜿蜒的小路，高耸的大树，与周边的小楼庭院和谐相处。一关一树，宁武关路的道路两侧栽满了海棠，被人们称作"海棠花路"，也有人称它是"花街"。樱花谢了海棠红，一株株海棠，簇簇拥拥，缀满枝头。

（2）推荐诗词

诗文：昨夜雨疏风骤，浓睡不消残酒。

　　　试问卷帘人，却道海棠依旧。

　　　知否，知否？应是绿肥红瘦。

——宋·李清照《如梦令·昨夜雨疏风骤》

图3-8
宁武关路

[赏析]《如梦令·昨夜雨疏风骤》是宋代女词人李清照的早期词作。此词借宿酒醒后询问花事的描写，委婉地表达了作者怜花、惜花的心情，充分体现出作者对大自然、对春天的热爱，也流露了内心的苦闷。"应是绿肥红瘦"一句写出了酒醒当时的情形。这句是最为世人称道的一句，它十分新颖别致、生动传神，看似信手拈来，却是功力独到。她用"绿"字代指满枝的绿叶，用"红"代指枝头的花朵，"肥"替换了"多"，"瘦"替换了"少"，写出了一个全新的意境。"红"不单指花朵，还隐指了春天万紫千红的景象与色彩，隐指了春天众多无比美好的事物，隐指了在春天里的喜悦心情。这样"红瘦"一词就逼真地写出了人的伤春情思。不需直言，不假雕饰，却更令人心动。

3. 正阳关路（紫薇）

（1）景点简介

正阳关路得名于明成化元年所设皖西名镇正阳关。行道树是紫薇，花期是7—9月，花期很长。正所谓"紫薇花开半年红"，夏季开花时这里变成绚丽的花街,充满浪漫色彩。无论是阳光正好,还是阴雨绵绵,都值得在这里待上一整天(图 3-9)。

(2)推荐诗词

诗文: 晓迎秋露一枝新,不占园中最上春。

桃李无言又何在,向风偏笑艳阳人。

——唐·杜牧《紫薇花》

图 3-9 正阳关路

[赏析]"桃李无言,下自成蹊"出自司马迁《史记·李将军列传》,意谓桃花、李花开得鲜艳靓丽,引得人们纷纷前来观赏,以致树下踩出了小路。杜牧在这首诗中用此典故,却一反其意,以桃花、李花来反衬紫薇花的美和开花时间之长,极有新意。诗人虽写紫薇,但在此诗中一字不提紫薇,使读者在惊奇之中,享受到紫薇的美丽的质感。充分感觉到紫薇不与群花争春,淡雅高洁的风骨和一枝独秀的品格。所谓"反常"必须以"合道"为前提,方能构成奇趣。这首被人们誉为咏紫薇诗中的佳作,由于设想入奇,扩大了诗的张力和戏剧效果,使人玩味不已,杜牧因此得到了"杜紫薇"的雅称。

4. 紫荆关路(雪松)

(1)景点简介

紫荆关路南起山海关路,北至湛山大路,全长 586 米。紫荆关路两侧是成排的雪松(图 3-10),雪松在青岛种植已有百余年历史,并且在 1988 年被确定为青岛的市树。雪松喜光,要求很好的光照,紫荆关路的雪松,长得齐齐整整,恭列于路的两侧,据说有 70 年以上的历史。它的大枝向四周平展,小枝微微下垂,针叶分层叠翠,不时散发出清香的松脂气味。严冬季节,众多树木凋零,身披白雪的劲松依然郁郁苍苍,挺拔如塔。

(2)推荐诗词

诗文: 大雪压青松,青松挺且直。

要知松高洁,待到雪化时。

——当代·陈毅《咏松》

图 3-10
紫荆关路

[赏析] 作者写松是把它放在一个严酷的环境中，一个近乎剑拔弩张的气氛中，我们看到了雪的暴虐，感受到松的抗争。我们似乎像松一样承受压迫，又像松一样挺直起来。那冷峻峭拔的松的形象，因为充溢其中的豪气激荡、其中的力量而挺直起来。在压与挺的抗争中，我们似乎同时经历了一场灵魂的涤荡，因为在这种抗争中，展现了那个时代飞扬凌厉的热情，展现了作者那令人起敬的人格力量。赞颂了人的坚韧不拔、宁折不弯的刚直与豪迈，和那个特定时代的不畏艰难、雄气勃发、愈挫弥坚的精神。

5. 嘉峪关路（枫树）

（1）景点简介

嘉峪关路是一条东西走向的马路，东起湛山大路，西至韶关路，全长543米。嘉峪关路的街道有坡度，街道两旁的院墙都像楼梯一样，一磴一磴的逐次升高或降低。人行道上的树都是五角枫树，随着时间的流逝，季节的交替，等到秋季来临，五角枫叶会慢慢由翠绿而嫩绿、鹅黄而橙黄、橘红而大红，最后成为深红色，颜色绚丽，色彩斑斓（图3-11）。

（2）推荐诗词

诗文：远上寒山石径斜，白云生处有人家。
　　　停车坐爱枫林晚，霜叶红于二月花。

——唐代·杜牧《山行》

图 3-11
嘉峪关路

[赏析] 这是一首秋色的赞歌。诗人没有像一般文人那样，在秋季到来的时候，哀伤叹息，他歌颂的是大自然的秋色美，体现出了豪爽向上的精神，有一种飒爽俊拔之气诉诸笔端，表现了诗人的才气，也表现了诗人的见地。"霜叶红于二月花"，具体展现出一片深秋枫林美景。诗人惊喜地发现，在夕晖晚照下，枫叶流丹，层林如染，真是满山云锦，如烁彩霞，它比江南二月的春花还要火红，还要艳丽。

难能可贵的是，诗人通过这一片红色，看到了秋天像春天一样的生命力，使秋天的山林呈现一种热烈的、生机勃勃的景象。

6. 小西湖（荷花）

（1）景点简介

小西湖位于青岛中山公园的西侧，面积近万平方米，是青岛市区最大的风景湖泊。1901年，青岛中山公园小西湖与青岛中山公园同时落成。历经百年风雨，现如今依然是青岛保存最原始的生态景区。在湖水中央，建有一处湖心亭，湖中主要生态植物是荷花，每到夏季，荷花盛开，湖心亭四面皆水，莲花亭亭净植，岸边柳枝婆娑（图3-12）。春柳轻、夏荷艳、秋水明、冬山静，荷风四面亭的景致四季皆宜。若从高处俯瞰湖心亭，但见亭出水面、飞檐出挑、红柱挺拔、基座玉白，分明是满塘荷花怀抱着的一颗光灿灿的明珠。

（2）推荐诗词

诗文：　毕竟西湖六月中，风光不与四时同。
　　　　接天莲叶无穷碧，映日荷花别样红。

——南宋·杨万里《晓出净慈寺送林子方》

图3-12
小西湖

［赏析］诗人驻足六月的西湖送别友人林子方，全诗通过对西湖美景的极度赞美，曲折地表达对友人深情的眷恋。诗人开篇即说毕竟六月的西湖，风光不与四时相同，这两句质朴无华的诗句，说明六月西湖与其他季节不同的风光，是足可留恋的。然后，诗人用充满强烈色彩对比的句子，给读者描绘出一幅大红大绿、精彩绝艳的画面：翠绿的莲叶，涌到天边，使人感到置身于无穷的碧绿之中；而娇美的荷花，在骄阳的映照下，更显得格外艳丽。这种谋篇上的转化，虽然跌宕起伏，却没有突兀之感。看似平淡的笔墨，给读者展现了令人回味的艺术境地。

任务实施

一、节日方案策划要点

1. 活动时间的选择

各地的旅游资源都各不相同，人文自然、四季景色各有千秋，在本地区最具有竞争力的时候推出活动，对充分打造当地的旅游品牌形象的作用无疑是最好的。同样，也可以依托要培育的旅游景点为基础，在其最具有吸引力的时候推出活动。

2. 活动主题的确定

（1）应该考虑的是旅游目的地的资源状况：旅游目的地最大的特点是什么？有哪些特色景物？哪些地方是游客更感兴趣的？可以作为宣传的要点。

（2）要考虑市场需求状况：目前游客的旅游心理趋向是什么？有哪些需求他们已经基本可以得到满足，哪些还没有？

（3）在现有特色、下一步要开发的特色或潜在特色与未来发展之间找到一个结合点，提炼创意。活动主题的创造性提炼必须基于对旅游资源现状的把握和对未来发展的分析。

3. 活动内容的设计

活动内容的设计包括两个层次：

（1）旅游层面的活动内容；

（2）与旅游业有关的经济和商业活动。活动内容应至少有1~2个相对较大的亮点，然后构建一些小而常见的活动内容，但活动内容越多越好。活动内容的设计不要过于复杂，否则容易导致景区形象模糊。

二、节日方案策划范例

荷花节活动方案策划

（一）活动时间：2022年7月22日—10月22日

（二）活动主题：诗风荷韵，香远益清

（三）活动意义：荷花是历代文人墨客笔下的高洁之花，以其出淤泥而不染的高洁品格而为人们喜爱，有着深厚的文化内涵和极具特色的荷花文化。本届荷花节旨在打造中山公园的"荷花节"品牌优势，宣传中山公园的自然生态与文化特色，满足游客们的文化旅游需求，打造极具知名度和影响力的年度盛会。

（四）主要活动

1. 开幕式

7月22日晚，荷花节开幕式，开幕式后文艺表演

2. "诗风荷韵"诗文诵读活动

宋代周敦颐的《爱莲说》将莲誉为孤高直傲、洁身自好的花中君子，"出淤泥而不染，濯清涟而不妖"。品一壶清茶，吟一首古诗，在碧波荡漾的中山公园，是最雅的事。活动安排如下：

（1）海选阶段

以荷花为吟咏对象，古体诗、近体诗、现当代诗歌作品均可，分个人组和集体组，录制不超过5分钟的视频，8月5日前发至大赛组委会邮箱 Shiwensongdu@sina.com，将聘请专家从个人组和集体组中各选出10个优秀作品，参加现场比赛。

① 个人组：以一人为单位进行朗诵，朗诵可以有背景配乐增加气氛，也可创新形式，作品主题鲜明突出，内容积极向上，朗诵时感情饱满真挚，表达自然。

② 集体组：以团体形式参与，表现形式可自由创新，可用生动的表演形式来表达诗歌的内容和情感，也可结合书法、绘画、跳舞等形式来表达作品内涵。

（2）现场比赛

时间9月5日，地点中山公园小广场，比赛将决出一、二、三等奖，并颁发证书。

3. "清塘荷韵"摄影比赛

借助摄影语言，呈现荷花出淤泥而不染，濯清涟而不妖的姿态，表达其梦幻、诗意、婉转、清雅的意境。参赛作品范围：彩色、黑白数码作品，不分类别，纪实类、艺术类等均可，作品不分摄影器材，相机、手机、运动相机、无人机等均可。不收取历次摄影比赛获奖和入选作品。每位参赛作者投稿作品每期数量限投5幅以内（每组4~8张组合成一张）

文件命名及像素：《作品名称》+作者姓名+电话，所有作品图片均为JPG格式，像素2M以上。

投稿截止日期：2022年10月15日

4."荷之味"汉服秀

《左传·定公十年》记载："中国有礼仪之大，故称夏；有章服之美，谓之华。"汉服文化博大精深、源远流长，褒衣博带之间，彰显了华夏民族礼仪之邦的风采。"荷之味"汉服秀让人在欣赏服装秀时，仿佛穿越回古代，品味汉服之美。

5. 闭幕式

10月22日晚，荷花节闭幕式

任务拓展　请你从所有的植物意象中选择一种，查找这种植物相关的古典诗词，以及这种植物的分布特点，结合某旅游景区的植物特色，进行一场以植物为主题的节日策划。

模块二

中国人文旅游资源之诗词文化

模块导读

本模块从我国人文旅游资源中的古典园林、石窟古迹、古代建筑、著名古桥、革命遗址及纪念地、古都名城军事防御工程中选取了有代表性的旅游资源,旨在引导学生了解我国人文旅游资源的历史性、生命力、民族风格和地方特色等,挖掘其中以诗词为代表的文化元素,以旅游从业者的身份设计以诗词为"向导"的旅游线路,并以形式多样的活动带领旅游者更深刻地理解人文旅游资源背后的文化内涵。

学习目标

1. 了解我国旅游目的地及旅游景区人文旅游资源的基本情况。
2. 搜集突出旅游目的地及旅游景区特点的诗词,并能借助相关资料进行准确赏析。
3. 强化导游词创作、个性化旅游活动策划等专业技能要领,设计并完成突出诗词特色的专业实践活动。
4. 提升人文素养,以民族文化涵养精神,传承和弘扬中华优秀传统文化。

项目四

诗风词韵入园林
——古典园林

项目导入

中国是世界园林艺术起源最早的国家之一，在世界园林史上占有极重要的位置。中国的古典园林大体有帝王宫苑和私家宅园两大类。前者规模宏大、富丽堂皇，如颐和园等；后者玲珑别致、布局精巧，如拙政园等，但是其造园的思想是一致的，都是根植于中国传统文化土壤，追求人与自然的相融，讲究写意造境和"宛自天开"的效果，力求在有限的空间内通达无限的境界，或有着"秋色满园古木寒潭堪入画"的意境，或追求"十里青山行画里"的境界。本项目将了解我国古典园林中最有代表性的颐和园和拙政园的基本情况，学习创作突出诗词文化特色的导游词，在学习实践中了解中华民族的优秀文化，增强民族自信，提升人文素养。

任务一——颐和园

颐和风景美如画

[任务分析] 某校导游社团与星辉旅行社合作开展了"'诗词+旅游'导游词创作"活动。本任务是为某高中学生研学团创作一篇"诗词+旅游"的颐和园研学旅游导游词。学生想要完成本任务，首先要了解颐和园的前后演变历史，同时分析该旅游团的旅游需求，让游客伴着诗词底蕴旅游，在诗词中领略颐和园的历史文化魅力。

知识储备

一、沧桑巨变话"颐和"

颐和园主景区由万寿山、昆明湖组成，全园占地面积 3.009 平方千米（其中颐和园世界文化遗产区面积是 2.97 平方千米），水域面积约占 3/4。园内现存各式宫殿、园林古建 7 万平方米，并以珍贵的文物藏品闻名于世，是第一批全国重点文物保护单位。

颐和园前身为清漪园，始建于清朝乾隆十五年（1750 年），咸丰十年（1860 年）被英法联军烧毁。光绪十二年（1886 年），清廷挪用海军经费等款项开始重建，并于两年后取用今名，作为慈禧太后的颐养之所。1900 年又遭八国联军破坏，1902 年修复。中华人民共和国成立后，几经修缮，颐和园陆续复建了四大部洲、苏州街、景明楼、澹宁堂、颐和园博物馆、耕织图等重要景点。

小链接

中国四大名园
北京颐和园、承德避暑山庄、苏州拙政园、苏州留园。

诗风词韵入园林——颐和园

二、众里寻她

本次接待的研学团成员都是高中生，可选取万寿山、德和园、颐和园长廊、苏州街、昆明湖等颐和园有代表性的文化景点和景区，结合本次研学之旅的目的设置研学活动。

1. 万寿山

（1）景点简介

万寿山（图4-1）为燕山余脉，颐和园主景区之一。前山以八面三层四重檐的佛香阁为中心，组成巨大的主体建筑群。从山脚的"云辉玉宇"牌楼，经排云门、二宫门、排云殿、德辉殿、佛香阁，直至山顶的智慧海，形成一条层层上升的中轴线。东侧有转轮藏和万寿山昆明湖石碑，西侧有五方阁和铜铸的宝云阁。后山有宏丽的藏式佛教建筑四大部洲和耸立于绿树丛中的五彩琉璃多宝塔。山上还有景福阁、重翠亭、写秋轩、画中游等各式亭台楼阁，是中国古典园林建筑的集中展现。

图4-1 万寿山

（2）推荐诗词

诗文： 面水背山地，明湖略仿西。
　　　琳琅三竺宇，花柳六桥堤。
　　　冻解凫鹭乐，风轻梵呗低。
　　　高峰称万寿，慈寿祝同齐。

——清·弘历《万寿山即事三首其二》

[赏析] 这是一首五言律诗，前三联总写了万寿山风景。昆明湖借鉴了杭州的西湖，万寿山上的重重庙宇楼台，就好像杭州的上、中、下天竺，层层叠叠，

错落有致。第二句中的"略仿西",的"略"字,表示只是"略微""一点儿"效仿了西湖,其他均是按照乾隆自己想法营建的,昆明湖内的西堤之上也有界湖桥、豳风桥、玉带桥、镜桥、练桥、柳桥六座桥,每年的春天,桃红柳绿,桥美亭秀,美不胜收。颈联两句动静结合,既写出了春意盎然的动态美,又有诵经声,令人心神宁静。整首诗描绘了万寿山的主体景致,从诗中可以看出作者对万寿山风景的喜爱,因清漪园(现颐和园)是出自乾隆的规划设计,诗歌中也能感受到作者的自豪之情。

2. 德和园

(1) 景点简介

德和园(图4-2)在颐和园东宫门内,仁寿殿向北即德和园,原为清乾隆时怡春堂旧址。光绪时改建,其主要建筑为大戏楼、颐乐殿和庆善堂,是慈禧观戏的场所。大戏楼始建于1891年,1895年建成,舞台宽17米、高21米,上下3层,后台化妆楼2层。顶板上有7个"天井",地板中具有"地井"。舞台底部有水井和5个方池。演神鬼戏时,可从"天"而降,亦可从"地"而出,还可以引水上台。

(2) 推荐诗词

诗文:绿云画护苑花近,宫树东含紫气多。
玉殿长飘云外曲,霓裳闲舞月中歌。
凋年短景随残照,感事衰情寄逝波。
已觉淑风烟杳杳,空余此处影婆娑。

——当代·佚名《德和园》

[赏析] 这是一首七言律诗,四联按照起承转合的变化构思,首联自景物写起,德和园主体建筑周围花树相绕,春意盎然,一派欣欣向荣的景象。"紫气"象征贵族之气,素有"紫气东来"之说,"宫树东含紫气多"寓示此地曾经是皇室贵胄常常光顾的地方。颔联描写歌舞,写出了德和园的主要功能就是一座

图4-2 德和园

"戏园","云外曲"和"月中歌"写出了当年的歌舞盛况,宛如置身仙境之中。然而好景不长,盛况难再,夕阳晚照中,感慨盛衰无常,不胜唏嘘。往事如烟,无踪可觅,只留空荡荡的戏楼在夕阳中追忆似水流年。整首诗主要通过想象来描写德和园当年辉煌时的情形,与现在的凋零落寞形成鲜明对比,表达了作者对历史的感慨。

3. 颐和园长廊

(1) 景点简介

图 4-3
颐和园长廊

颐和园长廊(图 4-3)临昆明湖,傍万寿山,蜿蜒曲折,全长 728 米,是中国古典园林中最长的游廊。长廊东起邀月门,西至石丈亭,中间穿过排云门,两侧对称点缀着留佳、寄澜、秋水、清遥四座重檐八角攒尖亭,象征春夏秋冬四季。长廊以其精美的建筑、曲折多变和极其丰富的彩画而负盛名,廊间的每根枋梁上都绘有彩画,共 8 000 余幅,色彩鲜明,富丽堂皇,它的长度和丰富的彩画在 1990 年就被收入了《吉尼斯世界纪录大全》。彩画的内容多为山水、花鸟图以及中国古典名著中的情节。

(2) 推荐诗词

诗文:中岁颇好道,晚家南山陲。
兴来每独往,胜事空自知。
行到水穷处,坐看云起时。
偶然值林叟,谈笑无还期。

——唐·王维《终南别业》

图 4-4
长廊壁画

[赏析] 这幅廊画(图 4-4)是根据唐代王维的《终南别业》描绘的,这首诗意在极写隐居终南山之闲适怡乐,随遇而安之情。首联叙述自己中年以后就厌恶世俗而信奉佛教。颔联写诗人的兴致和欣赏美景时的乐趣。颈联写心境闲适,随意而行,自由自在。尾联进一步写出悠闲自得的心情。偶然遇林叟,

项目四 诗风词韵入园林——古典园林

便谈笑无还期了，写出了诗人淡逸的天性和超然物外的风采。诗语平白如话，却极具功力，诗味、理趣二者兼备。在颐和园的长廊中出现这首诗的廊画，也可以看出清朝统治者们的一些追求。

4. 苏州街

（1）景点简介

苏州街原称买卖街，位于万寿山后河两岸，是一条模仿江南水乡街市建造的宫廷商肆（图4-5）。建筑形式纯属民间典型的铺面房，青瓦、灰砖、粉墙，描绘了江南民间房舍的朴素，而牌楼、牌坊等的修建上又用浓艳的色彩渲染点缀于江南清秀妩媚的水乡之中，营造出皇家园林特殊的宫市特色。

（2）推荐诗词

诗文：万寿山林乐道，两街一水风情。青瓦灰砖临水立，巧构精工镜里行，乡间野趣生。

绸缎古玩当铺，吴歌画舫飞琼。酒肆题名群秀圃，留赋茶楼远梦兴，江南风月明。

——当代·点墨生《破阵子·颐和园之苏州街》

[赏析] 这是一首表现颐和园苏州街风情的词。上阕点出苏州街位于万寿山旁，沿水而建，建筑精巧，虽然位于著名皇家园林颐和园内，却与大气磅礴的皇家气势不同，到处是青瓦灰砖的建筑，充满了乡

图4-5
苏州街

间野趣。下阕写苏州街的繁华,商铺、画舫、酒馆、茶楼,令人仿佛听到小贩的叫卖声、歌女的歌唱声,人来人往,熙熙攘攘,再现了江南的繁华富庶,让处处讲究等级、秩序的皇宫庭院,也增添了一些烟火气,更让人感受到帝后贵族对市井生活的好奇与向往。

5. 昆明湖

（1）景点简介

昆明湖（图4-6），是颐和园的主要湖泊,占全园面积的3/4,约2.2平方千米。南部的前湖区碧波荡漾,西望起伏、北望楼阁成群;十七孔桥横卧湖上,湖中3个岛上也有形式各异的古典建筑。作为清代皇家诸园中最大的湖泊,昆明湖中有一道长堤——西堤,把湖面划分为3个大小不等的水域,每个水域各有1个湖心岛,象征着中国古老传说中的东海三神山——蓬莱、方丈、瀛洲。西堤以及堤上的6座桥是有意识地模仿杭州西湖的苏堤和"苏堤六桥"。

（2）推荐诗词

诗文：何处燕山最畅情,无双风月属昆明。
　　　侵肌水色夏无暑,快意天容雨正晴。
　　　倒影山当波底见,分流稻接坎边生。
　　　披襟清永饶真乐,不藉仙踪问石鲸。

——清·弘历《昆明湖泛舟》

[赏析] 此诗写乾隆帝泛舟昆明湖时的感受。流露了整日端坐宫殿的皇帝一朝见到大自然时的喜悦心情,

图4-6
昆明湖

同时也描绘了昆明湖如仙如幻的"无双风月"。"侵肌水色"写出了昆明湖水色碧绿,给人以清凉之感,夏可消暑;"快意天容"用拟人的手法写出了夏日天气多变,雨后初晴;颔联写出万寿山倒影在清澈的湖水上,诗人畅游园中,希望能长久的国泰民安,可以经常来湖上泛舟,句句表达诗人对昆明湖无双景色的喜爱之情。

| 任务实施 |

一、导游词创作的常用方法

1. 三段式法

三段式又称为"总分总"的方法。也就是先用一句话或一段话进行浓缩提炼作为开头,然后再针对主题内容分别有层次的论述,最后再进行总结升华。

2. 主题词法

主题是导游词的核心,从某种程度上也能决定一个景观的价值。一个景点往往有着大量或分散的、或互相矛盾的、真实的或虚构的、高雅的或庸俗的资料。创作导游词时不能把这些资料原封不动地都写进导游词中去,一定要进行取舍提炼。取舍的根据是什么?那就是主题。唯有主题才能使杂乱无章的资料变成典型的、富有生命的、互相联系的、表现景观特色的有机整体,进而才能成为一篇优秀的导游词。

二、导游词创作范例

各位同学:

今天很荣幸能与大家一起伴着诗词游古园。我是大家颐和园之旅的导游,希望今天的游览让您更深入地了解颐和园,在诗词积累方面有更多的收获。

既然我们这次旅游的特色是"诗词",那我们先从一首诗词入手,来了解颐和园。请同学们打开手机,我在群中推送了一首咏叹颐和园的诗,请同学们找一找,这首诗中都描绘了颐和园的哪些美景?［一园竹树绕泉石,四季冬春夏复秋。放棹只疑天上坐,凭栏真个画中游。岚光叠翠巍云塔,湖影回廊漾梵楼。合璧大圆横玉带,斜阳无语卧铜牛。清·溥仪《颐和园》］

正像同学们刚才提到的,这里面包含了颐和园的主要景点:昆明湖、颐和园长廊、万寿山、排云殿、佛香阁、十七孔桥和铜牛。

相信同学们在参观游览前一定做了大量的准备工作,现在由我简单介绍下颐和园的概况。颐和园始建于清朝乾隆时期,原名为清漪园,1860年,清漪园被英法联军全部破坏,到光绪年间慈禧太后不惜挪用北洋水师的军费2 000万两白银修复此园,1888年完成并改为今名,颐和园大致上保持清漪园的格局。这也是中国最后一座皇家园林。1998年被列入《世界遗产名录》。2007年,颐和园被评为国家5A级旅游景区。2009年,颐和园入选中国世界纪录协会中国现存最大的皇家园林。

请同学们看一下手中的景点地图（图4-7）,我们今天的游览路线是从东宫门入,经德和园大戏台,坐船游览昆明湖,上岸游览石舫,参观长廊,登临万寿山,下山后游览苏州街,完成本次研学

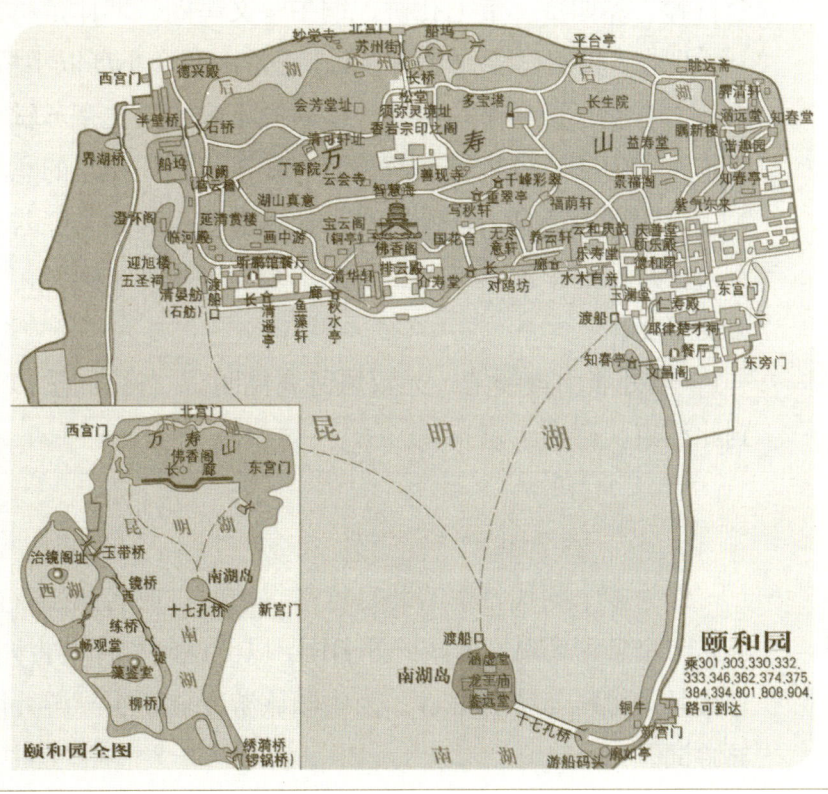

图4-7 景点地图

之旅。下面，我们重点介绍一下昆明湖上的各个景点。

现在我们坐船游览的，就是昆明湖。同学们，你们知道在西堤上有哪6座桥吗？这位同学回答得非常准确，它们就是界湖桥、豳风桥、玉带桥、镜桥、练桥、柳桥。

大家是不是也感受到这6座桥不仅形态各异，名字也很别致？没错，命名与诗词是密不可分的。春天到来时，"琳琅三竺宇，花柳六桥堤"，花红柳绿，鸟语花香，真是如诗中所言，美不胜收。其中，镜桥名称化自唐代大诗人李白所写诗句"两水夹明镜，双桥落彩虹"中的意境，寓意此桥架在明镜一般的水面上，练桥名称源自南朝诗人谢朓的诗句"余霞散成绮，澄江静如练"的意境，练是白色的丝织品，寓意此桥架在澄静如练的昆明湖上。

大家看到了吗？在练桥和镜桥之间的这座建筑，就是景明楼，它的名称出自宋代大文学家范仲淹的《岳阳楼记》中"至若春和景明，波澜不惊，上下天光，一碧万顷"，建筑形式是按照元代著名画家赵子昂的名画《荷亭纳凉图》中的画境创造的。过了东西堤的交界处绣漪桥，我们就来到了东堤，你还可以欣赏到以下美景：昆仑石碑、廓如亭、十七孔桥、铜牛、文昌阁、耶律楚材祠。

现在，我们已经到了知春岛，它是由两个小岛以小桥相连而成，内岛上有座亭子唤作知春亭，亭名源于宋代大文豪苏轼《惠崇春江晚景》诗中"竹外桃花三两枝，春江水暖鸭先知"的意境。

昆明湖上泛舟，仿佛置身于仙境，西面西山若隐若现，北面万寿山一片葱郁中流露出万丈金光，东堤金牛神采奕奕，真是一种绝美的享受。

"何处燕山最畅情，无双风月属昆明。"各位同学，今天的游览到此结束，谢谢大家！

| 任务
拓展 | 作为多个朝代首都的北京值得寻访的古典名园还有很多，请你建立一个学习团队，选择一处名园，以"诗画相伴游古园"为主题，查找景点材料与诗歌素材，为中职旅游专业学生导游社团创作一篇导游词。|

任务二 吴下名园惟拙政——拙政园

[任务分析] 拙政园是苏州四大名园之一，更是江南私家园林的代表。某校导游社团与星空旅行社合作开展了"'诗词+旅游'景点推介"活动，本次学习的主要任务是为到拙政园游览的教师团撰写具有古典诗词特色的导游词，为团队进行有传统文化特点的景点介绍。导游社成员首先要通过搜集资料了解拙政园的建园历史和园林特色，了解拙政园的历史文化，收集与拙政园有关的诗词意象和古典诗词，反复品读赏鉴，学习撰写导游词。

知识储备

一、风雨拙政园

拙政园（图4-8）始建于明正德初年（16世纪初），距今已有500多年历史，位于古城苏州东北隅，占地约52 000平方米，是苏州现存最大的古典园林，是江南古典园林的代表作品。全园以水为中心，山水萦绕，厅榭精美，花木繁茂，充满诗情画意，具有浓

图4-8 拙政园

诗风词韵入园林——拙政园

郁的江南水乡特色。花园分为东、中、西三部分，东花园开阔疏朗，中花园是全园精华所在，西花园建筑精美，各具特色。中华人民共和国成立后对园林进行合并修复，于1997年被列入《世界遗产名录》，2007年被评为首批5A级旅游景区。

二、众里寻她

本次接待的教师团中大多数游客为语文教师，拙政园自建造以来，吸引很多文人墨客来此，也留下了不少诗作，符合团队的参观需求，园区分为东、中、西和住宅四个部分，景点较多，游览时规划好浏览路线，避免走回头路。

1. 兰雪堂

（1）景点简介

兰雪堂为拙政园东部的主厅，是入园游赏的第一景（图4-9）。堂名取自李白诗句"独立天地间，清风洒兰雪"。兰雪堂坐北朝南，内有中堂隔板区分前后。前置艺术漆雕《拙政园全景图》，板北侧是巨大的《翠竹图》。堂内除了花几、琴桌等家具外，还有四块大理石屏，显出江南文人园林主要厅堂的庄重和典雅。

（2）推荐诗词

诗文： 谁道泰山高，下却鲁连节。
　　　 谁云秦军众，摧却鲁连舌。

图4-9
兰雪堂

> 小链接
>
> **四君子**
>
> 梅、兰、竹、菊被称为"四君子",世人常用"四君子"来寓意圣人高尚的品德。其文化寓意为:梅,深披傲雪,高洁志士;兰,深谷幽香,世上贤达;竹,清雅淡泊,谦谦君子;菊,凌霜飘逸,世外隐士。

独立天地间,清风洒兰雪。
夫子还倜傥,攻文继前烈。

——唐·李白《别鲁颂》(节选)

[赏析]《别鲁颂》是唐代诗人李白创作的一首诗。全诗十二句六十字,通过称颂鲁仲连来表达对友人的赞美与朋友间的深情厚谊。李白仰慕鲁仲连,是钟情于他不居功,不受赏;既有超凡济世之才,又有功成身退之志和独立不倚的人格。他将鲁仲连谈笑间建奇勋的精神风貌,用不经意之笔写出,充满了钦慕向往之情。四君子之一的"兰",和洁白的"雪"都是高洁的象征,以"兰雪"为名,表达了对高洁品格的追求。

2. 秫香馆

(1)景点简介

秫香,指稻谷飘香。此处以前墙外皆为农田,丰收季节,秋风送来一阵阵稻谷的清香,令人心醉,馆亦因此得名。秫香馆(图4-10)为东部的主体建筑,面水隔山,室内宽敞明亮,长窗裙板上的黄杨木雕,共有48幅,雕镂精细,层次丰富,栩栩如生。落地长窗加上精致的裙板木雕,把秫香馆装点得古朴雅致,别有情趣。

图4-10
秫香馆

项目四 诗风词韵入园林——古典园林

（2）推荐诗词

诗文： 山岛竹坞曲水清，归居小筑世无争。

也从陶令田园去，一样秋风别有情。

——秫香馆诗文

[赏析] 秫，稷、稻的统称，秫香馆原称秫香楼，此处原来为"归田园"北界，墙外即园主家田，在此建楼能够观赏到农桑田园之景，秫香之名，亦由此得。本是书香门第，偏有秫香阵阵，表现出诗人归隐田园、与世无争的境界。很容易让人联想到同样归园田居的陶渊明，主人虽不必像陶渊明那样"晨兴理荒秽，带月荷锄归"，但喜观农桑之事，别有一番情趣。

3. 见山楼

（1）景点简介

此楼三面环水，两侧傍山，底层被称作"藕香榭"，沿水的外廊设吴王靠，小憩时凭靠可近观游鱼，中赏荷花，远则园内诸景如画一般地在眼前缓缓展开（图4-11）。上层为见山楼，陶渊明有名句曰："采菊东篱下，悠然见南山。"此楼高敞，可将中园美景尽收眼底。春季满园新翠，姹紫嫣红；夏日熏风徐来，荷香阵阵；秋天

图4-11
见山楼

池畔芦荻迎风,寒意萧瑟;冬时满屋暖阳,雪景宜人。见山楼高而不危,耸而平稳,与周围的景物构成均衡的图画。

(2)推荐诗词

诗文:　结庐在人境,而无车马喧。
　　　　问君何能尔?心远地自偏。
　　　　采菊东篱下,悠然见南山。
　　　　山气日夕佳,飞鸟相与还。
　　　　此中有真意,欲辨已忘言。

——东晋·陶渊明《饮酒》

[赏析]本篇是《饮酒》二十首中的第五首,也是流传最广的一首。尤其妙在整首诗感情率真,一切都很自然。开篇的"结庐在人境,而无车马喧",是因为"心远地自偏",正所谓小隐隐于野,而大隐隐于市。只要人的心远离了对名利物质的追求,那么住的地方也会变得偏僻,心情也会变得宁静。"采菊东篱下"是一俯,"悠然见南山"是一仰,不经意间抬头,又看见青翠高耸的南山。诗人既以欣慰、宁静的心情描写自然景色,又以这些美丽的景色反映悠闲自得的心境,从而达到人和自然的和谐统一。所以这个"见"字用得好,苏轼曾经说:如果把这个"见"南山改成"望"南山,则一片神气都索然矣。这样一种非常微妙的境地,只可意会不可言传,就"欲辨已忘言"了。主人取名"见山楼",也是想要追求陶渊明当年率真自然的意境。

4. 与谁同坐轩

(1)景点简介

小亭非常别致,修成折扇状(图4-12)。苏轼有词"与谁同坐?明月、清风、我",故名"与谁同坐轩"。轩依水而建,平面形状为扇形,屋面、轩门、窗洞、石桌、石凳及轩顶、灯罩、墙上匾额、半栏均成扇面状,故又称作"扇亭"。人在轩中,无论是倚门而望,凭栏远眺,还是依窗近观,小坐歇息,均可感到前后左右美景不断。

（2）推荐诗词

诗文：闲倚胡床，庾公楼外峰千朵。与谁同坐？明月、清风、我。

别乘一来，有唱应须和。还知么？自从添个，风月平分破。

——北宋·苏轼《点绛唇·闲倚胡床》

图4-12
与谁同坐轩

[赏析] 词的上片，词人自述游山玩水的寂静心态。"与谁同坐？明月、清风、我"，用设问的方式，引出陪伴我的只有明月、清风。整个上片人格化、自然化和谐统一，突现了苏轼那种身心悠闲、旷然天真、潇洒自然，与大自然为伍的绰绰风姿。"与谁同坐，明月、清风、我"，富有"举杯邀明月，对影成三人"（李白《月下独酌》）的神韵。全词运用了叙述与描写、写实与用典、对衬与渲染之笔，尽情抒发了苏轼知杭州时与友畅游湖山之乐。那"楼外峰千朵""明月清风我""风月平分破"，如画一般，沁人心脾。"与谁同坐轩"妙在问而不答，答案尽在亭台楼阁周围的自然风物中。

任务实施

一、导游语言的特点

有了好的导游词，还要有贴切的语言来进行讲解。语言是导游员与游客交流的最重要的工具，它显示了一位导游员的思想和品位。具体而言，导游语言有以下四个特点。

1. 语言要规范

讲解语言要合乎语法和日常习惯，要亲切自然、贴近生活，切忌死板呆滞。用词要正确、是褒是贬，要容易识别。事实要清楚正确，不要张冠李戴，更不能随意杜撰，信口开河。

2. 语言要清楚

所谓清楚，即吐字清晰，发音准确，语速不快不慢，音量适中，使第一位游客与最后一位游客同样清晰可闻。语言纯正，注意抑扬顿挫和讲解内容的关系。

3. 语言要有逻辑

"逻辑与修辞使人能言善辩",导游员的解说一定要有逻辑性。由此及彼、由表及里,把游客最想了解的东西介绍给他们。这里要避免一个误区,就是以为导游员讲得越多越好,什么都讲,但往往什么都讲不深、讲不透,甚至讲了一些游客根本不感兴趣的东西,结果把自己和游客都搞得很疲累,吃力不讨好。优秀的导游员一定要善于观察游客的情绪变化,根据游客的兴趣点随时调整自己的讲解,使讲解具有较强的针对性。

4. 语言要新

这个"新"包含两方面的内容:一是语言的新鲜幽默,二是知识的更新。导游员要关心国家大事,保持对新生事物的敏感性。要紧跟新形势,把握新信息,及时充实和更新讲解内容。只有这样,讲解起来才能游刃有余。

二、导游词创作范例

各位游客:

大家好,欢迎来到苏州拙政园!我是今天的导游员小凡,我将和您一起,走进这座有着500多年历史的江南古典名园,一起感受文化的魅力。

拙政园始建于明代正德四年。明代御史王献臣因官场失意而还乡,以大弘寺址拓建为园,借西晋潘岳《闲居赋》"拙者之为政"句意,自我解嘲,取名为"拙政园"。拙政园500余年来,屡易其主,历经沧桑,几度兴衰。它与北京颐和园、承德避暑山庄、苏州留园合称为中国"四大名园",被誉为"天下园林之母"。

与苏州其他古典园林一样,拙政园是典型的宅园合一、有宅有园、前宅后园的格局。拙政园分东园、中园、西园三部分,整个造园以山水并重,以水池为中心,亭榭楼阁皆临水而立,倒映水中,相互映衬。

各位老师,入园后首先映入我们眼帘的便是东花园的主厅"兰雪堂"。"兰、雪"二字出自李白"春风洒兰雪"之句,有清香高洁、超凡脱俗之意。您看，在兰雪堂东北方向，这座临水而筑的建筑便是芙蓉榭，这是东花园夏日赏荷的绝佳之处。每当夏日到来，"荷风送香气，竹露滴清响"，沁人心脾，让人流连忘返。

现在我们来到了"秋香馆"，顾名思义，就是欣赏稻麦飘香的地方。每当庄稼成熟，坐馆观景，亦能体会古人归隐之乐，"也从陶令田园去，一样秋风别有情"。

这座见山楼三面环水，两侧傍山，取名自陶渊明的名句"采菊东篱下，悠然见南山"，从见山楼向外观赏山水，仿佛也能体会陶渊明当年归隐田园、怡然自得的意趣。

老师们，眼前的这座四角亭是不是很别致？亭子顶部宛如一把折扇，这就是"与谁同坐轩"。小亭面水而建，四面绿意葱茏。苏轼《点绛唇》中曾道："与谁同坐？明月、清风、我"，坐在亭中，欣赏明月荷塘，耳畔凉风习习，什么都可以想，什么都可以不想，即使无人同赏，也是非常闲雅自在的一件事。

时而是诗情画意的青山绿水，时而是温情脉脉的荷风明月，全园体现了淡泊明志的人生哲理，正是古人们苦苦追求的"人间天堂"。今天的游览就到这里，感谢各位！

> **任务拓展** 　苏州值得寻访的古典名园还有很多，请你建立一个学习团队，选择一处古典园林，以"诗画相伴游古园"为主题，为志远中学的研学旅行团撰写一篇古典园林的导游词。

项目五 诗风词韵藏石壁——石窟古迹

项目导入

中国的石窟古寺，与佛教在中国的传播有关。石窟艺术，不是一个个散落的点，而是一条动态的线，放眼过去，是佛教艺术中国化的嬗变轨迹。世界上的一切，都在洞窟里被吸收、被融合。外面世界的每一次革新，都会在一个洞窟里得到反映。石窟，向我们展现的是艺术的宝库，也是中国文化包容与开放的胸襟。历史的舞台，终会曲终人散，却在一座座石窟中，留下了痕迹。"瑰宝珍窟百丈岩，神工鬼斧历千年"，在那样逼仄幽暗的空间里，无限拓展着一个风起云涌、气势磅礴的宇宙，漫天飞舞的生命力，至今似乎仍未停歇。千百年前的那些人，我们从未谋面，然而他们的精神世界，却永久地呈现在我们面前，引导着我们重新理解不朽的意义。本项目将学习最有代表性的莫高窟和龙门石窟的基本情况，学习创作突出诗词文化特色的导游词，在对石窟的相关古诗词的鉴赏中触摸历史文化的脉搏，感受中华传统文化的博大精深。

任务一 举世莫能高——莫高窟

[任务分析] 某校导游社团与华文国际旅行社合作，开展为国外游客撰写具有"诗词"特色的景点导游词活动，宣传我国的传统文化。本次任务是为海外游客组成的旅游团介绍敦煌莫高窟。小组成员先要查寻资料，了解莫高窟的开发和历史演变，分析旅游团成员的需求，重点推介最能代表莫高窟文化的石窟，配合相关诗词，撰写导游词。

知识储备

一、莫高窟的开凿

莫高窟，俗称千佛洞，位于甘肃敦煌东南 25 千米鸣沙山。洞窟分布从南到北全长 1 600 余米，上下 5 层，高低错落，如蜂巢般排列。据早期碑文记载，它始建于前秦建元二年（366 年），历代都有修建，到唐代武则天时，已有 1 000 多个洞窟。历经千百年来自然和人为的破坏，至今仍保留单个洞窟 492 个。洞窟里有壁画 45 000 多平方米，泥制彩塑 2 415 尊，还有唐、宋木结构建筑 5 座。莫高窟的艺术是融建筑、彩塑、壁画为一体的综合艺术，它也是我国现存规模最宏大的佛教石窟。1991 年被列入《世界遗产名录》。

小链接

四大名窟
甘肃敦煌莫高窟、山西大同云冈石窟、河南洛阳龙门石窟、甘肃天水麦积山石窟。

诗风词韵藏石壁——莫高窟

二、众里寻她

本次接待的旅游团成员以海外游客为主，他们对中国传统文化充满好奇，有着浓厚的兴趣，社团成员主要选择最能代表莫高窟文化的景点，结合相关诗词进行重点推介。

1. 九层楼

（1）景点简介

九层楼是莫高窟的第 96 窟，高 45 米，依山崖而建，是莫高窟的最高的标志性建筑（图 5-1），也被称"大佛殿"。红色楼阁依山而建，气势雄伟。九层楼里边供奉的是世界上最大的室内盘腿而坐的泥胎弥勒菩萨造像。九层楼前后经历了几次重建，从最初只有两层，一直到民国时期才改建成了九层，而我们现在看到的红色飞檐的雄伟建筑，又是后来 1986 年由敦煌研究院重新加固维修的。

图 5-1
九层楼

（2）推荐诗词

诗文： 莫高窟，
　　　　举世莫能高。
　　　　瑞像九寻惊巨塑，
　　　　飞天万态现秋毫。
　　　　瞻礼涌心潮。

——当代·赵朴初《莫高窟》

［赏析］开篇点出莫高窟举世无双的地位和价值。莫高窟，又作漠高窟，原意是沙漠高处的石窟，而这

项目五　诗风词韵藏石壁——石窟古迹　　153

句诗又解出了无与伦比之意,可谓一语双关,十分巧妙。"瑞像九寻惊巨塑,飞天万态现秋毫",这两句诗表达了对莫高窟的彩塑和壁画艺术的惊叹。寻是古代计量单位,一寻等于八尺,九这个数字在古代是一个约数,"九寻"极言其高。一个"惊"字极为准确地刻画出当人们站在这些高大而又精致的彩塑面前,内心所受的震动之深。"瞻礼涌心潮"形象表达了作者在看到莫高窟后心潮起伏,激动不已的澎湃心情。

2. 敦煌壁画《五台山图》

(1) 景点简介

敦煌石窟现编 61 窟的洞窟是五代时期专为供奉文殊菩萨而开凿的洞窟。在其偌大的西壁上,绘画了佛教圣地五台山的全景,长约 13 米、高约 3.6 米,相当于半个网球场大小,规模恢宏,气势壮阔,既是引人入胜的山水风景,又是一幅全息的地理图,是莫高窟中规模最大,也比较有代表性的一幅壁画。《五台山图》再现了 1 500 年前五代时期五台山佛国圣境的宗教氛围和世俗风情画卷(图 5-2)。作品以丰富的想象力和高超的绘画技艺,采用鸟瞰式的

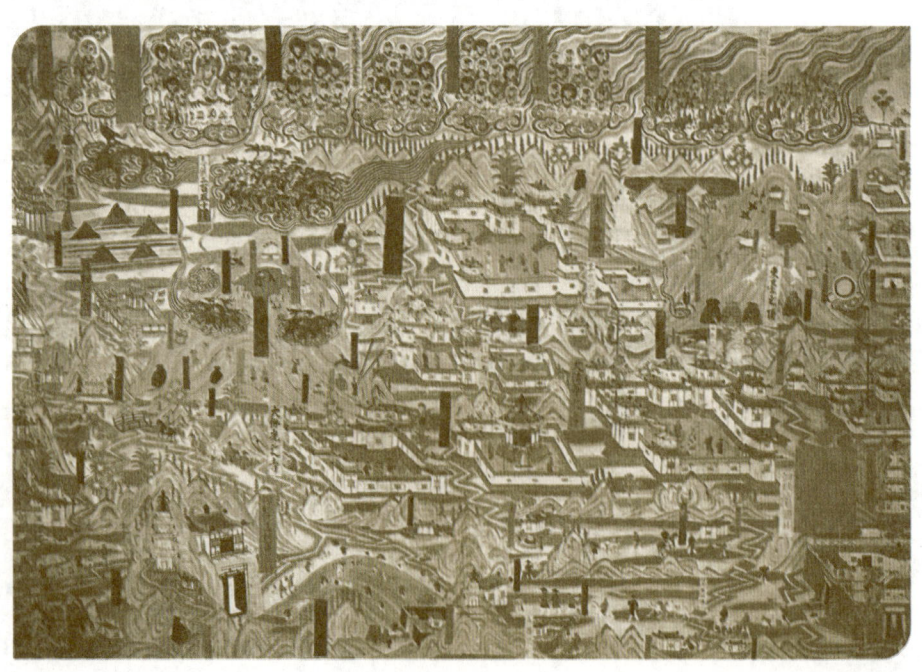

图 5-2
五台山图

透视法，描绘了天上众神像，巍峨敦厚、磅礴晋冀的五台山及其周围八百里以内的山川景色。寺庵兰若、城池房宇等建筑100多处、桥梁13座、菩萨画像20身、僧俗人物428位、乘骑驼马60多匹，是世界上罕见的古老的巨大的形象地图。

（2）推荐诗词

诗文：黄花红树谢芳蹊，宫殿参差黛巇西。
　　　诗阁晓窗藏雪岭，画堂秋水接蓝溪。
　　　松飘晚吹扐全铎，竹阴寒苔上石梯。
　　　妙迹奇名竟何在？下方烟暝草萋萋。

——唐代·温庭筠《清凉寺》

[赏析] 这首诗描绘五台山秀美的景色，语言生动，风格秀丽，意境优雅，是咏五台山诗中的佳作。颔联极写古寺内的秀丽景色，从寺阁的窗口欣赏那白雪皑皑的五台奇峰，"画堂秋水"连着那淙淙而下的溪流，这是眼见。颈联则通过耳闻进一步描绘古寺的美景、松声、寺檐上的铃铎声交互作响，加之石梯旁竹树的摇曳声，仿佛让人置身于有声的画图之中。读之韵味无穷，意蕴深邃。

3. 飞天

（1）景点简介

敦煌飞天原是画在敦煌石窟壁画中的飞神，后来成为中国敦煌壁画艺术的一个专用名词。第320窟的四飞天，创作于盛唐时期，画在南壁《西方净土变》中阿弥陀佛头顶华盖的上方。每侧两身，以对称的形式，围绕华盖，互相追逐：一个在前，扬手散花，反身回顾，另一个举臂紧追。前呼后应，表现出一种既奋发进取，又自由轻松的精神力量和飞行之美。飞天的四周，彩云飘浮，香花纷落，既表现飞天向佛陀作供养，又表现佛国天堂的自由欢乐（图5-3）。

（2）推荐诗词

诗文：素手把芙蓉，虚步蹑太清。
　　　霓裳曳广带，飘拂升天行。

——唐·李白《古风·其十九》（节选）

图 5-3
飞天

[赏析] 这首诗一般都认为写于天宝十五载（756年），时洛阳已陷于安史叛军之手，而长安尚未陷落。其中这四句历来被认为对仙境描写得十分传神，被当作惟妙惟肖地刻画飞天形象的诗句。素手握着皎洁芙蓉，太空之中凌空而行。身穿云霓做的衣裙，拖着宽阔的飘带，轻盈飘拂地升天而行。诗人通过想象，写出了众仙子的婀娜多姿，仙境的虚无缥缈，于此可见李白所作之诗的天马行空、想象奇诡之处。

4. 第 45 窟塑像群

（1）景点简介

堪称国宝的莫高窟第45窟塑像群，正中的释迦牟尼是中国式佛像的经典作品，他端坐在八宝座上，袈裟随身垂落，于庄重肃穆中略带松弛自然。大弟子迦叶微耸的眉头、苦涩的嘴角、深沉的目光、隆起的胸骨，仿佛在诉说这位僧人不一般的人生。这些佛像充分展示了唐朝写实主义的技法，无论从各个角度都充分考虑到人体的真实比例，可以说是敦煌莫高窟写实主义的代表作。

（2）推荐诗词

诗文：世尊拈花，迦叶微笑。
　　　正法眼藏，永永流通。
　　　古佛今佛，心同道同。

——宋代·释法薰《偈颂六十八首其一七》（节选）

[赏析]诗歌前两句出自一个非常有名的佛教典故，就是"佛祖拈花，迦叶微笑"。接着，释迦牟尼讲话，"吾有正法眼藏，涅槃妙心，实相无相，微妙法门，不立文字，教外别传，付嘱摩诃迦叶。"意思是说徒儿们听好了，我有绝妙高招，可以直接悟道，无须文字相传，已经传授给迦叶了。据说，这就是禅宗的起始。禅宗的特色就是传道授学，讲求心领神会，无须文字言语表达。

5. 藏经洞

（1）景点简介

藏经洞（图5-4）是在1900年5月26日被敦煌莫高窟主持王道士（王圆箓）发现的，洞内藏有从公元4—14世纪的各种历史文本、绢画、刺绣等文物5万多件。其中的珍贵文献用多种文字记载，有汉文、藏文、梵文、龟兹文、粟特文、突厥文、回鹘文、康居文等，是一个内容丰富的古代博物馆。后因战乱或其他原因被封存，一直到20世纪初才被发现，后又遭受西方列强的强取豪夺，盗走大量珍贵文物。1910年清廷下令把剩余的敦煌经卷全部运往北京保存。

图5-4 藏经洞

（2）推荐诗词

诗文：莫高窟可以傲视异邦古迹的地方，就在于它是一千多年的层层累聚。看莫高窟，不是看死了一千年的标本，而是看活了一千年的生命。一千年而始终活着，血脉畅通、呼吸匀停，这是一种何等壮阔的生命！一代又一代艺术家前呼后拥向我们走来，每个艺术家又牵连着喧闹的背景，在这里举行着横跨千年的游行。

——当代·余秋雨《莫高窟》

[赏析]莫高窟是举世闻名的艺术宝库，这里的每一尊彩塑、每一幅壁画，都是我国古代劳动人民的结晶。

跨越千年，默默讲述着一段辉煌的历程。莫高窟给予我们的，不是佛教故事，不是鲜艳色条，更不是佛教圣地的名声。就像余秋雨先生所说，它似乎还要深得多，复杂得多，也神奇得多。博大精深的佛教理义被寂寞舞者演绎得淋漓尽致；千年的宗教史和文化史在交融中诉说和传递；虔诚的信仰，唯美的信念在邂逅的一瞬间爆发，这不是标本，而是活生生的生命。

> **小链接**
>
> **敦煌学**
>
> "敦煌学"，原本主要是研究藏经洞出土的写本文献，以后逐渐扩大到研究石窟、壁画、汉简乃至周边地域出土的古代文献和遗存的古代文物。现在，敦煌学指以敦煌遗书、敦煌石窟艺术、敦煌学理论为主，兼及敦煌史、地为研究对象的一门学科，是研究、发掘、整理和保护中国敦煌地区文物、文献的综合性学科。
>
> **樊锦诗**
>
> 樊锦诗，曾任敦煌研究院院长，现任敦煌研究院名誉院长、研究馆员，兰州大学兼职教授，敦煌学专业博士生导师。自1963年自北京大学毕业后已在敦煌研究院坚持工作40余年，被誉为"敦煌女儿"。主要致力石窟考古、石窟科学保护和管理。在中华人民共和国成立70周年之际，樊锦诗获得"文物保护杰出贡献者"国家荣誉称号。樊锦诗说，敦煌研究院已经成为国内外最大的敦煌学研究实体，并且利用先进的科技和管理手段，实现了旅游开放和保护管理的创新，使保护和利用得到平衡发展。在樊锦诗看来，因为热爱，所以才会想尽一切办法保护它。

任务实施

一、导游词讲解技巧

1. 概述法

概述法指导游员为帮助游客更好地了解景点而在参观游览前介绍景点概况的手法，一般在景点示意图前进行。

导游员带团进入某一个景点，一般都要在景点示意图前停留一会儿，导游员将景点的历史沿革、地理位置、占地面积、整体布局、主要景观、游览路线等内容介绍给游客。这是一种辅助性讲解，目的是为了让游客对即将游览的景点有所了解，做到心中有数，以便更好地完成参观游览。

2. 分段讲解法

分段讲解法就是把一个规模较大的景区按照一定顺序分为前后联结的若干部分，分别进行讲解的方法。通常，这种方法主要适用于建筑规模或占地面积较大的景区景点，如故宫、孔庙。

在运用分段讲解法时要注意各部分间的过渡，每一段快结束时要适当地提及下一段最有价值的内容，目的是引起游客继续参观的兴趣，让景物讲解环环相接、扣人心弦。

3. 数字说明法

数字说明法是一种引用具体的数字精确地说明事物的形体特征、性能特点和功用大小的方法。用数字说明是导游员讲解时常用的方法之一。

数字说明，可以用基数，也可以用序数，还可以用"……之最"之类的词语。它与"画龙点睛"有相同之处，也有不同之处。

二、导游词创作范例

各位游客：

欢迎大家来到享有佛教艺术宝库之美誉的敦煌莫高窟。我是导游员小张，今天由我带您走进莫高窟，览敦煌之美，赏文化瑰宝。

莫高窟，俗称千佛洞，坐落在河西走廊西端的敦煌。它始建于前秦宣昭帝苻坚时期，历经北朝、隋朝、唐朝、五代十国、西夏、元朝等朝代的兴建，形成如今的规模，这里有单个洞窟 492 个，壁画 4.5 万多平方米、泥质彩塑 2 415 尊，是世界上现存规模最大、内容最丰富的佛教艺术地。彩塑和壁画是莫高窟艺术的两大瑰宝。赵朴初先生曾经写诗这样赞美莫高窟："举世莫能高，瑞像九寻惊巨塑，飞天万态现秋毫。瞻礼涌心潮。"诚如诗中所言，莫高窟各窟均是建筑、彩塑、绘画三位于一体，九寻巨塑，万态飞天，堪称世界之最。

游客朋友们，这里的洞窟最大的有 200 多平方米，最小的不足 1 平方米。现在我们参观的是赫赫有名的"藏经洞"。它位于洞窟甬道的北侧，原是晚唐时期河西都统洪辩的"影窟"。这里曾经保存了大量宗教经典和多种文字写成的经卷，它涉及许多学科，是研究古代宗教、政治、经济、军事、文化的重要资料，但遭到了帝国主义分子的肆无忌惮的掠夺和盗劫，被盗走的佛经、佛画、佛教绣品等文物现存于英、法、俄、日等国家的博物馆中。正如陈寅恪先生所说："敦煌者，吾国学术之伤心史也。"直到 1910 年才将这些劫余的文物运往北京，收藏在北京图书馆。经过国内外学者几十年的研究，终于开拓出一门全新热门的学科——敦煌学，以便更好地保护莫高窟。

壁画是莫高窟的一大艺术瑰宝。我们现在所处的第 427 窟是绘画飞天最多的洞窟，共计 108 身。这些飞天头戴宝冠、项饰璎珞、腰系长裙、肩绕彩带，姿态各异。有的双手合十，有的手持莲花，有的手捧花盘，有的扬手散花，有的手持箜篌、琵琶、横笛、竖琴等乐器，朝着一个方向绕窟飞翔，其轻盈的体态，飘曳的长裙、飞舞的彩带，迎风舒卷，动态强烈，似乎要从墙壁之上飘出，飞升天际，恰如李白诗歌中所描绘的："素手把芙蓉，虚步蹑太清。霓裳曳广带，飘拂升天行。"

第 61 窟的《五台山图》是莫高窟现存最大的一幅壁画，分上、中、下三个部分，分别代表天神、僧众和人间，规模恢宏，气势壮阔，既是引人入胜的山水风景，又是一幅全息的地理图。朋友们，看着这幅壁画，令人不由想起温庭筠《清凉寺》中的名句"黄花红树谢芳蹊，宫殿参差黛巘西"，也传神地描绘出了五台山佛门净地的清幽之景，能够想象得到在盛唐时期佛教的兴盛。

眼前的第 45 窟，是莫高窟中彩塑的代表性洞窟。正中是佛祖释迦牟尼的坐像，周围是迦叶等六大弟子的群像。"佛祖拈花，迦叶微笑"的故事便如在眼前了。

看着莫高窟精美的壁画和彩塑，我想很多朋友会有这样的疑问：莫高窟为什么会建在距敦煌市 20 多千米的鸣沙山崖壁上？是谁修建的这些洞窟？这些洞窟又是为谁而建？藏经洞封闭的原因是什么？多少尘封的历史沉默如谜，这也是敦煌引人入胜的美之所在。

今天的游览即将结束，感谢大家的支持与配合，希望今天的世界文化遗产之旅让您对敦煌文化有了更深入的了解。

任务拓展

敦煌莫高窟是我国宝贵的文化遗产，保存的主要是佛教的一些文化资料。终南山是我国著名的道教文化圣地，更是吸引了无数文人墨客作诗吟咏，请为即将到终南山旅游的游客撰写一篇导游词，重点突出终南山的诗词文化特色。

任务二 —— 龙门石窟

千龛邻峭壁

[任务分析] 某职业学校导游社团与大地旅行社合作开展导游词写作活动,本任务是为海外游客组成的旅游团撰写一篇"文化+旅游"的龙门石窟的导游词。小组成员先要查询资料,了解龙门石窟的地理位置、开凿历史、艺术特色等资料,分析旅游团成员的需求特点,重点推介龙门石窟中最有代表性的石窟,完成导游词撰写任务。

知识储备

一、峥嵘两山门,共抱一水秀

龙门(图5-5)是洛阳南面的天然门户,这里两岸香山(东山)、龙门山(西山)对立,伊水中流,远望就像天然的门阙一样。因此自春秋战国以来,这里就获得了一个形象化的称谓——伊阙。隋炀

图5-5 龙门

帝定都洛阳，因皇宫大门正对伊阙，古代帝王又以真龙天子自居，因此得名"龙门"，"龙门"之名即沿用至今。

"龙门山色"自古即为洛阳八景之首。北魏以来，这里松柏苍翠，寺院林立，到唐代有十寺最为有名。山脚处泉水汩汩，伊水碧波荡漾，唐代时行船往来，穿梭其中。精美的雕像与青山绿水交相辉映，形成了旖旎葱茏、钟灵毓秀的龙门山色、伊阙风光。中国古代历史上曾有许多文人墨客、帝王将相、高僧大德徜徉于此，赋诗吟诵，其中有唐代大诗人白居易"洛都四郊山水之胜，龙门首焉；龙门十寺观游之胜，香山首焉"的佳句，声名远扬，今诵尤新。

二、众里寻她

诗风词韵藏石壁——龙门石窟

导游社团本次接待的旅游团成员以海外游客为主，国外游客对中国的传统文化有着浓厚的兴趣，他们来中国游览参观，尤其喜欢代表中国文化鼎盛时期的唐代文化，因此社团成员主要选择最能代表龙门石窟文化的景点进行重点推介。

1. 龙门石窟

（1）景点简介

龙门石窟（图 5-6）位于河南省洛阳市，是世界上造像最多、规模最大的石刻艺术宝库，被联合国教科文组织评为"中国石刻艺

图 5-6
龙门石窟

术的最高峰",位居中国各大石窟之首,现为世界文化遗产、全国重点文物保护单位、国家5A级旅游景区。石窟则始凿于北魏孝文帝年间,盛于唐,终于清末。历经10多个朝代陆续营造长达1400余年,是世界上营造时间最长的石窟。石窟密布于伊水东西两山的峭壁上,南北长达1千米,现存洞窟像龛2345个,造像10万余尊,与莫高窟、云冈石窟、麦积山石窟并称中国四大石窟。

(2)推荐诗词

诗文： 凿山导伊流,中断若天辟。
都门遥相望,佳气生朝夕。
素怀出尘意,适有携手客。
精舍绕层阿,千龛邻峭壁。
缘云路犹缅,憩涧钟已寂。
花树发烟华,淙流散石脉。
长啸招远风,临潭漱金碧。
日落望都城,人间何役役。

——唐·韦应物《龙门游眺》

[赏析]诗歌开篇四句点出了伊阙的雄伟壮观,这里有东、西两座青山相对而出,中有伊水缓缓东流。远远望去,犹如一座天然门阙,古称"伊阙"。"精舍绕层阿,千龛邻峭壁"两句准确地概括了龙门石窟的外观:精致的佛龛环绕层层山阿,峭壁上罗列着上千座这样的精舍,形象地写出了在盛唐时的龙门石窟的壮观景象。整首诗以写龙门风景为主,表达了对龙门景色的向往和喜爱,也含有对世俗功利思想的讽刺和厌倦。作为佛教圣地的龙门,的确令人平心静气,荡涤世俗烦扰。

2. 奉先寺

(1)景点简介

奉先寺(图5-7)是龙门石窟规模最大、艺术最为精湛的一组摩崖型群雕,因为它隶属于当时的皇家寺院奉先寺而俗称"奉先寺"。此窟建开凿于唐高宗初,咸亨三年(公元672年)由皇后武则天出

图 5-7 奉先寺

资赞助，上元二年（761年）建成，长宽各 30 余米，洞中佛像明显体现了唐代佛像艺术特点，面形丰肥、两耳下垂，形态圆满、安详、温存、亲切，极为动人。中间主佛为卢舍那大佛，为释迦牟尼的报身佛，据佛经说，卢舍那意即光明遍照。这座佛像通高 17.14 米，头高 4 米，耳朵长达 1.9 米，佛像面部丰满圆润，头顶为波状形的发纹，双眉弯如新月，附着一双秀目，微微凝视着下方。

（2）推荐诗词

诗文： 已从招提游，更宿招提境。
阴壑生虚籁，月林散清影。
天阙象纬逼，云卧衣裳冷。
欲觉闻晨钟，令人发深省。

——唐·杜甫《游龙门奉先寺》

［赏析］此诗叙写了龙门夜景及若有所悟的心境，表现了诗人青年时期的敏锐感受能力和对佛教的初步认识。中间两联描写夜宿的景色，阴暗的山谷里响起了阵阵风声，月光下的树林闪烁着斑斑清影。高耸的龙门山好像靠近天上星辰，夜宿奉先寺，如卧云中，寒气透衣。将醒之时听到佛寺晨钟敲响，一声声叩击心弦，令人生发深刻的警悟。全诗借景抒情，语言含蓄，极富表现力。

3. 潜溪寺

（1）景点简介

潜溪寺是龙门西山北端第一个大窟。它高、宽各 9 米多，进深近 7 米，大约建于 1 300 多年前的唐代初期。窟顶藻井为一朵浅刻大莲花。主佛阿弥陀佛端坐在须弥台上,面颊丰满,胸部隆起,衣纹斜垂座前,身体各部比例匀称,神情睿智,整个姿态给人以静穆慈祥之感。主佛左侧为大弟子迦叶,右侧为小弟子阿难。两弟子旁边分别为观世音菩萨与大势至菩萨。特别是南壁的大势至菩萨,造型丰满敦厚,仪态文静,阿弥陀佛与两侧的两位菩萨共称为西方三圣,即掌管西方极乐世界的三位圣人,是佛教净土宗信仰的对象。

（2）推荐诗词

诗文： 古殿藏竹间，香庵遍岩曲。

云霞弄霁晖，草树含新绿。

时鸟自绵蛮，山花竞纷缛。

莫言归路赊，明月还相续。

——北宋·梅尧臣《游龙门自潜溪过宝应精舍》（节选）

[赏析] 梅尧臣是北宋著名现实主义诗人,曾官至尚书都官员外郎,诗歌多以写实为主,笔调清新自然。这首诗节选部分,描写了龙门附近环境清幽,云霞、草树、时鸟、山花,在层层竹林掩映下,有几处佛寺,给人一种超凡脱俗,返璞归真的感觉。作者在这里游玩,流连忘返,到了夜晚,天上的明月又来接续白天的美景。整首诗偏向写实,写景动静结合,"弄"字和"竞"字把原本是静态的云霞和山花写得活灵活现,充满了生机活力。

4. 香山寺

（1）景点简介

香山寺（图5-8）位于古都洛阳城南13千米处的香山西坳,与世界文化遗产——龙门石窟西山窟区一衣带水,隔河相望,与龙门石窟东山窟区和白园一脉相连,并肩邻立,因盛产香葛而得名。始建于北魏熙平元年（516年）。天授元年（690年）,武则天在洛阳称帝,建立武周王朝,敕名"香山寺",并重修该寺,当时香山寺危楼切汉,飞阁凌云,巍巍壮观,武则天常驾亲游幸,御香山寺中石楼坐朝,留下了"香山赋诗夺锦袍"的佳话。唐大和六年（832

图 5-8 香山寺

年），河南尹白居易捐资六七十万贯，重修香山寺，并撰《修香山寺记》，寺名大振，会昌六年（846年）白居易去世，遗命葬于香山寺如满大师塔侧。

（2）推荐诗词

诗文：东岸菊丛西岸柳，柳阴烟合菊花开。
一条秋水琉璃色，阔狭才容小舫回。
除却悠悠白少傅，何人解入此中来。

——唐·白居易《题龙门堰西涧》

[赏析] 这首诗语言冲淡自然，颇有山水田园诗的妙致。通篇未曾道出"情"字，却深情立现。尤其是诗歌的最后两句，最为人称道，给人留下了一个陶醉于龙门山水景色，乐而忘返，又为自己的独到发现有一点得意扬扬的可爱的诗人形象。正因为醉心于龙门景色，白居易自号"香山居士"，晚年更是长居香山，甚至遗命长眠于此。

> **小链接**
>
> **白居易**
>
> 白居易（772—846年），字乐天，号香山居士，又号醉吟先生（图5-9）。太和三年（829年），白居易以太子宾客分司东都洛阳，在洛阳和龙门先后居住了18年之久，与这里结下了不解之缘。龙门秀丽的自然景观和珍贵的人文景观，在白居易的晚年成了他最亲切的慰藉，他徘徊于龙门山水林野间，或行吟于山林，或啸唱于泉边，写下了许多赞美龙门河山的美丽诗篇。白居易晚年对香山寺情有独钟，常常住在寺内，更以"香山居士"自号。
>
> 会昌四年（844年）冬季，在龙门口南面的伊河上有一段被称作"八节滩""九峭石"的险滩，礁石满布，水流湍急，水道经常堵塞，经常造成船毁人亡的悲剧。常年在香山寺栖居的白居易，倾注自己的财力，号召"贫者出力，仁者施财"，开通了八节滩，从此，"夜舟过此无倾覆，朝胫从今免苦辛"，反映出他"达则兼济天下"的人生观。

图 5-9 白居易

任务实施

一、导游员讲解时手势语的运用

导游员讲解时的手势，不仅能强调或解释讲解的内容，还能生动地表达讲解语言所无法表达的内容，使讲解生动形象，让游客看得见、悟得到。手势在讲解中的作用主要有以下三种。

1. 情意手势

手势可以用来表达导游员讲解的情感，使之形象化、具体化，即所谓"情意手势"。在说"我国的社会主义现代化建设一定会取得成功！"时，可用握拳的手势有力地挥动一下，即可渲染气氛，也有助于情感的表达。

2. 指示手势

手势还可以用来指示具体的对象，即"指示手势"。如"各位朋友，现在我们来到了趵突泉公园的东门，请大家顺着我手指的方向往上看，大门正中匾额上'趵突泉'3个贴金大字，是郭沫若先生于1959年来济南时题写的"。

3. 象形手势

手势还可以用来模拟状物，即"象形手势"。如，当讲"有这么大的鱼"时，可用两手食指比一比。当讲到"5千克重的西瓜"时，可用手比成一个球的形状。

在哪种情况下用哪种手势，都应视讲解的内容而定。在手势的运用上必须注意：一要简洁易懂；二要协调合拍；三要富有变化；四要节制使用；五不要使用对方忌讳的手势。

二、导游词创作范例

各位游客：

大家好！我是今天的导游员小张，非常荣幸今天由我和大家一起游览举世闻名的佛教艺术宝库——洛阳龙门石窟，在开始参观之前，请允许我对龙门石窟做一个总体介绍。

龙门石窟位于洛阳市南13千米的伊河两岸，这里两山对峙，伊水中流，形若门阙，故称"伊阙"。后来，隋炀帝迁都洛阳，因都城的城门正对着这里的门阙，古代帝王又以真龙天子自居，故称"龙门"。龙门石窟自北魏孝文帝迁都洛阳始凿，历经1 400余年的雕刻，是我国四大石窟之一，2000年11月被联合国教科文组织列入《世界文化遗产名录》。

"龙门山色"自古为洛阳八景之首，唐代大诗人白居易曾写过"洛都四郊，山水之盛，龙门首焉"的佳句来称赞龙门，唐代著名诗人韦应物也曾在诗歌中赞叹"凿山导伊流，中断若天辟"，可见龙门美景之盛。龙门石窟在唐朝已具备较大规模，诗歌赞曰："精舍绕层阿，千龛邻峭壁。"今存有窟龛2 345个，造像10万余尊，碑刻题记达2 800余块，堪称石窟艺术的宝库，现在就请大家随我一同去参观这座宝库。

游客朋友们，现在我们来到了奉先寺，这是龙门石窟中最为磅礴、艺术最为精美的洞窟，也是龙门石窟中最具代表性的一个佛龛，造像布局为一佛、二弟子、二菩萨、二天王、二力士等九尊大佛。我们眼前的就是卢舍那大佛。卢舍那梵文音译，意为光明普照之意，它通高17.14米，头高4米，耳长1.9米。

有人说卢舍那大佛是集善良与美貌于一身的"东方的蒙娜丽莎"。您看，它嘴角微微上翘，目光下垂，略做俯视态，两道弯眉如钩如月，是不是有如沐春风之感？无论您从哪个角度看它，它的目光都会和您有所交流，像智者的询问、长者的关切。中国佛教艺术经历了漫长的岁月，在唐代终于完成了汉化的过程，因此中国的佛教艺术在洛阳的龙门石窟也达到了一个光辉的顶点，所以李泽厚先生才会说："卢舍那大佛是中国佛教艺术的最高典范。"令人不由想起诗句"百丈金身开翠壁，万龛灯焰隔烟萝"。

在卢舍那大佛两侧的塑像是其两位弟子，左为迦叶，他饱经风霜，庄重严谨，右为阿难，他聪敏温顺，擅长记忆，他们两侧站的是菩萨、天王、力士及供养人，形象逼真，栩栩如生。奉先寺以其流利的线条，高超的技艺，玄密的宗教幻化出了一首壮丽无比的交响乐动人心魄。

这里作为龙门石窟中规模最大、最具有代表性的露天佛龛，造像形态各异、刻画传神，显示了盛唐雕塑艺术的高度成就，成为石雕艺术史上的奇观。世界遗产委员认为"龙门地区的石窟和佛龛展现了中国北魏晚期至唐代期间，最具规模和最为优秀的造型艺术。

这些详实描述佛教宗教题材的艺术作品,代表了中国石刻艺术的最高峰。"

历朝历代文人墨客也纷纷流连于此。白居易晚年长居于此,并创作了大量诗文。"东岸菊丛西岸柳,柳阴烟合菊花开。一条秋水琉璃色,阔狭才容小舫回。除却悠悠白少傅,何人解入此中来。"杨柳垂荫,烟笼菊花,琉璃色的秋水,令人陶醉不愿离去。

游客朋友们,古人视龙门为沟通彼岸世界的风水宝地,因而选择在此造像修窟。伊河波光潋滟,两岸绿柳成荫,僧人、信徒傍水前行,礼佛与游赏之余,仰望东西两山,千岩竞秀,万木争荣,漫山洞窟如蜂房蚁窝,令人一时恍惚,如入曼妙殊胜的佛国幻境。盛唐气象的秘密,就藏在龙门石窟里,等待着我们去探索。

朋友们,今天的讲解就到此结束。谢谢各位!

> **任务拓展**
>
> 白居易是盛唐时期著名的大诗人,他与龙门渊源颇深,自号"香山居士",可见他对龙门一带的热爱,去世后就葬在龙门边的香山寺。请查阅白居易和洛阳的资料,写一篇介绍古代名城洛阳的导游词。

项目六 诗风词韵题古建——古代建筑

项目导入

亭台楼阁，或耸立于青山之上，依附于江河之畔，或点缀于园林之中，生落于繁华之地，装饰一分山水，点亮一道风景。在诗词中，亭台楼阁的出现频率特别高。诗人们或把酒临风，或登楼抒情。有"常记西亭日暮，沉醉不知归路"的生活情趣，有"故人西辞黄鹤楼，烟花三月下扬州"的诗意别离，有"落梅庭榭香，芳草池塘绿"的温馨浪漫，有"丞相祠堂何处寻？锦官城外柏森森"的惆怅慨叹，也有"登斯楼也，则有心旷神怡，宠辱皆忘，把酒临风，其喜洋洋者矣"的洒脱豪情。本项目将介绍我国主要的亭台楼阁旅游资源，完成诗文鉴赏、导游词撰写以及个性化活动设计等学习任务，在诗词鉴赏中领略亭台楼阁的美。

任务一 落霞与孤鹜齐飞，秋水共长天一色——滕王阁

[任务分析] 某校导游社团与纵横旅行社合作开展了"诗词+旅游"的导游词创作活动。本次任务是为一个由高职一年级学生组成的研学旅游团设计"诗词文化+旅游"的滕王阁一日游导游词。社团成员想要完成本次任务，必须要了解历代文人墨客在滕王阁留下的诗词佳作，同时分析该旅游团对滕王阁文化的兴趣点，让游客在游中重温滕王阁的传奇历史故事和经典诗词，在历史文化中领略滕王阁的魅力。

知识储备

一、滕王阁之"阁"

1. 景点简介

滕王阁（图6-1）位于江西省南昌市，始建于唐永徽四年（653年），是中国古代四大名楼之一，世称"西江第一楼"。滕王阁仿造宋时样式而建，一级高台南北两侧建有两亭，南亭可观赣江雄伟壮丽之姿，名为压江亭；北亭尽收西山钟灵毓秀之美，名为挹翠亭。隔江远眺，两亭与主阁以"山"字呈现。宋代的滕王阁被称为"历代滕王阁之冠"。莲瓣柱础、歇山式屋顶及龙凤雕饰的飞檐，与抱厦、腰檐、栏杆等建筑相组合，富于变化，其华美与秀丽远超各个时期。木质建筑和斗拱结构在唐宋时期已发展至高峰。雄伟厚重的柱头、补间、转角三大斗拱以及富丽堂皇的下昂在滕王阁上尽皆应用。

2018年，滕王阁旅游区被评定为国家5A级旅游景区。

图 6-1 滕王阁

2. 推荐诗词

诗文： 滕王高阁临江渚，佩玉鸣鸾罢歌舞。
　　　画栋朝飞南浦云，珠帘暮卷西山雨。
　　　闲云潭影日悠悠，物换星移几度秋。
　　　阁中帝子今何在？槛外长江空自流。

——唐·王勃《滕王阁诗》

> **小链接**
>
> **中国古建筑之"阁"**
>
> 阁是一种架空的小楼房，六角或八角形状，常呈两层，四面皆有窗，四周设隔扇或栏杆回廊，供人们远眺、游憩、藏书和礼佛之用。

［赏析］这首诗附在作者的名篇《滕王阁序》后，概括了序的内容。首联点出滕王阁的形势并遥想当年兴建此阁时豪华繁盛的宴会情景；颔联紧承第二句写南浦飞来的轻云掠过画栋，西山的雨卷入了珠帘内，表现了阁的高峻；颈联由空间转入时间，点出了时日的漫长，很自然地生出了风物更换季节，星座转移方位的感慨，引出尾联；尾联感慨人去阁在，江水永流，收束全篇。全诗在空间、时间双重维度展开对滕王阁的吟咏，笔意纵横，境界宏大，与《滕王阁序》真可谓双璧同辉，相得益彰。

二、滕王阁之"文"

1. 文章简介

　　滕王阁的扬名，的确与王勃的杰作《滕王阁序》大有关系，正所谓"文以阁名，阁以文传"。滕王阁为唐永徽四年（653 年）高祖子滕王李元婴为洪州都督时所建，以封号为名，故址在今江西南昌市赣江滨。唐上元二年（675年）九月，王勃往南海省亲，途中路经洪州，逢都督阎公在滕王阁大宴宾客，遂在宴会上挥毫写成此《秋日登洪府滕王阁饯别序》（简称《滕王阁序》）。

2. 推荐诗词

诗文：时维九月，序属三秋；潦水尽而寒潭清，烟光凝而暮山紫。俨骖騑于上路，访风景于崇阿。临帝子之长洲，得天人之旧馆。层台耸翠，上出重霄；飞阁翔丹，下临无地。鹤汀凫渚，穷岛屿之萦回；桂殿兰宫，即冈峦之体势。披绣闼，俯雕甍，山原旷其盈视，川泽纡其骇瞩。闾阎扑地，钟鸣鼎食之家；舸舰迷津，青雀黄龙之轴。云销雨霁，彩彻区明。落霞与孤鹜齐飞，秋水共长天一色。渔舟唱晚，响穷彭蠡之滨；雁阵惊寒，声断衡阳之浦。

——唐·王勃《滕王阁序》（节选）

[赏析]《滕王阁序》这篇临别赠言虽为即兴之作，但堪称古代骈文中的精品。全文层层扣题，文思缜密。在严格的骈体形式束缚下，作者充分发挥骈文特有的表现手段，融对偶、声韵、事典、辞藻于一炉，严整中呈行云流水之势。统观全文，由地及人，由人及景，由景及情，步步递进，紧扣题意。

以上文章节选为《滕王阁序》第二段，由趋名楼、登高阁，写到近览楼阁之壮丽，远眺山川之胜景，展示出一幅流光溢彩的滕王阁秋景图。"层台耸翠，上出重霄；飞阁翔丹，下临无地"这四句由两组镜头剪辑而成。上有层台碧瓦攒刺云霄，下有飞架的阁道丹彩欲流，借视角的俯仰变化，使上下相映成趣，突出了危楼高耸的壮观。"落霞与孤鹜齐飞，秋水共长天一色"，更是写景名句，青天碧水，天水相接，上下浑然一色；彩霞自上而下，孤鹜自下而上，相映增辉，构成一幅色彩明丽而又上下浑成的绝妙好图。这一部分凸显虚实相映之美。作者登高临远，不仅骋目八方，还思接千里。文中既实写目见之景，又发挥想象，构想出目力难及之景。"渔舟唱晚"四句，即凭借听觉联想，用虚写手法传达远在"彭蠡之滨""衡阳之浦"的渔歌和雁声。如此虚实相间地模山范水，既使读者对景物有具体的感受，又引导读者开拓视野，展开联想，登山临水，视通万里。

三、滕王阁之"画"

江南才子唐伯虎，平生最爱游历天下名山大川，而且每到一处都喜欢吟诗作画。唐伯虎擅画山水、人物、仕女和花鸟，尤以山水、仕女著称，他的山水画代表作《落霞孤鹜图》便创作于滕王阁上。

唐伯虎早就耳闻江南名楼滕王阁，但却没有机会去豫章（古南昌名）登阁一游，因此，深以为憾。后来，唐伯虎应宁王朱宸濠相邀才有机会登游滕王阁。

唐伯虎来到滕王阁上，凭栏远眺，江面沙鸥展翅飞翔，只觉得心旷神怡。这时王勃"落霞与孤鹜齐飞，秋水共长天一色"的佳句又在他脑海中回旋。

于是他提笔画了一幅《落霞孤鹜图》，并在画上题诗曰："画栋珠帘烟水中，落霞孤鹜渺无踪。千年想见王南海，曾借龙王一阵风。"

《落霞孤鹜图》精细清雅，配诗得体，诗情画意浑然天成，观之，如有一股青碧之气迎面扑来。此画描绘的是高岭峻柳，水阁临江，有一人正坐在阁中，观眺落霞孤鹜，一书童相伴其后，整幅画的境界沉静，蕴含文人画气质。自题诗文表示他羡慕《滕王阁序》作者王勃的少年得志，为自己坎坷的遭遇鸣不平。全画墨色和悦润泽，景物处理洗练洒脱。

任务实施

一、导游词讲解技巧

1. 触景生情法

触景生情法就是见物生情，借题发挥的导游讲解方法。导游员在讲解时最忌讳的就是就事论事地介绍景物，不能挖掘景观背后的东西，而要借题发挥，利用所见景物制造意境，引人入胜，使游客产生联想，从而领略其中之妙趣。例如，见到园林美景，导游员可以介绍造园艺术；见到石林，导游员可以介绍石林形成的原因。

2. 突出重点法

突出重点法就是在导游员讲解时，切忌面面俱到，一定要突出重要方面的讲解方法。实际上，就是一种有重点地详讲和略讲结合的导游讲解方法。导游员在讲解时可以突出大景点中具有代表性的景观，也可以突出景点的特征及与众不同之处，或者突出游客感兴趣的内容。另外，导游还要善于突出景点之最来吸引游客的注意力，引起游客的兴致，加深游客对所参观景点的印象。

3. 引用法

引用法就是引用谚语、俗语、俚语、格言、名人名言等进行讲解。

4. 问答法

问答法即导游员在讲解时向游客提出问题或启发他们提问的导游方法。问答法主要有以下三种。

（1）自问自答法。即导游员自己提出问题，并作适当停顿让游客猜想，但并不期待他们的回答，只是为了吸引他们的注意力，促使他们思考，激发兴趣，然后做简明扼要的回答或生动形象的介绍，还可借题发挥，给游客留下深刻的印象。

（2）我问客答法。导游员要善于提出问题，但要从实际出发，灵活运用。

（3）客问我答法。导游员要善于调动游客的积极性和他们的想象力，欢迎他们提问题。游客提出问题，说明他们已经对所参观的景点产生兴趣，进入了审美角色。对他们提出的问题，即使是幼稚可笑的，导游员也绝不能置若罔闻，不能取笑他们，更不能表现出不耐烦，而应选择性地给予回答。不过，不是游客问什么就回答什么，导游员一般只回答与景点有关的问题，注意不要让游客的提问影响导游讲解，打乱具体安排。

二、导游词创作范例

各位游客朋友：

　　大家好！欢迎大家来到位居江南三大名楼之首的南昌滕王阁。我是导游员田田。各位对江南三大名楼一定是耳熟能详，可能大家都记得："落霞与孤鹜齐飞，秋水共长天一色""晴川历历汉阳树，芳草萋萋鹦鹉洲""先天下之忧而忧，后天下之乐而乐"，这些分别是王勃的《滕王阁序》崔颢的《黄鹤楼》以及范仲淹的《岳阳楼记》中的名句，可谓是千古流传，脍炙人口。

　　滕王阁其实不姓滕，姓李，因为是李世民的弟弟李元婴修建的，只不过李元婴是唐朝的滕王。滕王阁的总体布局像一个"山"字，中间高，两头小，一座阁楼和两个亭台遥望着鄱阳湖。滕王阁里值得看的东西太多，几乎让人目不暇接。那些堪为极品的书法，各个朝代的龙袍和作为孤品的圣旨，都是极能饱眼福的宝贝。滕王阁是中国文化史和中国建筑史上的丰碑，它吸引了许多文人前来观看。韩愈、白居易、杜牧、欧阳修、王安石、苏东坡、辛弃疾、曾巩、汤显祖等人，或魂牵梦绕，或登楼作文，这在中国的文化史乃至于世界文化史上都是不多的。

　　大家跟随我登上滕王阁看看吧。楼阁一共七层，每层墙壁仿佛都在诉说着故事。一层，有礼器及编钟编磬，盛唐之音从远处传来，朦胧又清晰。二层，有江西历代名人壁画，如东晋田园诗人陶渊明，唐宋八大家中的欧阳修、王安石、曾巩，南宋理学的集大成者朱熹等。大师身影就在眼前，平仄之声犹在耳畔。三层，有壁画《临川梦》，传说汤显祖在此排演过《牡丹亭》。四层，展现江西自然景观的精华，如庐山、井冈山等。到了这里，江西的山水尽在心中了。

　　现在我们来到四楼的《地灵图》和毛主席的书法"落霞与孤鹜齐飞，秋水和长天一色"。四楼的《地灵图》以国画的形式介绍了江西的三清山、龙虎山、圭峰、庐山、井冈山、鄱阳湖等地的美好风光。毛主席的那副对联，据说是他撰写的唯一一幅古代对联。

　　现在我们所在的是第五层。这是明层中的最高一层。漫步回廊，眺望四周，高楼大厦尽收眼底，山水之美皆成背景。当年的滕王阁没有如今这般高大雄伟，然而王勃的视野无遮无挡，极其开阔，当是远有西山叠翠南浦飞云，近有江水苍茫舸渡迷津，否则他如何写出"落霞与孤鹜齐飞，秋水共长天一色"的妙句，如何抒发"老当益壮，宁移白首之心；穷且益坚，不坠青云之志"的豪情？王勃同时写有《滕王阁诗》。诗云："阁中帝子今何在？槛外长江空自流。"时过境迁，不能不让人感慨。

我们现在来到了滕王阁顶层，感觉到江水从楼底穿流而过，虽然没有看到"落霞与孤鹜齐飞，秋水共长天一色"的壮丽景色，但整个南昌市的一派大好风光却尽收眼底。如今登上滕王阁，仍能感受当年大唐的盛世气象、两宋的慷慨悲歌，仍会因曾经登阁的仁人志士而自勉，为阁上所承载的岁月沧桑而感动。

我们今天的滕王阁之旅到此就结束了。非常感谢您的支持和配合。瑰玮绝特的滕王阁，在日新月异的今天，见证了古城南昌的发展腾飞，让我们祝愿她永远美丽！祝您旅途愉快，谢谢大家！

任务拓展

蓬莱阁位于山东省烟台市蓬莱区，素以"人间仙境"著称于世，其"八仙过海"传说和"海市蜃楼"奇观享誉海内外。蓬莱阁将历史文化、自然生态、结构功能有机地融为一体，彰显中国传统建筑美学"天人合一"的思想。古代文人墨客为蓬莱阁即兴题诗作赋，也使建筑具有古风古韵的艺术气息。"八仙过海，各显神通"，请学生进行蓬莱阁探究和导游词写作练习。

任务二 黄鹤一去不复返,白云千载空悠悠——黄鹤楼

[任务分析] 某校导游社团与时空旅行社合作开展了"'诗词+旅游'导游词创作"活动。本次任务是为老年文学爱好者组成的旅游团,设计一篇"诗词+旅游"的黄鹤楼一日游导游词。社团成员要结合老年文学爱好者的特点进行创作。从脍炙人口的古典诗词入手,引导老年文学爱好者跟着诗词游黄鹤楼,在诗词中重温黄鹤楼的历史与文化,领略黄鹤楼的美丽风光。

知识储备

一、黄鹤楼之"楼"

1. 景点简介

黄鹤楼(图6-2),位于湖北省武汉市武昌区,地处蛇山峰岭之上,濒临万里长江,为武汉市地标建筑;始建于三国吴黄武二年(223年),历代屡加重修,现存建筑以清代"同治楼"为原型设计,重建于1985年;因唐代诗人崔颢登楼所题《黄鹤楼》一诗而名扬四海。自古有"天下绝景"之美誉,与晴川阁、古琴台并称为"武汉三大名胜",与湖南岳阳岳阳楼、江西南昌滕王阁并称为"江南三大名楼",是"武汉十大景"之首、"中国古代四大名楼"之一、"中国十大历史文化名楼"之一,世称"天下江山第一楼"。2007年,武汉市黄鹤楼公园被全国旅游景区质量等级评定委员会正式批准为国家5A级旅游景区。

图6-2 黄鹤楼

诗风词韵题古建——黄鹤楼

2. 推荐诗词

诗文：　昔人已乘黄鹤去，此地空余黄鹤楼。
　　　　黄鹤一去不复返，白云千载空悠悠。
　　　　晴川历历汉阳树，芳草萋萋鹦鹉洲。
　　　　日暮乡关何处是？烟波江上使人愁。

——唐·崔颢《黄鹤楼》

[赏析] 这首诗是吊古怀乡之佳作。诗人登临古迹黄鹤楼，泛览眼前景物，即景而生情，诗兴大作，脱口而出，一泻千里。既自然宏丽，又饶有风骨。传说李白登此楼，目睹此诗，大为折服。说："眼前有景道不得，崔颢题诗在上头。"严沧浪也说唐人七言律诗，当以此为第一。足见诗贵自然，纵使格律诗也无不如此。

整首诗视角独特、内容丰富、含蓄蕴藉、耐人寻味。李白搁笔的传说与宋代严羽《沧浪诗话》中"唐人七言律诗，当以崔颢《黄鹤楼》为第一"的评价相映成趣，令崔颢的《黄鹤楼》诗名远播。然而，楼以文传，黄鹤楼亦因此诗而名满天下，成为中国诗坛与名楼史上的佳话。

> **小链接**
>
> **中国古建筑之"楼"**
>
> 楼，在古时指重叠起来的房屋，《说文》云："重屋曰'楼'。"在中国古典园林中，楼多设在山水之间，飞檐翘角，精致秀美。

二、黄鹤楼之"鹤"

1.《白云黄鹤图》

《白云黄鹤图》在黄鹤楼一楼大厅内（图6-3），高9米、宽6米，取材于"驾鹤登仙"的古神话，兼取了唐诗"昔人已乘黄鹤去"之意。相传这里原来只有一家辛氏酒楼，因为位置较偏僻，生意冷清，但店主为人乐善好施。有一个衣衫破旧的老道总在这里饮酒，店主见他穷困，从不要他的酒钱，过了一年，老道要离开这里，临别之前，为表达感激之情，取橘皮在墙上画了一只仙鹤，告诉店主只要一拍手，仙鹤便会翩翩起舞，店主一试，果真如此。从此，凭着这只会从墙上飞舞下来的仙鹤，酒楼名声大振。10年后，道士又回来了，他问店主这只鹤是否已偿还了自己所欠的酒钱？店主连声答

图 6-3
白云黄鹤图

是。道士取出所佩的铁笛吹奏，不一会儿，白云自空中飘来，仙鹤也闻声而下，道士驾鹤而去。传说这个道士就是八仙之一的吕洞宾。店主为纪念吕洞宾，于是捐资修建了一座楼，因所画之鹤用橘皮，自然为黄鹤了，遂取名为黄鹤楼。

2. 推荐诗词

诗文：　故人西辞黄鹤楼，烟花三月下扬州。
　　　　孤帆远影碧空尽，唯见长江天际流。

——唐·李白《黄鹤楼送孟浩然之广陵》

［赏析］这首送别诗有特殊的情味。这次离别正是开元盛世，太平而又繁华，季节是烟花三月、春意最浓的时候，从黄鹤楼到扬州，这一路都是繁花似锦。李白是那样一个浪漫、爱好游览的人，所以这次离别完全是在很浓郁的畅想曲和抒情诗的气氛里进行的。"故人西辞黄鹤楼"这一句不光是为了点题，更因为黄鹤楼乃天下名胜，可能是两位诗人经常流连聚会之所。因此一提到黄鹤楼，就带出种种与此处有关的富于诗意的生活内容。而黄鹤楼本身呢？又是传说仙人飞上天空去的地方，这和李白心目中这次孟浩然愉快地去扬州，又构成一种联想，增加了那种愉快的、畅想曲的气氛。

项目六　诗风词韵题古建——古代建筑

181

这是一场极富诗意的离别,对李白来说,又是带着一片向往之情的离别。诗人选用绚烂的阳春三月的景色、放舟长江的宽阔画面、目送孤帆远影的细节极为传神地表现出来了。

> **任务实施**

一、导游词讲解技巧

1. 画龙点睛法

画龙点睛法就是用凝练的词语点评概括景点的独特之处,从而使游客记忆犹新、印象深刻。游客在看到非常有特色的景观时,心中有一种要把眼前景观描绘出来的欲望,可他们一时又不知道如何恰当地表述,导游员可趁机给予恰当的总结,以简练的语言或词语,点出景物的精华所在,帮助游客进一步领略其奥妙,获得更多的精神享受。

2. 虚实结合法

虚实结合法就是导游员在导游讲解时将神话传说、轶闻典故等有机地融入眼前实景,即编织故事情节的导游手法。就是说,导游讲解要故事化,以求产生艺术感染力。虚实结合法中的"实"就是实景、实物,客观存在的实体,"虚"就是与实体有关的传说、故事等。"虚"与"实"必须有机结合,穿插讲解,但应以"实"为主,以"虚"为辅,"虚"为"实"服务,以"虚"烘托情景,以"虚"加深"实"的存在,努力将无情的景物变成富有生命、具有情感的导游讲解。

3. 制造悬念法

制造悬念法指导游员在讲解时提出令人感兴趣的话题,但故意引而不发,激起游客急于知道答案的欲望,从而制造出悬念的方法,俗称"吊胃口、卖关子"。通常,导游员在讲解的关键处特意停下,激发游客的好奇心和求知欲,大有"欲知详情,且听下回分解"之意。这是一种"欲扬先抑""先藏后露"的导游讲解方法,会给游客留下极其深刻的印象,使导游员始终成为游客注意的中心。

二、导游词创作范例

各位游客朋友：

大家好！"黄鹤楼中吹玉笛，江城五月落梅花。"欢迎大家来到"天下江山第一楼"黄鹤楼。我是导游员小田。今天我们要游览的是武汉市城市名片、标志性建筑、湖北省5A级旅游景区——黄鹤楼。

说到黄鹤楼，我们就会想到一首诗"昔人已乘黄鹤去，此地空余黄鹤楼。黄鹤一去不复返，白云千载空悠悠。晴川历历汉阳树，芳草萋萋鹦鹉洲。日暮乡关何处是？烟波江上使人愁。"这首诗是唐代诗人崔颢登临黄鹤楼即兴而作，是一首吊古怀乡之作。里面提到了黄鹤楼的一个传说，古代一个姓辛的商人卖酒，经常乐善好施，免费请一个老道喝酒，老道告别时，用橘子皮在墙上画了一只鹤作为纪念。并告诉辛氏说："只要你拍手相招，黄鹤便会下来，为酒客跳舞助兴。"后来，黄鹤起舞吸引了众多游人前来店中观看，辛氏生意兴隆。有一天，老道吹响笛子，黄鹤随他飞走，从此再没来过。为了怀念这只寓意着幸福吉祥的仙鹤，辛氏在酒店旁建了一座楼阁，取名黄鹤楼。

当然，这只是一个传说，寄托美好的寓意。其实，黄鹤楼始建于三国时期，即公元223年，距今有1 000多年的历史。开始是吴国建的军事瞭望台，后来三国归于一统，该楼逐渐成为观赏楼。后来屡建屡毁，现在的黄鹤楼是以清代黄鹤楼为蓝本，于1981年重建，1985年落成。

黄鹤楼因"武"而建，却因"文"名动天下。请大家扶好楼梯随我到三楼，三楼展示的是黄鹤楼诗词。这里是一幅名为"文人荟萃"的陶版瓷画。画面人物神态各异，栩栩如生，再现了历代文人墨客来此吟诗作赋的情景。作为画像的题款，他们歌咏黄鹤楼的诗词也都刻在上面，这些都是赫赫有名的唐代大诗人，有李白、王维、白居易、刘禹锡、崔颢、杜牧。"黄鹤西楼月，长江万里情""城下沧浪水，江边黄鹤楼"。好词佳句，不胜枚举，与黄鹤楼相关的诗词就有1 000多首，不止他们，还有更多的文人曾来到黄鹤楼，登楼远眺，寄情抒怀。黄鹤楼能够声名远扬，这些文化名人的诗词作品居功至伟。

　　现在我们来到黄鹤楼的五楼，武汉三镇尽收眼底，令人赏心悦目。黄鹤楼坐落在蛇山之上，隔江对岸的是汉阳方向的龟山，由于地层错动和大江冲击，形成"龟蛇锁大江"的独特地貌。雄伟的武汉长江大桥则把两岸山系连成一体，也与汉水上的桥把武汉三镇连成了一体。难怪毛主席盛赞它："一桥飞架南北，天堑变通途。"

　　今天的黄鹤楼，不仅以它雄伟的身姿、厚重的文化，吸引着南来北往的朋友，更像是武汉的保护神，庇佑着武汉的繁荣和昌盛。

　　各位游客朋友，我们今天的黄鹤楼之旅到此就结束了。非常感谢您的支持和配合，美丽的黄鹤楼期待与您再次相逢。最后，祝您旅途愉快，万事如意！

任务拓展

　　岳阳楼位于岳阳市西门城头，耸立在洞庭湖边，是我国江南三大名楼之一。其建筑精巧宏伟，堪称我国古建筑瑰宝，自古就有"洞庭天下水，岳阳天下楼"的美誉。孟浩然、李白、杜甫、韩愈、刘禹锡、白居易、李商隐等名家都曾登临此楼，并留下大量优美的诗文，而北宋著名文学家范仲淹的《岳阳楼记》则让岳阳楼真正闻名天下。请你以"探寻岳阳楼诗词"为主题，为准备去岳阳楼旅游的老年文学爱好者撰写一篇导游词。

任务三 三顾频烦天下计，两朝开济老臣心——武侯祠

[任务分析] 某校导游社团与穿越旅行社合作开展了"诗词＋旅游"的导游词创作活动。本次任务是为中职学校旅游专业高二学生组成的旅游团设计一篇"诗词＋旅游"的成都武侯祠一日游导游词。社团成员要结合团队特点制订方案。从引人入胜的三国英雄豪杰的历史故事入手，带领学生跟着诗词游武侯祠，在诗词中了解成都武侯祠的历史与文化。

知识储备

一、武侯祠之"祠"

1. 景点简介

武侯祠（图6-4），位于四川省成都市，始建于章武元年（221年），原是纪念诸葛亮的专祠，亦称孔明庙、诸葛祠、丞相祠等，后合并为君臣合祀祠庙，是我国最早也是唯一由皇帝下诏修建的武

图6-4 武侯祠

项目六 诗风词韵题古建——古代建筑

侯祠，有"天下第一武侯祠"之称。共有七进院落，规模宏大，有历代碑刻数十座。

2. 推荐诗词

诗文： 丞相祠堂何处寻，锦官城外柏森森。
映阶碧草自春色，隔叶黄鹂空好音。
三顾频烦天下计，两朝开济老臣心。
出师未捷身先死，长使英雄泪满襟。

——唐·杜甫《蜀相》

诗风词韵题古建——武侯祠

[赏析] 唐代诗人杜甫定居成都草堂，游览武侯祠时创作了这首咏史怀古诗，表达了诗人对蜀汉丞相诸葛亮雄才大略、辅佐两朝、忠心报国的称颂，以及对他出师未捷而不幸身死的惋惜之情。

第一联"丞相祠堂何处寻，锦官城外柏森森"，一问一答，用"柏树""森森"，突出了肃穆静谧的氛围，也表达了强烈的情感，笼罩了诗歌的全篇。接下来第二联"映阶碧草自春色，隔叶黄鹂空好音"，描写了色彩鲜明的春景，但"自"和"空"，却给人渺茫、惆怅的感觉。第三联浓墨重彩，"三顾频烦天下计，两朝开济老臣心"，高度浓缩了诸葛亮的一生，在广阔的历史背景下，刻画出乱世之中一位忠君爱国、济世扶危的贤相形象。最后一联"出师未捷身先死，长使英雄泪满襟"，是对诸葛亮统一大业未成的哀伤。在历史长河中，"出师未捷身先死"，又岂止诸葛亮？这是对一切没有成功的英雄人物的共同悲伤。

这首诗大开大合，从自问自答开始，写当下的景、忆过去的人，叙事和议论相结合，情景交融，波澜起伏，悲凉慷慨，余音不绝。

> **小链接**
> **中国古建筑之"祠"**
> 祠，是为纪念祖先或伟人名士而修建的场所，相当于纪念堂。祠堂最早出现于汉代，据《汉书·循吏传》记载："文翁终于蜀，吏民为立祠堂。"

二、武侯祠之"英雄"

1. 人物简介

诸葛亮（181—234年），字孔明，号卧龙，琅琊阳都（今山东

186

省沂南县）人，三国时期蜀汉丞相，中国古代杰出的政治家、军事家、文学家、发明家。诸葛亮散文代表作有《出师表》《诫子书》等。诸葛亮一生"鞠躬尽瘁，死而后已"，他是中国传统文化中忠臣与智者的代表人物。

诸葛亮早年随叔父诸葛玄到荆州，诸葛玄死后，诸葛亮就在隆中隐居。后刘备三顾茅庐请出诸葛亮，联合东吴孙权于赤壁之战大败曹军，形成三国鼎足之势，又夺占荆州。建安十九年（214年），攻取益州。继又击败曹军，夺得汉中。章武元年（221年），刘备在成都建立蜀汉政权，诸葛亮被任命为丞相，主持朝政。后主刘禅继位，诸葛亮被封为武乡侯，领益州牧。勤勉谨慎，大小政事必亲自处理，赏罚严明；与东吴联盟，改善和西南各族的关系；实行屯田政策，加强战备。前后五次北伐中原，多以粮尽无功。终因积劳成疾，于建兴十二年（234年）病逝于五丈原（今陕西省宝鸡市岐山境内），享年54岁。后主刘禅追谥为忠武侯，后世常以武侯尊称。东晋桓温追封为武兴王。

2. 推荐诗词

诗文：早岁那知世事艰，中原北望气如山。
楼船夜雪瓜洲渡，铁马秋风大散关。
塞上长城空自许，镜中衰鬓已先斑。
出师一表真名世，千载谁堪伯仲间！

——宋·陆游《书愤·其一》

［赏析］书愤，作诗抒发愤慨的感情。这首诗抒写了诗人立志恢复中原的理想和不忘为国立功的愿望，通过诸葛亮的典故，追慕先贤的业绩，表明自己的爱国热情至老不移，渴望效法诸葛亮，施展抱负。也表达了壮志未酬、报国无门的悲愤心情。这首诗意境开阔，感情沉郁，气韵浑厚。

三、武侯祠之"楹联"

楹联：能攻心，则反侧自消，从古知兵非好战。
不审势，即宽严皆误，后来治蜀要深思。

注释： 用兵能攻心，反叛就会自然消除。从古至今，真正懂得用兵的人并不好战。不审时度势，施政方针或宽或严都会失误。

任务实施

一、导游讲解时表情语的运用

表情指眉、眼、鼻、耳、口及面部肌肉运动所表达的情感。有关研究表明：信息的总效果＝7％言词＋38％语调＋55％面部表情。由此可见，面部表情在导游讲解中占据着十分重要的位置。

讲解时的面部整体表情有助于讲解内容的情感表达。为此，面部整体表情必须注意以下四点。

1. 要有灵敏感

导游员的面部表情要比较迅速、敏捷地反映内心的情感。面部表情应该与口语所表达的情感同时产生并同时结束，在时间上要同步，表情时间过长或过短，稍前或稍后都不好。

2. 要有鲜明感

导游员的面部表情要明朗化，即每一点细微的表情变化都能让游客觉察到。那种似笑非笑、似是而非、模糊不清的表情是不可能给人以美感的。

3. 要有真实感

导游员的面部表情，要表里如一，即要使游客感到导游员的表情是真实的、发自内心的，而不是皮笑肉不笑或华而不实，哗众取宠的。

4. 要有分寸感

运用面部表情要把握一定的"度"，做到不温不火，适可而止。以"笑"为例，导游员可根据讲解情感的变化，有时可表现为"朗笑"，有时只表现为"莞尔一笑"，有时可表现为"微笑"。讲解时的表情，不可用艺术表演的"表情"，有损导游讲解的真实性。

二、导游词创作范例

各位游客朋友：

"丞相祠堂何处寻，锦官城外柏森森。"大家好！我是您此次游览的导游田田。欢迎大家参观游览武侯祠景区。请大家在游览的过程中保护景区环境，紧跟团队，注意安全。武侯祠是纪念三国时期蜀汉丞相诸葛亮的祠堂，因诸葛亮在生前被封为武乡侯而得名。诸葛亮，字孔明，是三国时期杰出的政治家和军事家。其实，中国最早的武侯祠是在陕西省汉中的勉县，但影响最大的却是咱们成都的武侯祠。

大约在南北朝时期，成都武侯祠与惠陵、汉昭烈庙合并一处。公元223年始修建刘备陵寝，明朝初年重建时将武侯祠并入了汉昭烈庙，形成现存武侯祠君臣合庙。我们现在看到的武侯祠是清康熙十一年（1672年）在原址上重建的。它是目前中国唯一一座君臣合祀祠庙，也是全国影响最大的三国遗迹博物馆。现在的武侯祠主要是由文物区、三国文化体验区以及锦里民俗区三部分组成，享有"三国圣地"的美誉。杜甫的《咏怀古迹》写道："武侯祠堂常邻近，一体君臣祭祀同。"说的就是咱们成都武侯祠。

历史的鼓角悄然去，三国的故事代代传。游客朋友们，我们现在所在的位置是诸葛亮殿，大家请看，大殿正中的塑像就是蜀汉丞相诸葛亮，他头戴冠巾，手持羽扇，身披金袍，凝目沉思，其忧国忧民的形象尽现于人前。"三顾频烦天下计，两朝开济老臣心"，在民间，诸葛亮被当作智慧的化身，是一位妇孺皆知的传奇人物。经过时代流传，诸葛亮被作为中国"智绝"的文学形象确立下来，成了民间百姓崇拜的偶像。

"静以修身，俭以养德。非淡泊无以明志，非宁静无以致远。"《诫子书》是诸葛亮处世立身的智慧结晶，它带给我们的不仅是优美的文辞、丰富的蕴含，更有诸葛亮志存高远、崇俭戒奢的精神境界和中华民族传统美德。

大殿左侧的碑廊里，镶嵌着诸葛亮的前后《出师表》石刻，这就是闻名于世的岳飞书前后《出师表》石刻，石碑刻工精良，墨底白字，宛如手书，贯通长廊，颇为壮观。诸葛亮所著的《出师表》

为千古传诵的文学名篇。《出师表》是三国时期蜀汉丞相诸葛亮在决定北上伐魏、夺取长安之前给后主刘禅上书的表文。以恳切委婉的言辞劝勉后主，要广开言路、严明赏罚、亲贤远佞，以此兴复汉室，同时也表达自己以身许国，忠贞不贰的思想。在《前出师表》中，诸葛亮根据蜀国物力贫乏、士气有余的特点，着眼于调动人的积极性，用正反对举的形式提出劝谏，把注意力放到"恢宏志士之气"、开通"忠谏之路"上面来，真有高屋建瓴、势如破竹的气概。如"苟全性命于乱世，不求闻达于诸侯""受任于败军之际，奉命于危难之间"以及"亲贤臣，远小人，此先汉所以兴隆也；亲小人，远贤臣，此后汉所以倾颓也"等脍炙人口名句。《后出师表》中"鞠躬尽瘁，死而后已"也成为诸葛亮为国事竭尽心力的千古名言。

在经济上，诸葛亮在汉中休士劝农期间，利用了汉中的经济条件，因地制宜地采取了一系列发展生产的得力措施，使北伐军资基本上就地得到了解决，使地广人稀的汉中重新得到发展，逐步达到人多、粮多的良性循环，使百姓"安其居，乐其业"。在军事上，诸葛亮作为军事家在历代兵家也得到了较高的认可。司马懿在诸葛亮死后，看到诸葛亮的营垒，称赞其为"天下奇才"。要说到最能体现诸葛亮智慧的例子啊，莫过于历史上有名的赤壁之战了。曹操大军在赤壁遭遇孙刘联军火攻，曹操军遭受了非常大的损失，曹操不得已引军北还，从此才有了后来的"三国鼎立"。暗淡了刀光剑影，远去了鼓角铮鸣，在武侯祠里，一个英雄辈出、刀光剑影的时代忽然被凝固下来。"出师未捷身先死，长使英雄泪满襟"，赤壁一战，奠定了魏、蜀、吴三国鼎立的局面，多少战火烟消云散在这隽永的诗词之中，多少英雄豪杰被后人传颂。

我们今天的武侯祠之旅到此就结束了。谢谢大家！

任务拓展　晋祠是中国现存最古老的祠庙建筑群，位于山西太原西南郊的悬瓮山东侧山脚下。晋祠是中国最早的祠庙建筑群，不仅是美轮美奂的园林，还是意蕴深厚的文化博物馆。请搜集景点信息，撰写一篇体现景点特点的导游词。

任务四 夫子何为者，栖栖一代中——曲阜孔庙

[任务分析] 某校导游社团与卓越旅行社合作开展了"卓越杯"的导游词创作比赛。本任务是为普通高中毕业生组成的研学旅游团设计一篇"诗词+旅游"的曲阜孔庙一日游导游词。社团成员想要完成本次任务，必须要了解孔子，了解儒家文化，并结合旅游团学生所学习过的儒家文化经典设计出满足该团研学需求的导游词，让学生边游边学，边学边悟，从传统文化中汲取营养。

知识储备

一、曲阜孔庙之"庙"

1. 景点简介

曲阜孔庙又称"阙里至圣庙"，位于曲阜市中心鼓楼西侧300米处（图6-5），是祭祀中国古代著名思想家和教育家孔子的祠庙。始建于鲁哀公十七年（前478年），历代增修扩建。

图6-5 孔庙

曲阜孔庙以孔子故居为庙，岁时奉祀。西汉以来历代帝王不断给孔子加封谥号，孔庙的规模也越来越大，成为全国规模最大的孔庙。现存的建筑群绝大部分是明、清两代完成的，占地9.5万平方米，前后九进院落。庙内有殿堂、坛阁和门坊等460余间。四周围以红墙，四角配以角楼，是仿北京故宫样式修建的。与相邻的孔府、城北的孔林合称"三孔"。

曲阜孔庙被建筑学家梁思成称为世界建

项目六 诗风词韵题古建——古代建筑

筑史上的"孤例"。1961年，国务院把"三孔"列为全国重点文物保护单位；1994年被联合国教科文组织列为"世界文化遗产"，现为国家5A级旅游景区，与北京故宫、承德避暑山庄并列为中国三大古建筑群；与南京夫子庙、北京孔庙和吉林文庙并称为"中国四大文庙"。

2. 推荐诗词

诗文：夫子何为者，栖栖一代中。
地犹鄹氏邑，宅即鲁王宫。
叹凤嗟身否，伤麟怨道穷。
今看两楹奠，当与梦时同。

——唐·李隆基《经邹鲁祭孔子而叹之》

> **小链接**
>
> **中国古建筑之"庙"**
>
> 庙是祭祀祖宗的地方，规模有严格的等级限制。《礼记》曾载："天子七庙，诸侯五庙，大夫三庙，士一庙。""太庙"是帝王的祖庙，其他凡有官爵的人，也可按制建立"家庙"。汉代以后，庙逐渐变成了"神社"，成为祭鬼神的场所，如土地庙、妈祖庙，也用来敕封、追谥文人武士，如孔庙（文庙）、关帝庙、岳飞庙。后来，随着佛教的传入，其寺院也有"庙"的俗称。

[赏析] 本诗是唐玄宗李隆基在公元725年亲祭孔子时所作的一首诗。此诗嗟叹了孔子复杂坎坷、栖遑不遇的一生，对孔子生前的际遇深表同情，对他寄予了深深的悼念。诗中连用数典，比较集中地概括了孔子心怀壮志而始终不得志的一生，表现了对孔子的尊崇，是中国封建社会中尊儒思想的反映。全诗命意构思，严正得体。比及一般的咏叹之诗，颇显境界之大，立意之深。

二、曲阜孔庙之"人"

1. 人物简介

孔子（前551—前479年），春秋晚期鲁国陬邑昌平乡（今山东曲阜城东南）人，名丘，字仲尼。儒家学派创始人。

孔子先世为宋国贵族，曾祖孔防叔避祸迁鲁。父叔梁纥为武士。少"贫且贱"，及长，曾任管理仓库的委吏和管理牲畜的乘田。深好学问，相传曾问礼于老聃，学琴于师襄。鲁定公九年（前501年），51岁的孔子被任命为中都宰。次年，鲁、齐夹谷之会时相定公。旋任大司寇。鲁定公十二年（前498年），因政治主张与执政的"三桓"不合，遂离开鲁国，自此周游卫、陈、曹、宋、郑、蔡等国，终不见用。鲁哀公十一年（前484年），68岁时回到鲁国。

孔子 40 岁前后即聚徒讲学，相传弟子 3 000，著名者达 70 人。曾整理研究《诗》《书》《周易》等文献，并把鲁国史官所记《春秋》加以删修，成为中国第一部编年体史书。孔子宣扬"仁"的学说，"仁"包括忠、孝、宽、惠等内容，认为"仁"即"爱人"，"己欲立而立人，己欲达而达人""己所不欲，勿施于人"。要求人与人之间相互妥协和亲善。贯彻"仁"时，要以"礼"为依据，故说"克己复礼为仁"。对鬼神采取既不否定也不重视，"敬鬼神而远之"的态度。

在政治和经济上，孔子要求当政者实行教化和宽惠政策，反对苛政和任意刑杀。同时要求人民对上也要顺从和易使，反对犯上作乱，提出君、臣、父、子各守名分的主张。在教育上，提出"有教无类"的口号。在教学态度上，有"学而不厌，诲人不倦"的精神，持"知之为知之，不知为不知"的态度，有"三人行必有我师焉"和"不耻下问"的思想。在教学方法上，提出"学而时习之""温故而知新"的学习途径；采用"因材施教"和"启发式"的方法。

2. 推荐诗词

诗文：　世久无孔子，指画随其方。
　　　　后生以中才，胸臆妄度量。
　　　　彼专犹未达，吾懵复何望。
　　　　端忧类童稚，习书倒偏傍。

——宋·曾巩《读书》节选

［赏析］曾巩（1019—1083 年）北宋散文家。唐宋八大家之一。他的政论文，长于议论，语言质朴，立论精辟。这几句诗词的意思是世间已经很久没有像孔子那样的人，读书学习有其规矩和方法了。

三、曲阜孔庙之"籍"

1. 典籍简介

《论语》是春秋时期思想家、教育家孔子的弟子及再传弟子记录孔子及其弟子言行而编成的语录文集，成书于战国前期。全书共 20 篇 492 章，以语录体为主，叙事体为辅，较为集中地体现了孔子及儒家学派的政治主张、伦理思想、道德观念、教育原则等。作品多为语录，但辞约义富，有些语句、篇章形象生动，其主要特点是语言简练，浅近易懂，而用意深远，能在简单的对话和行动中展示人物形象。

《论语》自宋代以后，被列为"四书"之一，成为古代学校官定教科书和科举考试必读书。

2. 推荐诗词

诗文：学而时习之，不亦说乎？有朋自远方来，不亦乐乎？人不知而不愠，不亦君子乎？

——《学而》

[赏析]学习后经常温习所学的知识，不也很令人愉悦吗？有志同道合的朋友从远方来，不也很快乐吗？别人不了解我，我也并不恼怒，不也是君子之道吗？

任务实施

一、导游讲解时目光语的运用

导游讲解是导游员与游客之间的一种面对面的互动。这种面对面的互动，双方可以进行"视觉交往"。讲解时，运用目光的方法有以下五种。

1. 目光的联结

这是加强导游员与游客关系的重要因素。

2. 目光的移动

导游员在讲解某一景物时，首先要用目光把游客的目光引过去，然后再及时收回目光，继续投向游客。

3. 目光的分配

目光要注意统摄全部听讲解的游客，即可把视线落点放在最后边的游客的头部，也可不时环顾周围的游客。

4. 眼球的移动

当导游员的视线朝向哪方，导游员的面孔就应正对着哪方，那种眼球乱转，而头不随着眼球转动的行为是令人生厌的。

5. 讲解与视线的统一

当讲解内容中出现甲、乙两人对话场面时，在说甲的对话内容时，要把视线略微移向一方，在说乙的对话内容时，要把视线略微移向另一方，如此可使听众产生一种逼真的临场感。

二、导游词创作范例

各位游客朋友：

"有朋自远方来，不亦乐乎？"大家好！欢迎来到曲阜孔庙。我是导游员小田。今天将由我陪同大家一起参观孔庙，同时我会尽全力为您提供优质的导游服务，使这次旅行能够成为愉快之旅。

孔子，名丘，字仲尼，春秋末期鲁国人，孔子不仅是儒家学派的创始人，还是伟大的思想家、政治家、教育家、理论家。为祭祀孔子，人们修建了孔庙。孔庙又称"至圣庙""文庙"和"夫子庙"。在1 000多个孔庙中，曲阜孔庙是中国建筑年代最久、规模最大的一座祭祀庙宇。曲阜孔庙与北京故宫、河北承德避暑山庄并称为"三大古建筑群"。孔庙蕴藏着丰富的建筑、碑刻、礼器、乐器等文化遗产。

好，现在我们已经来到了孔庙神道，您看，在路的尽头有座青砖垒砌的城门，那就是曲阜明故城的正南门——仰圣门。"万仞宫墙"四个字是出自《论语》，它来源于孔子弟子子贡对老师的赞扬。现在咱们看到的这四个字是清朝乾隆皇帝亲笔手书的。后人为形容孔子的学问博大，就把"万仞宫墙"四个字刻在了这座城楼上。

走过棂星门，是孔庙的第一进院落。院中有两座明代制的石坊。前为"太和元气坊"，"太和元气"四个字是当时山东巡抚曾铣手书，后为"圣庙圣坊"有至高无上的意思，所以孔庙也称"至圣庙"。

大成门是孔庙的第七道门。在此将孔庙分为三路布局，分别为东路、西路和中路。"大成"是孟子对孔子的评价，是赞扬孔子达到集古圣贤之大成的最高境界。

朋友们，我们走过大成门后就来到了孔庙的主体部分了。首先看到的这棵桧树是"先师手植桧"。相传孔子当年亲手种了三棵树，后来枯死两棵。唯有此树保存至今。

眼前的这个建筑是"杏坛"，是纪念孔老夫子讲学的地方，因此被称为"天下第一学堂"。宋代扩建孔庙时，在此筑坛，取名"杏坛"。"杏坛"二字是由当时著名文人党怀英用篆书书写的。坛侧有棵杏树，乾隆皇帝来朝拜时，曾赋诗赞之，诗曰："重来又值秋开时，几树东风簇绛枝。岂是人间凡卉比，文明终古共春熙。"

穿过杏坛，展现在我们面前的这就是孔庙的主殿"大成殿"，同时也是我们曲阜市区最高的建筑物，它始建于宋代，清朝雍正二年遭遇雷火，所以现在的大成殿是雍正年间重建的，"大成殿"这三个字也是雍正皇帝亲笔所书，"大成"出自《孟子》一书："孔子之谓集大成，集大成者金声而玉振也。"意思是说孔子是集中古圣先贤之大成者，他的思想学说就像一曲完美无缺的音乐一样，有始有终、志向高雅、并且已经达到了尽善尽美的程度。

大家来看，整个大殿高 25 米、宽 46 米、深 25 米，重檐九脊，并且覆以黄瓦，气势雄伟，与北京故宫的太和殿、泰安岱庙的天贶殿并称为"东方三大殿"，但是在三大殿中，大成殿有其独特之处，您发现了吗？您看，就是前檐下的 10 根深浮雕龙柱，这 10 根柱子全部是用整块石头雕刻而成，为二龙戏珠的图案，而且您仔细看还会发现，这 10 根龙柱两两相对，20 条龙各具变化，无一雷同，堪称我国石刻艺术的瑰宝，在世界上也是独一无二的。对此，郭沫若先生还曾留有诗句："石柱盘龙二十株，大成一殿此尤殊""天工开物眼前是，梓匠何曾读圣书"。

朋友们，在我们每个人的成长过程中，身边的父母、老师都会教我们要礼貌待人，尊老爱幼，身边的人有困难要尽力帮助等，这不就是儒家的"仁义礼智信"的道德标准对我们的良好熏陶吗？无论是"岁寒，然后知松柏之后凋也"的自强不息精神，还是"富贵不能淫，贫贱不能移，威武不能屈"的坚持正义的品德，都为我们树立了良好的榜样，成为让人感动的魅力所在。人生的路很漫长，也很短暂。我们需要在这个过程中不断地超越自己，实现自己的价值。

"千年礼乐归东鲁，万古衣冠拜素王"，孔庙有着悠久的历史和深厚的文化。各位朋友，我们今天的孔庙之旅到此就结束了。我们可以在今后的生活中去慢慢感悟，细细品味。谢谢大家！

任务拓展

孔府也称"衍圣公府",是孔子嫡系长孙历代衍圣公的官衙住宅,经多次扩建,奠定了今天的规模。孔府占地 7.5 万平方米,厅堂 463 间,院落九进,布局分东、中、西三路,号称"天下第一家"。孔府内存大批历史文物,最著名的是"商周十器",亦称"十供"以及元、明、清各代各式衣冠剑履、袍笏器皿,另有历代名人字画,其中元代七梁冠为国内仅存。请搜集景点信息,撰写一篇在语言形式上符合要求的导游词。

项目七 诗风词韵话古桥——著名古桥

项目导入

中国地大物博，江河湖泊众多，水系纵横交错，自然少不了桥梁的存在，从古至今"桥"更是文人骚客笔下常见的意象。我国现代桥梁之父茅以升曾这样写道："人的一生不知要走过多少桥，在桥上跨过多少山和水，欣赏过多少桥的山光水色，领略过多少桥的诗情画意。"本项目以中国四大石拱桥中的卢沟桥和赵州桥为例，依托电视节目《跟着书本去旅行》，以诗词为主线，设计了可行性报告和建议书的写作任务，让读者在欣赏桥梁之美的同时，了解其历史文化内涵，从而增强保护桥梁的意识，提高民族文化自信。

任务一 水从碧玉环中过，人在苍龙背上行——赵州桥

[任务分析] 电视节目《跟着书本去旅行》一直持续更新中，截至目前，还没有涉及赵州桥。请你结合最近所学的古桥相关知识，以经典诗词为线索，写一份赵州桥入选该节目的可行性报告。要想写出可行性报告，首先必须要充分了解节目性质，该节目是一档体验式文化教育节目，一定要走近赵州桥，实地实景讲好它的故事，让观众身临其境感受文化；其次，节目以中小学课本或经典名著为线索，因此在搜集材料时要结合经典课文或诗词；最后，可行性报告是在事件没有发生之前的研究，具有预测性，因此，必须进行深入实地调查研究，充分地搜集资料，科学地分析并形成报告。

知识储备

一、安济石桥日月留

赵州桥又称安济桥（图7-1），位于河北省石家庄市赵县城南洨河之上，因赵县古称赵州而得名。赵州桥始建于隋代，由匠师李

图7-1 赵州桥

春设计建造，距今已 1 400 多年。赵州桥桥身全长 50.82 米、跨径 37.02 米，是世界上现存年代久远、跨度最大、保存最完整的单孔坦弧敞肩石拱桥，在世界桥梁史上首创"敞肩拱"结构形式。

1961 年 3 月 4 日，安济桥（大石桥）被中华人民共和国国务院公布为第一批全国重点文物保护单位；1991 年，赵州桥被美国土木工程师学会认定为世界第十二处"国际土木工程历史古迹"，并赠送铜牌立碑纪念，标志着赵州桥与埃及金字塔、巴拿马运河、法国埃菲尔铁塔等世界著名历史古迹齐名。

小链接

《赵州桥》

《赵州桥》一文出自茅以升的《中国石拱桥》，20 世纪 60 年代他这本著作让赵州桥家喻户晓，声名远播。因语言简练，通俗易懂，多年来一直被选入小学语文课本中。课文中写到："赵州桥非常雄伟。桥长五十多米，有九米多宽，中间行车马，两旁走人。这么长的桥，全部用石头砌成，下面没有桥墩，只有一个拱形的大桥洞，横跨在三十七米多宽的河面上。大桥洞顶上的左右两边，还各有两个拱形的小桥洞。平时，河水从大桥洞流过，发大水的时候，河水还可以从四个小桥洞流过。这种设计，在建桥史上是一个创举，既减轻了流水对桥身的冲击力，使桥不容易被大水冲毁，又减轻了桥身的重量，节省了石料。"

二、众里寻她

本次的任务是以经典诗词为线索，写一份赵州桥入选《跟着书本去旅行》节目的可行性报告。因此，要全面掌握赵州桥的相关知识，在可行性报告中，不仅表现出赵州桥的建筑价值，还应将赵州桥的历史价值、文化价值彰显出来，同时兼顾诗词文化的浸润。

1. 赵州桥之"传说"

（1）"赵州桥的传说"简介

河北民歌《小放牛》中这样唱道："赵州桥，鲁班爷修，玉石栏杆圣人留，张果老骑驴桥上走，柴王爷推车轧了一道沟……"相传很久以前，赵州城南的五里屯有一条老洨河，是水陆交通要道，可每到雨季，河水猛涨，人们过河常常要等上几天几夜，鲁班和妹妹鲁姜在玉皇大帝和东海龙王的帮助下，一夜之间修建了一座连接的桥。仙人张果老、柴王爷和赵匡胤为了试试这个桥，招来日月星辰放进褡裢，聚集了三山五岳放在木轮车上，张果老倒骑着小毛驴、柴王爷推车、赵匡胤拉车，一起走上这个桥，鲁班生怕他们把桥压坏了，就跑到桥底下用手托着桥身，使得大桥安稳如初。

在石家庄赵县，几乎人人都能如数家珍地讲述这些传说故事，表达了人们对这座千年古桥的赞颂以及对建桥者的崇敬之情。2013年，"赵州桥的传说"被列入《河北省省级非物质文化遗产名录》。

（2）推荐诗词

诗文：谁到桥头问李春，仙驴仙迹幻成真。

长虹应卷涛声急，似向残碑说故人。

——清·饶梦铝《安济桥》

[赏析] 据唐代记载，李春是赵州桥的建造者，诗人在诗歌首句直接点明；"仙迹"成真，既印证了赵州桥传说，又有对赵州桥及李春的赞颂；洨河的波涛映衬着赵州桥如长虹一般，赵州桥建成，促进了河流两岸的交流与发展，后人将永远铭记前人的功绩。

> 小链接
>
> **李春**
>
> 李春，隋代造桥匠师，今河北邢台临城人士（图7-2），在隋开皇十五年至大业初年（595—605年）建造赵州桥，李春成为中国乃至世界建筑史上第一位桥梁专家。

图7-2 李春雕像

2. 赵州桥之"石雕"

（1）赵州桥石雕简介

赵州桥两侧有42块栏板和望柱，上面的浮雕蛟龙、花卉，刻工精细，刀法苍劲有力，风格古朴典雅，显示了隋代矫健、俊逸的石雕艺术风貌，有着很高的艺术价值（图7-3）。在1953—1958年修整时，从洨河水底打捞出的具有一定艺术价值的旧石料，全部被送入了赵州桥古桥展览馆，尤其是饕餮浮雕影碑价值很高，元代刘百熙有对联赞曰："水从碧玉环中过，人在苍龙背上行。"唐中书令张嘉贞为赵州桥撰写的《石桥铭并序》中，也将栩栩如生的各种龙的形态展现在我们面前："其栏槛华柱，锤斫龙兽之状，蟠绕拏踞，眭盱翕歘，若飞若动，又足畏乎。"

图7-3 赵州桥石雕

> **小链接**
>
> **赵州桥古桥展览馆**
>
> 一座介绍桥梁文化知识的科普场所，以图文形式集中展示了全国重点文物保护单位的60多座桥梁，可领略不同年代、风格各异、造型优美的中国古桥风采。

（2）推荐诗词

诗文：　驾石飞梁尽一虹，苍龙惊蛰背磨空。
　　　　坦途箭直千人过，驿使驰驱万国通。
　　　　云吐月轮高拱北，雨添春色去朝东。
　　　　休夸世俗遗仙迹，自古神丁役此工。

——宋·杜德源《安济桥》

［赏析］用石头做的石桥像一道彩虹一样横跨河面，又像一条苍龙盘踞上空，首联描绘了赵州桥的雄伟外形。颔联点明了赵州桥是重要的交通工具，桥面平坦，无数人经过，使者奔驰可通天下，促进了人

与人交往与经济发展。颈联写到无论白天还是夜晚，无论什么季节，赵州桥上忙碌依旧、美景依旧。尾联歌颂了赵州桥建造者的鬼斧神工，技艺高超。从这首诗，我们可以看出赵州桥不但外形美，而且建筑科学合理，历史上也曾发挥重要的交通枢纽作用。

3. 赵州桥之"赵县三鼓"

"赵县三鼓"是赵县鸣鼓节最吸引人的节目之一。赵县"三鼓"指的是三种历史悠久的鼓文化艺术形式，即扇鼓、赵州战鼓与背灯挎鼓。赵县三鼓的出现与当时战事不断，鼓声回响的形势是息息相关的，据此在民间逐渐衍化成模仿击鼓冲锋的艺术形式，这也印证了赵县在历史上的重要地位。自2007年以来，赵县三鼓先后入选河北省级和石家庄市级非物质文化遗产名录。

起源于汉朝的扇鼓，因形似团扇而得名（图7-4）。扇鼓最初用于祭祀天地、祈福祝祷。"扇鼓扇鼓圆又圆，上打下坠九连环"，表演者在击鼓的同时，鼓身的九个铁环随之叮当作响，成为鼓音的伴奏。

图7-4 扇鼓

明末清初，赵州战鼓正式形成，表演时四面大锣助威，十六名钹手闪展腾挪、纵横跳跃，鼓手少则数名，多则数十名，轮番敲击大鼓（图7-5）。

图 7-5
赵州战鼓

背灯挎鼓（图 7-6）的最大特色，是鼓手在表演时背负一根长杆，杆头悬挂着一只红色灯笼，寓意吉星高照、红运当头。鼓手一边击鼓，一边踏着鼓点的节奏蹁跹起舞。

图 7-6
背灯挎鼓

任务实施

一、可行性报告的写作要点

可行性研究报告是通过调查研究，对某一活动进行分析论证，确定其是否真实可行，从而提出的书面报告，是相关部门及单位对该活动或项目做出决策的重要依据。它的内容一般由以下四个部分组成。

（1）标题。主要包括事由、文种，比如《赵州桥入选〈跟着书本去旅行〉节目的可行性报告》。

（2）主体部分。主要包括项目背景、项目概要、项目实施的必要性、需求条件分析、方案设计等。根据项目的不同，还可以有财务分析、效益分析、风险分析等。在完成本任务的主体部分时，可以概括节目内容，结合观众需求进行分析，并整合搜集的材料，进行赵州桥入选的可行性分析，并给出具体的方案设计。

（3）附件。包括所有的支撑材料，如附表、附图等。可以列出诗文目录，供节目组参考。

（4）落款。写明具体姓名或单位全称，加盖公章。

二、可行性报告范例

赵州桥入选《跟着书本去旅行》节目的可行性报告

项目背景

《跟着书本去旅行》是一档体验式文化教育电视节目，以中小学课本或经典名著为线索，走近文化古迹、实地实景讲故事、身临其境受教育，触摸历史、感知文化，让陈列在广阔大地上的遗产"活"起来。从开播以来，受到广大观众的喜爱。

项目概要

河北省赵县的赵州桥，是世界桥梁史上首创的"敞肩拱"结构形式，具有较高的科学研究价值，1961年被国务院列为第一批全国重点文物保护单位。在小学语文课本中虽然有《赵州桥》一文，学生们对于其中的名句还能一字不差的背诵出来，但是他们却只能观赏课本上的图片，完全没有真实的体验感。因此，我们认为针对赵州桥做一期节目是符合本档节目主题的，既能以课本内容为线索，走进赵州桥，又能让学生身临其境受教育，学习桥梁知识，感受赵州文化。

需求分析

随着现代旅游需求规模的不断扩大，赵州桥作为石家庄周边极具影响力的一处人文旅游景观，仍存在旅游业不兴旺等问题。因此，采取相应的宣传手段，进一步把赵县的景点特色推向大众，让更多人亲身来到"天下第一桥"赵州桥，才能达到文化与旅游共繁荣的目的。而《跟着书本去旅行》自开播以来受到观众的喜爱，让很多知识从课本中走向现实，不再是刻板的文字表达，在体验中感受文化的浸润。因此，该档节目如果专门拍摄关于赵州桥的一期，那么，预测将会给赵州桥的宣传带来积极影响。

小学语文教材历经多次的改版，仍然保留了《赵州桥》一文，可见赵州桥在语文教学及文化浸润中的重要性，国家对于赵州桥的重视程度也可见一斑。学生在学习了该文章后，可以从课本的插图中欣赏到赵州桥的外形之美，再通过实地体验，将会达到最佳效果。因此，若是有针对赵州桥的一期节目，可以让人们在欣赏赵州桥美景的同时，体验赵州文化，丰富文化生活。

方案设计

1. 从《赵州桥》课文导入

书本旅行团的学生集体诵读《赵州桥》片段"河北省赵县的洨河上，有一座世界闻名的石拱桥，叫安济桥，又叫赵州桥。它是隋朝的石匠李春设计和参加建造的。"既能直奔主题，让观众一下子把握今天的主题，还能激起观众的好奇心。从李春的铜像介绍，开始今天的旅程。

2. 第一站——赵州桥上

通过观察桥上的"驴蹄印"和"车道沟"，讲述赵州桥的传说。赏析宋代杜德源的诗词《安济桥》。

扩展赵州桥的知识，建于隋代的赵州桥经过历史的沧桑，几经修缮，已经不是最初的赵州桥了，这些"仙迹"也是后人根据传说而加建。

观察赵州桥的石雕。小旅行团通过实地查看，判断望柱上有哪些石雕图案，进行分享。团长讲解代表性石雕。诵读唐代张嘉贞《石桥铭并序》中的相关文段。

3. 第二站——赵州桥古桥展览馆

赵州桥古桥展览馆是一座介绍桥梁文化知识的科普场所，共分为三个展区，包括"古桥探索厅""中国古桥厅""赵州桥厅"。带着书本旅行团重点参观赵州桥厅，该厅运用大型木刻和石刻浮雕的表现手法，刻画出一幅幅赵州桥的美丽传说和神话故事，充分体现了匠师李春的鬼斧神工。同时，按照一定比例微缩的赵州桥内部构件模型及相互间作用原理和模拟动画，可以让书本旅行团和观众更直观的了解赵州桥内部构建的科学性，明确赵州桥的科学价值、艺术价值、历史价值。可重点参观饕餮浮雕影碑，同时让书本旅行团感受元代刘百熙的对联"水从碧玉环中过，人在苍龙背上行"中"苍龙"之含义。

准备相关的手工材料，让书本旅行团动手模拟制作赵州桥，真正体验"敞肩石拱桥"建造的奇特之处。书本旅行团诵读课文《赵州桥》选段。

4. 第三站——体验赵县三鼓

河北石家庄赵县是省级历史文化名城，有着古老的历史和灿烂的文化。最具地方特色的"赵州三鼓"在历代民间艺人传承和专业人士的挖掘整理后，相继走上了省市乃至全国的舞台，成为祖国文艺百花园中的一朵奇葩。节目组可以安排书本旅行团观看扇鼓、赵州战鼓与背灯挎鼓的表演，让小旅行团的成员体验敲击每种鼓，浸润其中，感受三种鼓艺形式带来的不同效果，真正了解赵县古老的鼓艺术文化。

结语

鉴于以上论述，我认为将赵州桥纳入《跟着书本去旅行》栏目进行拍摄与宣传是可行的，请贵节目组认真审阅。

附件

关于赵州桥的诗词储备：

《安济桥》清·饶梦铝

《安济桥有感》清·杜英

《安济桥二首》（其一）清·张士俊

《安济桥》宋·杜德源

《安济桥》清·王基宏

××学校××

×年×月×日

> **任务拓展**

潮州广济桥也是历史名桥，见证了潮州历史的变迁，同时也是重要的旅游景点。你作为潮州某中学学生，为更好地将潮州广济桥推向大众，带动潮州的旅游行业发展，请你搜集广济桥相关素材，融入诗词文化，体现景点特色，给《跟着书本去旅行》栏目组写一份广济桥入选该节目的可行性报告。

任务二 长虹卧波处，烽火连拱桥——卢沟桥

[任务分析]《跟着书本去旅行》节目中《走进卢沟桥》一期，带着观众进行了一场别开生面的旅行。你看了这几期节目后，学到了什么，是否有更好的想法或建议呢？请结合旅游专业知识及诗词文化素养的提升，给《跟着书本去旅行》节目组写一封建议书。要想给出中肯、可行的建议，必须建立在熟悉卢沟桥知识及节目内容的基础上，因此，不仅要搜集相关的素材，还要反复观看选集内容。此外，还要结合语文诗词素养的提升，呼应节目的主题"读万卷书，行万里路"。

知识储备

小链接

中国四大石拱桥

卢沟桥、赵州桥、洛阳桥、广济桥。

一、卢沟石桥天下雄

卢沟桥位于北京市丰台区永定河，因横跨卢沟河（即永定河）而得名，是北京市现存最古老的石造连拱桥。金大定二十九年（南宋淳熙十六年，1189 年）六月，卢沟桥始建，1961 年卢沟桥被公布为第一批全国重点文物保护单位。卢沟桥全长 266.5 米、宽 7.5 米，桥两侧雁翅桥面呈喇叭口状。卢沟桥构造科学缜密，别具匠心，是中国古代建桥技术的一大创举。

二、众里寻她

《跟着书本去旅行》节目中《走进卢沟桥》的这一期，分别探索了"科技之桥""数不清的狮子""卢沟晓月"，带着观众和书本旅行团一起，跟随书本，寻找卢沟桥建造的秘密、细数卢沟桥的狮子、品味"卢沟晓月"的美丽景色。我们要想给出中肯的建议，必须搜集真实准确的素材，并且需要全面地研究卢沟桥的知识，而且，还要结合诗词文化素养的提升，呼应节目主题"读万卷书，行万里路"。

1. 数不清的狮子——桥上石雕

（1）桥上石雕简介

卢沟桥桥面两旁有石栏杆，栏杆望柱头上雕刻着石狮子，桥头立有石制华表（图7-7）。每个柱子上都雕着狮子，狮子大小不一，形态各异，因其数量多，且小狮子多雕于隐蔽处，故明代即有"卢沟桥的狮子——数不清"的歇后语。清代，查慎行在《人海记》提到"卢沟桥石狮，两行，共三百六十八"。因岁月久远，石狮子经受风化及各种破坏，其数量也在不断更新，中华人民共和国成立后，对卢沟桥的石狮子进行了多次翻修。总体来说，现在卢沟桥上的501个石狮子历经各个时期的修补，融合了各个时期的艺术特征，成为一座石雕艺术的博物馆。

（2）推荐诗词

诗文：……有的昂首挺胸，仰望云天；有的双目凝神，注视桥面；有的侧身转首，两两相对，好像在交谈；有的在抚育狮儿，好像在轻轻呼唤；桥南边东部有一只石狮，高竖起一只耳朵，好似在倾听着桥下潺潺的流水和过往行人的说话……真是千姿百态，神情活现。

——当代·罗哲文《名闻中外的卢沟桥》（节选）

图7-7
卢沟桥石狮子

[赏析] 罗哲文（1924—2012年），中国古建筑学家，师从著名古建筑学家梁思成、刘敦桢等，从事中国古代建筑的维修保护和调查研究工作。20世纪60年代初，国家要修缮卢沟桥，罗哲文先生带领学生运用考古的方法，仔细考察了卢沟桥的狮子，虽当时得出了具体数字，但他又说"确切的数目还有待人们重新调查"。通过本段描写卢沟桥狮子的文字，可以反映出他对石狮子的观察非常详细，喜爱之情跃然纸上。

2. 赏不尽的月色——卢沟晓月

（1）卢沟晓月简介

"卢沟晓月"是"燕京八景"之一。古时，每当黎明斜月西沉之时，明月倒映水中，更显明媚皎洁，有"卢沟晓月"之美称。1698年重修时，康熙帝下令在桥西头立碑，记述重修卢沟桥的事。桥东头则立有乾隆帝亲笔题写的"卢沟晓月"碑。

（2）推荐诗词

诗文： 茅店寒鸡咿喔鸣，曙光斜汉欲参横。
　　　半钩留照三秋淡，一练分波夹镜明。
　　　入定衲僧心共印，怀程客子影犹惊。
　　　迩来每踏沟西道，触景那忘黯尔情。

——清·弘历《卢沟晓月》

> **小链接**
> 燕京八景
> 太液秋风、琼岛春阴、金台夕照、蓟门烟树、西山晴雪、玉泉趵突、卢沟晓月、居庸叠翠。

[赏析] 本诗属于七律，诗文原序为：卢沟河即桑乾，河水黑曰卢，故以名之。桥建于金明昌初，长二百余步，由陆程入京师者，必取道于此。乾隆从小茅舍、鸡鸣、天气凉等自然环境入手，写了自己眼前所见之景色——初月淡光、如镜的水面，引发了"心共印"的共鸣，同时联想到"怀程客子"，在"每踏沟西道"时，总会触景生情，心底不免产生怅然若失的感觉。

3. 不能忘却的事变——卢沟桥之"战"

（1）"卢沟桥事变"简介

1937年上半年，北平的东、北、西三面都被日军控制，位于北平西南郊宛平城附近的卢沟桥，成为平津通往南方的咽喉要道。7月7日晚，日军发动了一场酝酿已久的阴谋。日军借口一名士兵失踪，要求进入桥头的宛平县城搜查。无理的要求，遭到中方拒绝。为了达到以武力吞并全中国的罪恶野心，日军悍然炮轰宛平城，制造了震惊中外的"卢沟桥事变"。

卢沟桥成了我国人民永远难忘的一处具有历史意义的建筑。1987年，中国人民抗日战争纪念馆在桥畔建成，对于了解与铭记那段历史具有重大意义。

（2）推荐诗词

诗文： 宛平古城起狼烟，东洋恶鬼扩战端。
　　　长江黄河卷怒涛，三山五岳举铁拳。
　　　四亿同仇皆雄兵，八方共愤铸神剑。
　　　卢沟雄狮可见证，抗战烽火势无前。

——当代·孔繁顺《七七事变祭（二首）》（节选）

[赏析] 本诗作者孔繁顺，山东曲阜人。诗中运用比喻、象征等手法，用概括的语言，刻画了卢沟桥事变中"东洋恶鬼""四亿雄兵"的鲜明形象，写出了面对凶残狂暴的日本侵略者，百年尽遭侮辱、积弱不振的中华民族猛然警醒，并奋起抗争的历程。

任务实施

一、建议书写作要点

建议书的写作格式一般由标题、称呼、正文、结尾和落款五部分构成。

（1）标题。标题一般在第一行中间写上"建议书"字样。

（2）称呼。建议书称呼要求注明受文单位的名称称呼或个人的姓名，要在标题下另起一行顶格写，后加冒号。

（3）正文。建议书正文要指出建议的背景或依据、建议的理由、建议的具体内容、建议实施的具体步骤等。

（4）结尾。结尾一般是表示敬意或祝愿的话。

（5）落款。落款要署上提建议的单位或个人的称呼姓名，并署上成文日期。

写建议书应该注意从实际出发，实事求是；内容清楚、建议合理；语言准确凝练；说话得体有分寸。

二、建议书范例

关于增加《走进卢沟桥》节目内容的建议书

《跟着书本去旅行》节目组：

您好！

我是××学校旅游专业的学生××。最近观看了贵节目组2020年10月《走进卢沟桥》节目，深受启发。该期节目通过"科技之桥""数不清的狮子""卢沟晓月"，带着观众和书本旅行团一起，跟随书本，寻找卢沟桥建造的秘密、细数卢沟桥的狮子、品味"卢沟晓月"的美丽景色。这种新颖的形式为我们旅游专业打开了一扇新的大门，一定程度上能促进旅游业的发展，同时提升国民的文化素养。为了让节目组更好地延续这种形式，带动旅游业，推动文化传播的力度，我想就该期节目提出几点小建议。

第一，建议节目组增加对"卢沟桥事变"的详细介绍。宛平城墙，弹痕犹在，诉说着一个民族的集体记忆；卢沟桥上，望柱挺立，高擎起伟大抗战精神的不熄火炬。作为在卢沟桥发生的重大历史事件，该事件的重要性是不言而喻的。节目可以用诗词，如孔繁顺《七七事变祭（二首）》串起卢沟桥的历史，在此处加入思政元素，对书本旅行团及所有观众进行爱国主义教育，增强民族自信。

具体设计如下：诗句或课文导入，由此介绍卢沟桥事变的经过及其重要意义。同时，可以邀请经历过"卢沟桥事变"的老人，给书本旅行团讲述当时的场面，并一起朗读诗文。然后带领小旅行团参观卢沟桥畔的中国人民抗日战争纪念馆，了解卢沟桥之战的重要历史地位，同时深入了解抗日战争，进行爱国主义教育。这样，在全面了解卢沟桥的同时，加深观众对于历史的记忆，铭记历史，珍惜眼前，展望未来。

第二，人们所熟悉的并不是卢沟桥的枢纽地位，而是它作为中国抗战历史的重要地位，从熟悉的内容引入并结合思政进行介绍，可以在重温历史的基础上，铭记历史，聆听和平的钟声，不忘催征的战鼓，怀揣初心，砥砺奋进。因此，建议介绍卢沟桥文化的部分，可以缩减时长。

第三，书本旅行团通过三期的节目学到了这么多的知识，又进行了实地考察，他们会有什么感悟呢？建议在节目结束时，给小旅行团成员布置"作业"：比如，让他们充当"小小解说员"，回到各自的学校或班级分享一下旅行感受，这样可以锻炼书本旅行团的讲解能力，同时，又给学校其他学生带来一种全新的视角，激发他们"读万卷书，行万里路"的热情；或者让学生充当小导游员，带领班级同学进行"卢沟桥"一日游，将节目中的所见、所闻、所感，通过导游词讲解的形式传达给班级的每位同学。这样可以更好地传播关于卢沟桥的知识，让更多人了解卢沟桥的文化，又能增强对祖国大好河山的热爱之情，还能带动旅游业的发展与繁荣。

以上是我作为一名旅游专业的学生提出的几点建议，不当之处还望海涵。

此致

敬礼

×　×

×年×月×日

范例点评

本建议书立足于节目的具体内容，结合卢沟桥的知识储备，从节目主题"跟着书本去旅行"出发，结合经典诗文内容提出建议；同时也为小旅行团的成员在节目结束后如何对所学知识进行巩固和传播提出了建议，这一点也是值得称赞的。

任务拓展

自古以来,剑门关不仅是三国中蜀汉的军事要地,也是文人墨客向往的地方,许多诗人都曾到此游历,留下了脍炙人口的诗篇。《跟着书本去旅行》节目组围绕剑门关推出过两期节目,请你认真观看节目内容,结合建议书的写作要点,搜集剑门关的相关素材,融入诗词文化,体现景点特色,写一封关于该期节目的建议书。

项目八 诗风词韵写遗址
——革命遗址及纪念地

项目导入

历史是文化的载体,文化是历史的血脉。经历五千年沧桑变幻,中华文明却始终一脉相承,这正是因为记述着灿烂文明的历史文化遗产源远流长,奔腾不息。本项目选择具有代表性的革命遗址纪念地——井冈山与延安,或撰写一篇关于红色专列旅行项目推介会的开幕词,或完成一篇"用诗词讲好延安故事"的征文写作,以诗词为载体,充分挖掘革命遗址及纪念地的潜力,赓续红色血脉,传承红色基因。本项目旨在以革命遗址及纪念地为例,结合诗词主题,对文化遗址进行全新的呈现,以饱含历史厚度、思想深度又具有情感张力,能够触动人心、引发共鸣的内容,让革命遗址和历史文物"活起来""能说话",赋予其教育价值、功能价值和情感价值。

任务一 久有凌云志，重上井冈山——井冈山

[任务分析] 2021年6月18日，韶山至井冈山红色旅游铁路专线（简称"两山"红色专列）正式开通运营，有效拉动了沿线红色旅游产业发展。井冈山的"诗中游"旅行社针对"红色亲子游"，开发了该趟红色专列的旅行项目"久有凌云志，重上井冈山——诗路亲子特色游"，想要在韶山进行该旅行项目的推介会，某校导游社团接到了为该推介会写开幕词的任务。想要完成本任务，不仅要了解井冈山的景点，通过"诗词"亮出井冈山作为红色圣地的文化名片，还应满足亲子游的特殊需求，激发他们对井冈山的兴趣。

知识储备

一、星星之火可燎原——革命摇篮井冈山

井冈山市，江西省县级市，地处湘赣两省交界的罗霄山脉中段，古有"郴衡湘赣之交，千里罗霄之腹"之称。1927年10月，秋收起义部队登上井冈山，开始发动群众，建立各级工农武装和民主政权；1928年2月，根据地军民打退国民党军队的第一次"进剿"，成立了新（永新）遂（遂川）边陲特别区苏维埃政府，标志着井冈山革命根据地的形成以及农村包围城市的革命新道路的开辟。井冈山革命根据地的建立是中国革命走向胜利的起点。井冈山精神也诞生于红色井冈山。

井冈山，是一块红色的土地；井冈山，又是一个绿色的宝库。井冈山风景旅游区是首批国家5A级旅游景区、首批国家级重点风景名胜区。

二、众里寻她

近年来，红色旅游人群呈现年轻化、亲子化特征，井冈山"诗中游"旅行社开发的"两山"红色专列项目"久有凌云志，重上井

冈山——诗路亲子特色游",符合这一发展趋势。针对该专列的始发地——韶山,做一场推介会,有利于该项目的顺利开展。想要完成推介会的开幕词写作,要了解井冈山的景点,通过"诗词"亮出井冈山作为红色圣地的文化名片,同时结合"两山"红色旅游专列的特色,分析"亲子"旅客的旅游需求,激发他们对井冈山的兴趣,最后写出一份精彩的开幕词。

1. 主峰景区

（1）景区简介

主峰景区（图8-1）包括主峰（五指峰）、集景峰、红军游击洞、井冈湖、水口彩虹瀑等。景区内山峦叠峰,沟壑纵横,飞瀑展练,动植物物种特别丰富,是一个有山、有水、有林、有洞、有鸟兽的原始深秀的旅游景区。

图8-1 主峰景区

五指峰,又名井冈山主峰,山峰并列如五指,因而得名,是自然与人文景观相结合的景观。除风景奇特以外,它还是中国"最值钱"的一座山,因为1988年和1992年发行的面额一百元人民币的背景图就是五指峰。水口在五指峰左侧,距茨坪九千米。五指峰风光极美,尤以曲溪幽谷、碧潭峰峦和杜鹃林为胜。

（2）推荐诗词

诗文：水口别开一片情,剑谷琴溪伴我行。

深山含笑迎远客,石门壁立锁飞龙。

藏星崖下接火种,将军顶上沐雄风。

幽到心头人欲醉,不忘昔日喊杀声。

——当代·崔道怡《井冈风光》

[赏析]本诗写于1968年,诗中描写了秀美的五指峰景区,不仅有雄伟的山,还有幽静的溪水、壮观的瀑布,这样美丽的风景让作者如痴如醉。但作者也没有忘记在此处发生过的革命斗争,昔日的喊杀声是永远需要铭记的。全诗表达了作者对五指峰景色的喜爱与赞美之情,抒发了对革命先烈的缅怀之情。

2. 黄洋界景区

(1)景区简介

黄洋界景区(图8-2)包括黄洋界、大井、八面山和上井。

图8-2 黄洋界景区

黄洋界是井冈山五大哨口之一,有"一夫当关,万夫莫开"之险。四周崇山峻岭,万峰竞险;南部山冈星罗棋布,古有"万箩倒米"之称;北部峭壁深渊,长满松竹和杜鹃;气候四季变换多端,云雾弥漫,故又称"汪洋界"。

"行洲府,茨坪县,大小五井金銮殿",这是当年井冈山群众流传的一首歌谣中的词。大小五井所指的是井冈山上的五个村庄,大井是五个村庄中最大的一个村子,是当年毛泽东、朱德、陈毅、彭德怀等一代伟人和红军开展革命活动的重要地区之一。

(2) 推荐诗词

诗文:　山下旌旗在望,山头鼓角相闻。敌军围困万千重,我自岿然不动。

早已森严壁垒,更加众志成城。黄洋界上炮声隆,报道敌军宵遁。

——毛泽东《西江月·井冈山》

[赏析] 1928年9月8日,听说黄洋界保卫战取得了成功,毛泽东兴奋异常,禁不住涌动出一股诗情,写下此词。词的上阕描写黄洋界保卫战敌我双方态势。"山下旌旗在望,山头鼓角相闻",单刀直入,展现出战火纷飞的现场。在"旌旗""鼓角"之前分别冠以"山下""山头",点明这是一场山地保卫战。句尾分别续以"在望"和"相闻"两个动词,更让人仿佛放眼战场,耳闻杀声。"敌军围困万千重",反映出敌强我弱的严峻形势。而"我自岿然不动",生动刻画出井冈山军民临危不惧、从容应敌的英雄风貌。词的下阕则指明了黄洋界保卫战取得胜利的原因。"早已森严壁垒,更加众志成城",属纪实描写。"壁垒"指严密牢固的工事。"森严壁垒""众志成城"与"岿然不动"前后照应,既庄重雄浑,又韵味深长。"黄洋界上炮声隆,报道敌军宵遁",巧妙地渲染出那门迫击炮退敌的情节。"敌军宵遁"与"敌军围困万千重"形成鲜明对照。毛泽东没有铺陈细节,以战斗的结局收尾,点到为止,力透纸背,从而更发挥了小令的特点。

> **小链接**
>
> **黄洋界保卫战**
>
> 1928年8月,湘、赣国民党军趁井冈山根据地兵力空虚,发起第二次"会剿"。8月30日,敌军出动4个团的兵力进攻井冈山黄洋界,红军以2个连的兵力与敌激战一天,成功击退敌军,即黄洋界保卫战。黄洋界保卫战是我军早期运用人民战争取胜的经典战例,此次战斗中红军能以2个连的兵力打退4个团的敌人,与井冈山根据地人民群众的全力支持密不可分。广大农民群众为保卫革命果实,积极响应党的号召,与红军团结一心,众志成城,共御强敌。黄洋界保卫战保卫了中国革命的"星星之火",对中国革命和红军的发展具有重要意义。

3. 茨坪景区

(1) 景区简介

茨坪镇,是一座美丽的公园式山城(图8-3),是当年井冈山

图 8-3 茨坪景区

革命斗争的中心，是井冈山风景名胜区的中心景区。红色景观有旧居旧址博物馆、烈士陵园、烈士墓；绿色景观有南山公园、挹翠湖等，远可品读历史，感怀古迹；近可入湖拜景，五马攀岩；步步都是英雄的足迹，满眼都是无限风光。

茨坪毛泽东同志旧居在茨坪东山脚下，是毛泽东同志率领秋收起义部队抵达井冈山茨坪后居住和工作的地方，在这里，他起草了《井冈山的斗争》一文。

（2）推荐诗词

诗文：　久有凌云志，重上井冈山。千里来寻故地，旧貌变新颜。到处莺歌燕舞，更有潺潺流水，高路入云端。过了黄洋界，险处不须看。

风雷动，旌旗奋，是人寰。三十八年过去，弹指一挥间。可上九天揽月，可下五洋捉鳖，谈笑凯歌还。世上无难事，只要肯登攀。

——毛泽东《水调歌头·重上井冈山》

[赏析] 1965年5月下旬，毛主席重上井冈山游览视察，先后到黄洋界和茨坪。在茨坪居住期间，了解井冈山地区水利、公路建设和人民生活后，写了

这首词。上阕起笔突兀非凡,气势博大,意境高远。"凌云"二字,不仅形容巍峨的井冈山之高,还形容伟人志向高远。自1927年至1965年,转眼已有38年,神州发生了翻天覆地的变化。举目环视莽莽苍苍的井冈山,变成生气勃勃的"新颜"。诗中展示一幅绚丽多彩图画:蓝天绿树,黄莺婉转,溪涧流水潺潺;举目仰望,盘旋的高路,插入白云渺渺的云端。字里行间,洋溢着诗人无比喜悦、轻松而舒畅的心情。流畅明快的笔调,抒发了毛主席对井冈山变化之美的赞颂。

4. 龙潭景区

（1）景区简介

龙潭景区坐落在井冈山北面,是一个以群瀑集聚为显著特色的景区（图8-4）,素有"五潭十八瀑"之称。主要游览景点有龙潭、金狮面、小井中国红军第四军医院旧址、小井红军医院、小井红军伤病员殉难处等。

"五潭十八瀑"潭潭无俗水,瀑瀑似神女。金狮面坐落在龙潭

图8-4
龙潭景区

景区左侧，因山体如金狮卧伏，山头如雄狮颜面，故而得名，金狮面下藏龙宫，别有洞天。

（2）推荐诗词

诗文： 井冈山上有龙潭，瀑布奔流叠作三。
　　　樵径断残成绝境，车工开拓免垂毡。
　　　三潭交响千峰静，一井苍穹万木酣。
　　　土地归农思雨露，潜龙焉肯锁深岚。

——当代·郭沫若《龙潭》

[赏析] 1965年，郭沫若游览井冈山，有感于井冈山的美好风光和绿色生态作此诗。诗中特别描写了龙潭的瀑布，奔流的瀑布将路截断，形成一个奔流壮观的绝境，这样的瀑布孕育出繁茂的树木，使得风景更加秀丽。本诗表达了诗人对龙潭风景的喜爱之情，也蕴含对革命志士的颂扬之情。这首诗镌刻在龙潭旅游景区的大门前，供游人品读，增添了游山玩水之乐。

任务实施

一、推介会开幕词的写作指导

1. 明确推介会的目的

推介会指的是推广、介绍的大会或活动，旨在帮助企业、社会组织和团体、政府等宣扬自己的特点、产品和政策，促进交流活动。本次推介会的主体是井冈山"诗中游"旅行社，对象是韶山市内有亲子游需求的游客，目的是宣传与推广"久有凌云志，重上井冈山——诗路亲子特色游"红色专列项目。

2. 熟悉推介会的流程

一般流程包括致开幕词、项目详细介绍、互动环节、结束语等。根据需要可以灵活安排，还可以穿插节目表演等特色活动。本次的任务是撰写开幕词。

3. 完成开幕词的写作

本次推介会的项目是依托"两山"红色旅游专列设计，因此在开幕词中需要介绍该专列的基本情况。本次"久有凌云志,重上井冈山——诗路亲子特色游"项目,目的是将井冈山的旅游特色,通过"诗词"的形式呈现给来自韶山市的亲子游旅客,使游客浸润在红色文化中的同时,储备更多的诗词知识,提升文化修养。因此,写作开幕词时要兼顾诗词与景点特色,激发听众的兴趣。

二、开幕词写作范例

"久有凌云志,重上井冈山——诗路亲子特色游"
项目推介会开幕词

亲爱的各位观众:

　　大家好!欢迎各位韶山市民来到"久有凌云志,重上井冈山——诗路亲子特色游"项目推介会的现场,本次活动由井冈山"诗中游"旅行社主办,首先允许我向他们表示感谢。

　　党的十八大以来,习近平总书记在地方考察调研时多次到访革命纪念地,瞻仰革命历史纪念场所,反复强调要用好红色资源、传承好红色基因,把红色江山世世代代传下去。红色旅游专列是旅游新业态,是红色文化和旅游融合发展的新空间。本次项目在保留"两山"红色专列原有沉浸式红色车厢活动的基础上,创新推出"诗和远方"的旅游路线,让亲子游学子在诗文的指引下,重温井冈山红色经典故事,接受红色文化洗礼,从而坚守红色信仰,传承红色精神。因此,从项目的开发背景来说,这是一个符合人民期望、受欢迎的项目。

　　老一辈无产阶级革命家董必武这样评价井冈山:"四面重峦障,五溪曲水萦。红根已深植,今日正繁荣。"我觉得是非常贴切的。2021年6月,韶山至井冈山红色旅游铁路专线的开通,为我们韶山人走进井冈山提供了极大便利,也有效拉动了沿线红色旅游产业发展。为了更加充分地发挥这趟旅游专列的作用,更好地满足亲子游旅客的需求,"诗中游"旅行社开发设计了这个项目。尤其值得一提的是,该项目以诗词为载体,可以让大家在亲子游过程中充分感受中华传统诗词的魅力,加深对井冈山文旅资源及红色景点的了解。因此,从项目的创新性来说,这是一个引领潮流趋势、必火的

项目。

"久有凌云志,重上井冈山"出自毛泽东同志的《水调歌头·重上井冈山》,我们的韶山老乡毛泽东同志,在井冈山踏出了中国革命的一条新路,开创了一个欣欣向荣的新局面。从他的诗歌中,"过了黄洋界,险处不须看",我们可以想象到黄洋界"一夫当关,万夫莫开"之险;"风雷动,旌旗奋,是人寰",我们能体会到战争时期的紧张局势;"到处莺歌燕舞",我们能看到现在的繁荣景象;"世上无难事,只要肯登攀",我们感受到了毛泽东同志坚持不懈,勇攀革命高峰的精神。"久有凌云志,重上井冈山"诗路亲子特色游项目,可以让孩子和家长跟着毛泽东同志的步伐,踏上井冈山,学习伟人精神。

除了毛泽东,还有很多诗人、作家都为井冈山写过诗文。郭沫若诗句:"井冈山上有龙潭,瀑布奔流叠作三。"带着孩子来这么壮丽的龙潭瀑布看看吧,激发孩子对祖国壮丽山河的热爱之情。"茅茨二坪星二点,神州赖以换乾坤",带着孩子去观赏一下茨坪毛泽东同志旧居,看看毛泽东到底是在怎样的环境中让神州大地换乾坤的,让孩子感受一代伟人的艰苦朴素作风。朱德诗云:"红军荟萃井冈山,主力形成在此间。"带着孩子来毛泽东同志和朱德同志第一次会面的旧址龙江书院,看看红军主力形成在什么样的环境中,给孩子一次走进历史、触摸历史的机会。我相信,当各位家长带着孩子踏上这条诗路之旅时,收获的不仅是丰富的诗词,还有革命圣地的精神洗礼。因此,从该项目主题来看,这是一个多姿多彩而又有教育意义的项目。

接下来,"诗中游"旅行社将全面推介井冈山的红色旅游资源,并推出"亲子系列·诗词旅游"精品线路及优惠政策,诚邀现场各位家长与孩子"重上井冈山",感受魅力井冈,抒发"凌云志"。

预祝项目取得成功,谢谢大家!

范例点评
范例中的开幕词格式正确,结构完整,语言凝练,内容充实。标题在活动的现场并不朗读出来,但任务要求是写作开幕词,那么在实际书写时要呈现出来。针对观众熟悉的红色旅游铁路专线进行开场，设计巧妙，观众易于接受；紧接着扣住项目主题"久有凌云志，重上井冈山"，引用毛泽东的这首诗词对井冈山部分景点进行了宣传，效果比较好；最后从旅游新业态的宏观视角，谈到了本次项目的特色及独特之处，说服力强；结语再次回到项目的主题，设计巧妙。

任务拓展

2021年6月1日，中国铁路济南局集团有限公司组织开行的Y486/487次红色旅游专列，从山东临沂缓缓驶向革命圣地井冈山，该旅游专列可以促进两地及沿线经济的发展与文化交流。临沂沂水是中国四大根据地之一的沂蒙山革命根据地所在，为了更好地将根据地特色推介给井冈山的亲子游团队，某导游社基于该红色旅游专列，开发了以"红色沂蒙诗词行"为主题的亲子游学项目，并将进行线上推介会，请你为该推介会撰写一篇开幕词。

任务二 —— 几回回梦里回延安

[任务分析] 2022年是毛泽东同志《在延安文艺座谈会上的讲话》发表80周年，文化和旅游部举办了一系列的纪念活动，延安作家协会积极响应号召，将举办主题为"用诗词讲好延安故事，开启红色旅游新征程"的征文活动。延安某中学文学社的同学参加了此次征文活动，从延安红色旅游的视角出发，体现出诗词在讲好延安故事中的重要性。要想完成征文的写作，应该广泛搜集描写延安的诗词，并结合延安的红色旅游景点，从中筛选出合适的诗词。

知识储备

小链接

延安精神

延安精神是延安时期中国共产党及其领导的根据地军民在革命实践中所表现出来的一种积极向上的精神风貌和优良作风。内容主要是坚定正确的政治方向，解放思想、实事求是的思想路线，全心全意为人民服务的根本宗旨，自力更生、艰苦奋斗的创业精神。

一、延安，我把你追寻

延安市为陕西省地级市，被誉为"三秦锁钥，五路襟喉"，是中华民族重要的发祥地，是中国革命圣地，国务院首批公布的国家历史文化名城。

延安，是中国革命史上的一颗耀眼明珠。1935年10月，中共中央和中央红军顺利到达吴起镇，延安成为中国革命的落脚点和出发点。党中央和毛泽东等老一辈革命家在这里生活战斗了13个春秋，领导了抗日战争和解放战争，培育了延安精神。延安的红色土地，见证了中国共产党人由弱到强的历史，见证了中华民族救亡图存的历史，见证了中国共产党领导中国人民团结奋斗的历史。延安是全国革命根据地城市中旧址保存规模最大、数量最多、布局最为完整的城市，有着"中国革命博物馆城"的美誉。

二、众里寻她

本次征文的主题为"用诗词讲好延安故事，开启红色旅游新征程"，想要紧扣主题完成文章的写作，首先应该了解延安红色旅游的相关景点，如宝塔山、延安革命纪念馆、杨家岭革命旧址、枣园革命旧址、王家坪革命旧址、黄帝陵景区、鲁迅艺术学院、南泥湾、窑洞、土炕，这些都已成为延安红色记忆，记录着红色传奇。其次，在广泛搜集延安相关诗词的基础上，结合景点，从中筛选出合适的诗词。最后，以具体的诗词或诗句为线索，完成文章的创作。

1. 宝塔山

（1）景点简介

宝塔山是国家 5A 级旅游景区，位于延安市的东南，东川河与南川河的交界处，登临其上，圣地景色尽收眼底（图 8-5）。山上的延安宝塔（岭山寺塔）是全国重点文物保护单位，为八角九级楼阁式砖塔，距今已有 1 200 多年的历史。宝塔山上有长达 260 米的摩崖石刻群和碑林，石刻岸面整齐，岸石完整，是难得的石刻艺术。除此以外，还有烽火台、摘星楼、明制铁钟、古城墙等景观。近年来，每逢夜晚在宝塔山崖壁还会上演大型灯光山水秀《延安颂》，集中回顾中共中央在延安与陕北艰苦卓绝 13 年的奋斗故事。

1937 年 1 月，中共中央进驻延安，这座古塔也焕发了青春，成为引领中国革命走向胜利的"熊熊火炬"和"航标灯"，成为融

图 8-5
宝塔山

历史文物和革命遗址为一脉、集人文景观和自然景观为一体的红色圣地。

（2）推荐诗词

诗文：延安有宝塔，巍巍高山上。
　　　高耸入云端，塔尖指方向。
　　　红日照白雪，万众齐仰望。
　　　塔尖喻领导，备具庄严相。
　　　犹如竖战旗，敌军胆气丧。
　　　又如过险滩，舵手平风浪。
　　　又如指南针，航海必依傍。
　　　再视塔尖下，千万砖块放。
　　　层层从地起，累累逾百丈。

——陈毅《延安宝塔歌》（节选）

［赏析］1944年春，陈毅到延安参加中共七大，看到延安旧貌换新颜，内心有极大的感触，因而写下这首诗歌。诗人用赋比兴的手法，对延安宝塔进行了赞颂；借景抒怀，对延安开展大生产运动中涌现出来的各类英模进行了歌颂。这首诗用五言、七言、十言等杂句，自由驰骋，让情感奔涌在诗行之中；在表现手法上，诗人运用了赋比兴，如"塔尖"喻中国共产党的领导，十分贴切和形象。

2. 杨家岭革命旧址

（1）景点简介

1938年中共中央把总部迁到了延安城北的杨家岭，杨家岭原是明朝工部尚书杨兆祖的宗室陵寝，原名叫杨家陵，中共中央搬到此处后，把它改名为杨家岭，在南侧的山脚下修建了中央大礼堂和办公楼（图8-6）。这里曾进行过轰轰烈烈的大生产运动、整风运动，召开了延安文艺座谈会以及党的第七次全国代表大会。现在主要有中共中央七大会址、延安文艺座谈会会址两处可供参观，在会址后面的小山坡上，有几座窑洞，是毛泽东、朱德、周恩来、刘少奇等领导同志们当年的住所。

图 8-6
杨家岭革命旧址

> **小链接**
>
> **"嘉岭山"石刻**
>
> 宝塔山上的石刻大部分是北宋时期的,有"嘉岭山""云生幽处""重岗叠翠""嘉岭胜境称第一""高山仰止""出将入相""先忧后乐""一韩一范、泰山北斗""胸中自有数万甲兵"九组石刻。其中,"嘉岭山"三个隶体阴刻大字,每字高 3.68 米、宽 3.37 米(图 8-7),系北宋著名的政治家、军事家、文学家范仲淹于宋仁宗庆历四年(1044 年)所书,后人斫于石崖,字体遒劲有力,洒脱豪放,是此摩崖石刻中的精品。摩崖石刻记录了一段鲜为人知的历史,有着丰富的历史内涵和史料价值,见证了中华民族不畏外来入侵、顽强斗争的精神,是延安古代文明的重要见证,也是延安红色革命历史的重要象征之一。

图 8-7
"嘉岭山"石刻

(2)推荐诗词

诗文:我们不怕走烂脚底板,
　　　也不怕路遇"九妖十八怪",
　　　只怕吃不上延安的小米,

项目八　诗风词韵写遗址——革命遗址及纪念地

不能到前方抗战，
只怕取不上延安的经典，
不能变成最革命的青年。
哪怕我们的课堂在露天，
我们的凳子——一块砖，
我们的桌子——两腿上面搭着一块小木板；
我们学的多么乐，多么欢，
我们的教员是英雄，
曾毕业在草地雪山。

——柯仲平《延安与中国青年——青年答》（节选）

[赏析] 1937年，柯仲平来到延安，他在延安期间创作了大量短诗，都紧密结合时代，反映人民要求且情感真挚动人。本诗用的是民歌体，语言也是生动活泼的群众语言。随着诗的展开，我们看到的不是抽象的道理，而是一幅令人神往的延安生活图景，这一切构成了美的意境！从节选的诗歌中，我们可以知道当时客观条件是比较艰苦的，但是青年们、战士们的精神是非常富有的，彰显出青年的心胸、青年的朝气和青年的豪情。这里的一字字、一行行，都渗透着青年对延安的热爱。

> **小链接**
> 延安文艺座谈会
> 1942年，毛泽东同志亲自主持召开了延安文艺座谈会，并发表著名的《在延安文艺座谈会上的讲话》一文，从根本上回答了革命文艺的方向、道路等重大原则问题，阐述了党的文艺主张和文艺思想，深刻论述了文艺与人民、文艺与生活、文艺与时代等一系列重大问题，产生了深远的历史影响。

3. 鲁迅艺术学院

（1）景点简介

鲁迅艺术学院是1938年中国共产党为培养抗战文艺干部和文艺工作者而创办的一所综合性文学艺术学校，1940年后更名为"鲁迅艺术文学院"，简称"鲁艺"。旧址位于延安城东北5千米桥儿沟，是一座中世纪城堡式样的大礼堂，现保存有天主教堂一座和石窑洞数十孔，属1961年国务院颁布的首批全国重点文物保护单位（图8-8）。

1942年延安文艺座谈会召开之后，无数鲁艺人以笔为枪，用艺术呈现炽热的爱国情怀，各种文艺经典作品井喷而出，如《白毛女》《黄河大合唱》《小二黑结婚》，这些作品昭示着民族文艺的永

图 8-8
鲁迅艺术学院

恒魅力与鲁艺精神穿越时代的强大感召力。走过 80 载岁月，在战火的淬炼与实践中熔铸而成的"鲁艺精神"，已成为新时代中国文艺鲜亮的精神底色。

（2）推荐诗词

诗文：　心口呀莫要这么厉害地跳，
　　　　灰尘呀莫把我眼睛挡住了……
　　　　手抓黄土我不放，
　　　　紧紧儿贴在心窝上。
　　　　几回回梦里回延安，
　　　　双手搂定宝塔山。
　　　　千声万声呼唤你
　　　　——母亲延安就在这里！
　　　　杜甫川唱来柳林铺笑，
　　　　红旗飘飘把手招。
　　　　白羊肚手巾红腰带，
　　　　亲人们迎过延河来。
　　　　满心话登时说不出来，
　　　　一头扑进亲人怀。
　　　　……

杨家岭的红旗啊高高地飘,
革命万里起浪潮!
宝塔山下留脚印,
毛主席登上了天安门!
枣园的灯光照人心,
延河滚滚喊"前进"!
赤卫军,青年团,红领巾,
走着咱英雄几辈辈人……
社会主义路上大踏步走,
光荣的延河还要在前头!
身长翅膀吧脚生云,
再回延安看母亲!

——贺敬之《回延安》(节选)

[赏析] 1956年3月,贺敬之回延安参加西北五省青年工人造林大会,创作了这首《回延安》。全诗分5个部分,第一部分:回延安,是写回延安的激动喜悦;第二部分:忆延安,回忆当年延安生活;第三部分:话延安,是写亲人欢聚畅谈的热烈场面;第四部分:赞延安,是写延安城的新面貌;第五部分:颂延安,歌颂延安光辉历史和展望未来。以上诗词节选全诗的第一部分和第五部分。

全诗采用陕北信天游形式,语言质朴,感情热烈,诗人对陕北风土人情的意象组合描写,更增添了这首诗的生活气息和乡土美感。本诗表达了诗人回到阔别十年的延安的喜悦之情,描绘了中华人民共和国成立后延安的巨大变化,赞颂了延安在中国革命史上的伟大贡献。

4. 南泥湾

(1) 景点简介

"花篮的花儿香,听我来唱一唱,唱一呀唱;来到了南泥湾,南泥湾好地方,好地呀方……"这首民歌中唱诵的南泥湾位于延安市区东南 45 千米的汾川河上游，西至稻香门，南至桃宝峪，总面积 1 平方千米（图 8-9）。1941 年春，八路军 359 旅挺进当时荆棘遍地、人称"烂泥湾"的那片荒疏山地，将这片荒沟一步步变成"好地方"。1942 年 7 月，重返南泥湾的朱德用"熏风拂面来，有似江南好"诗句，对南泥湾的变化做了最好的概括。"自力更生、艰苦奋斗"的南泥湾精神不断激励着人们建设美好家园。

南泥湾大生产运动展览馆通过实物、图片详细介绍了当年南泥湾大生产运动的经过；南泥湾革命旧址于 2006 年被国务院核定为全国重点文物保护单位，归入第一批全国重点文物保护单位。

（2）推荐诗词

诗文：像翩翩归来的燕子，
　　　在追寻昔日的春光；
　　　像茁壮成长的小树，
　　　在追寻雨露和太阳。
　　　追寻你，延河叮咚的流水，
　　　追寻你，枣园梨花的清香。
　　　追寻你，南泥湾开荒的镢头，
　　　追寻你，杨家岭讲话的会场。
　　　……
　　　延安，你的精神灿烂辉煌！
　　　如果一旦失去了你啊，
　　　那就仿佛没有了灵魂，

> **小链接**
>
> **贺敬之**
>
> 贺敬之，1924 年出生，山东枣庄人。现代著名革命诗人、剧作家。15 岁参加抗日救国运动，16 岁到延安鲁迅艺术学院文学系求学。著有诗集《放歌集》《贺敬之诗选》，评论集《贺敬之文艺论集》，长诗《回延安》《放声歌唱》《雷锋之歌》《中国的十月》等。他作为执笔人之一的歌剧《白毛女》获 1951 年斯大林文学奖。

图 8-9 南泥湾

怎能向美好的未来展翅飞翔?
啊! 延安,我把你追寻,
追寻信念,追寻金色的理想;
追寻温暖,追寻明媚的春光;
追寻光明,追寻火红的太阳!

——祁念曾《延安,我把你追寻》(节选)

[赏析] 节选部分接连用了四个"追寻你":"叮咚的流水",写的是人们在延安度过的革命岁月;"枣园梨花的清香"指的是当年毛泽东主席所住的窑洞前面有几棵梨树,暗指革命者在这里从事的革命活动;"南泥湾开荒的镢头"写的就是大生产运动中所体现的自力更生、艰苦奋斗的革命精神;"杨家岭讲话的会场"指的是在杨家岭有中央礼堂和中央办公楼,许多重要的会议曾在这里召开。

这是一首富有革命精神的现代诗歌,抒发了追寻延安精神的迫切心情。诗歌第一节用了两个比喻来描写追寻,实际指的是对延安精神的追寻;第二节用最有代表性的几个事物来描写延安,读来亲切、自然;最后又写追寻延安精神的重要性。这首诗的语言精练,节奏和韵律比较鲜明。

任务实施

一、征文写作的思路

1. 了解征文活动的背景

征文活动一般都有特殊的背景或者为了某种特殊的目的,因此在写作之前,应该充分了解征文要求,避免写出的文章脱离活动背景。本次征文活动是延安作家协会为纪念《在延安文艺座谈会上的讲话》发表80周年而举办的,因此在写作征文前,应当充分了解该事件的重要意义,确保文章的书写基调是符合要求的。

2. 切合征文活动的主题

征文活动一般都有固定的主题,是征文的主办方根据需要而制定的，需要写作者在成文之前认真思考主题，根据主题选择恰当的写作材料，避免跑题的尴尬。本次征文主题是"用诗词讲好延安故事，开启红色旅游新征程"，那么在行文过程中必须紧紧围绕这个主题，从延安红色旅游的视角出发，体现出诗词在讲好延安故事中的重要性。

3. 选择具体的切入点

征文活动的主题一般比较宽泛，因此在写作之前应该选择一个具体的视角，避免围绕主题泛泛而谈，写出的文章成为空洞的议论。本次的征文主题中"延安红色旅游"，这样的资源很多，描写延安的诗词也很多，但是行文中不能面面俱到，而应该选择具体的切入点进行独创，才能独树一帜，获得青睐。通过我们前期的知识积累及素材收集，我们可以选择贺敬之的《回延安》作为线索，将相关的红色旅游景点推向大众。

4. 保证原创，完成写作

在充分了解征文的具体要求后，完成文章的写作，杜绝抄袭；用真情实感打动读者。

二、征文写作范例

几回回梦里回延安
——贺敬之带你"回延安"

诗词在我们的生命中润物细无声，给心灵以美的熏陶，给人生以深沉的激励。贺敬之的《回延安》就是这样一种存在，"千声万声呼唤你——母亲延安就在这里"说出了多少革命志士的心声，又鼓励了多少徘徊迷茫的青年。现在就让我们跟随贺敬之先生的脚步，一起"回延安"。

"几回回梦里回延安，双手搂定宝塔山"，宝塔山是一座八角九级楼阁式砖塔，登上宝塔可以俯瞰延安城，美丽的风景尽收眼底，高原风光一览无余，非常惬意。宝塔山的摩崖石刻也是极有价值的，是延安历代文明及红色革命文化的见证者。仅宝塔就有9层，高44米，想要"搂定"宝塔山，是不太可能的，这种写法突出表达了诗人的急迫心情。"宝塔山下留脚印，毛主席登上了天安门"这也体现了宝塔山在革命历程中的重要地位。因此,"宝塔山"是延安又是党中央的象征,"双手搂定宝塔山"更是代表了要跟党走的坚定信念。

"杨家岭的红旗啊高高地飘,革命万里起高潮!"1938年中共中央把总部迁到了延安城北的杨家岭,这里曾进行过轰轰烈烈的大生产运动、整风运动,召开了延安文艺座谈会以及党的七大。"枣园的灯光照人心,延河滚滚喊'前进'"写出了革命领导人在枣园彻夜工作的情形,枣园革命旧址是一个园林式的革命纪念地,园林中央坐落着中央书记处礼堂,依山分布着5座独立的院落,是当时领导人的旧居。这两处革命旧址中,都能看到陕北特有的窑洞,窑洞背靠高山,脚踩大地,深深楔入黄土,坚固牢靠,贫寒又温润的延安窑洞,曾养育中国共产党,成为革命圣地、催生新中国的摇篮,也印证了中国共产党艰苦奋斗的精神作风。贺老的诗中这样写道:"米酒油馍木炭火,团团围定炕上坐。满窑里围得不透风,脑畔上还响着脚步声。"可见当时的环境之艰苦。新时代下,我们仍然要发扬这种艰苦奋斗的精神,为建设更美好的延安而继续奋斗。

"对照过去我认不出了你,母亲延安换新衣。"贺敬之写的《回延安》是时隔十年回到延安的感受,延安人民发挥"自力更生、艰苦奋斗"的南泥湾精神不断建设美好家园,继承与发扬延安精神,在现代化的道路上越走越远。

"白羊肚手巾红腰带,亲人们迎过延河来。满心话登时说不出来,一头扑在亲人怀。"贺敬之再次回到延安,受到群众的热情招待,又亲眼看见了延安10年来的变化,对延安的未来充满信心,对党的领导充满信心。我也坚信延安的未来可期,欢迎你来到延安,感受延安人民的热情,接受延安精神的洗礼。

诗歌已经融入我们的文化基因,成为诗意人生的写照、家国情怀的寄托和人类命运共同体意识的艺术结晶。传承好诗词文化,用诗词讲好延安故事,对涵养民族精神和增强文化自信,都具有重要的现实意义。

范例点评

范文标题新颖,紧扣中心,点明中心;文章从贺敬之的《回延安》切入,让读者跟随贺敬之先生的脚步,一起"回延安",非常有创造性;内容上,将诗文中的诗句贯穿全文,巧妙地引出延安红色旅游景点,并进行简单介绍,激发读者进一步游览的兴趣;结构完整,首尾呼应,主题鲜明。

任务拓展

本次"用诗词讲好延安故事,开启红色旅游新征程"为主题的征文活动仍在如火如荼地开展,请你查找相关的资料,选择一位你喜欢的人物,结合其优秀作品,独立完成一篇征文,可参考范例的结构,字数不少于800字。

项目九

诗风词韵咏古城
——古都名城

项目导入

我国幅员辽阔,历史悠久,文化传承绵延不绝,其中古都名城就是一笔丰厚的历史文化遗产,它们拥有含量丰富、价值连城的历史文化资源,在我国旅游业发展中占有突出地位。本项目选择以西安、杭州、扬州三座古都名城为目的地,设计突出"诗词+旅游"特色的一日游线路、研学旅行方案和自助游攻略,满足游客"跟着诗词游古都名城"的需求,让游客在游中感受以诗词为代表的中华文化的博大精深。

任务一 —— 一日看尽长安花 西安

[任务分析] 某校导游社团与未来旅行社合作开展了"'诗词+旅游'旅游线路设计"活动。本次任务是为退休教师旅游团设计一个"诗词+旅游"的古都西安一日游的旅游线路。社团成员想要完成本次任务,必须要了解历代文人墨客吟咏较多的西安知名景点,亮出"诗词"这张西安的文化名片,同时分析该旅游团的旅游需求,让游客在游中重温古诗词,在古诗词中领略西安历史文化遗迹的魅力。

知识储备

小链接——
世界四大文明古都
希腊雅典、意大利罗马、埃及开罗、中国西安。

一、西北望长安

西安,简称"镐",古称长安、镐京,西安位于渭河流域中部的关中平原,是我国九大古都之一,先后有周、秦、汉、唐等13个王朝在这里建都,有"秦中自古帝王州"的美誉,是中华文明和中华民族重要发祥地之一,是陆上丝绸之路的起点。1981年被联合国教科文组织确定为"世界历史名城",是"世界四大历史名都"之一。西安旅游资源丰富,有大小雁塔、大明宫遗址公园、曲江池遗址公园、大唐芙蓉园、骊山景区的秦始皇陵、华清池等知名景点。

二、众里寻她

本次接待的退休教师团中大多数游客为语文教师,因此,社团成员可选取大明宫遗址公园、兴庆宫遗址公园、大雁塔、曲江池遗址公园、大唐芙蓉园、骊山景区(秦始皇陵、华清池)等西安有代表性的文化景点和景区。以曲江为例,在唐朝时曲江是一个泛称,是以曲江池为中心的大型文化活动区,它包括曲江池、杏园、芙蓉苑、慈恩寺(大雁塔)、青龙寺、乐游园,王维、杜甫、白居易、韩愈等都在此留下了诗作。

1. 大雁塔

（1）景点简介

大雁塔位于唐长安城晋昌坊（今陕西省西安市雁塔区雁塔南路北口）大慈恩寺内，又名"慈恩寺塔"，是高僧玄奘的藏经塔，被视为古都西安的象征，2014年列入《世界遗产名录》。现塔高64.517米，底层每边长25.5米。塔身枋、斗拱、栏额均为青砖仿木结构，为中国古代楼阁式砖塔的典型代表（图9-1）。

图9-1 大雁塔

（2）推荐诗词

诗文：塔势如涌出，孤高耸天宫。
　　　登临出世界，蹬道盘虚空。
　　　突兀压神州，峥嵘如鬼工。
　　　四角碍白日，七层摩苍穹。

——唐·岑参《与高适薛据同登慈恩寺浮图》（节选）

[赏析] 慈恩寺浮图就是西安的大雁塔。公元752年，岑参从边塞回到长安，与好友高适、薛据等人一起游览大雁塔，即兴赋诗，互相唱和。此处为全诗的

项目九　诗风词韵咏古城——古都名城

节选。诗中描摹了大雁塔的雄伟，拔地而起的大雁塔巍然屹立，直插云霄，登临宝塔，视野极为广阔，楼梯盘旋在空中，仿佛走出人间，这是鬼斧神工的杰作，塔边的四个角可以遮挡住太阳，宝塔与天空连成一体，此时一座崔巍壮美的大雁塔生动地呈现在我们眼前。

> **小链接**
>
> **雁塔题名**
>
> 唐中宗神龙年间，进士张莒游慈恩寺，一时兴起，将名字题在大雁塔下。不料，此举引得文人纷纷效仿。雁塔题名在唐代盛极一时。唐代290年间，共录取进士6 000余名，平均每年只录取几十人，他们在曲江宴饮后，集体来到大雁塔下，推举善书者将他们的姓名、籍贯和及第的时间用墨笔题在墙壁上。这些人中若有人日后做到了卿相，还要将姓名改为朱笔书写。在雁塔题名的人当中，最出名的要属白居易了。他27岁时一举中第，按捺不住喜悦的心情，写下了"慈恩塔下题名处，十七人中最少年"的诗句。又如另一位新科进士刘沧写道："及第新春选胜游，杏园初宴曲江头。紫毫粉壁题仙籍，柳色箫声拂玉楼。"他把雁塔题名与登仙并提了。塔院小屋四壁皆是卿相题名，晚唐昭宗的进士徐夤有诗云"满壁堪为宰辅图"，道出了当时雁塔题名的盛况。北宋神宗时，大雁塔遭遇一场火灾，塔内楼梯被烧毁，进士们的题名也就此消失。唐以后长安不再是都城，雁塔题名到明清得以延续，只是题名者不再是进士了。

2. 大明宫

（1）景点简介

有"千宫之宫"美誉的唐大明宫是盛唐时期最负盛名的宫殿群（图9-2），始建于唐太宗贞观八年（634年），是当时的政治中心和国家象征，唐朝21位皇帝中有17位在此处理朝政。唐昭宗乾宁三年（896年），大明宫毁于战乱。2014年，唐长安城大明宫遗址作为中国、哈萨克斯坦和吉尔吉斯斯坦三国联合申遗的"丝绸之路：长安—天山廊道的路网"中的一处遗址点成功列入《世界遗产名录》。

（2）推荐诗词

诗文：绛帻鸡人报晓筹，尚衣方进翠云裘。
　　　九天阊阖开宫殿，万国衣冠拜冕旒。
　　　日色才临仙掌动，香烟欲傍衮龙浮。
　　　朝罢须裁五色诏，佩声归到凤池头。

——唐·王维《和贾至舍人早朝大明宫之作》

图 9-2 大明宫

［赏析］王维这首为贾至《早朝大明宫》而写的和作，利用细节描写和场景渲染，写出了大明宫早朝时庄严华贵的气氛，别具艺术特色。这首诗写了早朝前、早朝中、早朝后三个阶段，写出了大明宫早朝的气氛和皇帝的威仪，同时，还暗示了贾至的受重用和得意。"九天阊阖开宫殿，万国衣冠拜冕旒"一句是盛世大唐的最好写照，层层叠叠的宫殿大门如九重天门，迤逦打开，深邃伟丽；万国的使节拜倒丹墀，朝见天子，威武庄严，早朝场面的宏伟庄严和帝王的尊贵尽显其中。

3. 曲江池

（1）景点简介

曲江池是西安著名的历史遗迹（图 9-3），秦朝时就有了很大的规模，时称"陔州"。汉武帝刘彻在位期间，对曲江水源进行了疏浚，名为宜春苑。后经战乱，荒芜干涸。到了唐开元年间，唐玄宗李隆基重新疏浚开渠，引大峪水入黄渠而注于池中，因地形曲折，江水漫流，故名曲江。

（2）推荐诗词

诗文：漠漠轻阴晚自开，青天白日映楼台。

曲江水满花千树，有底忙时不肯来。

——唐·韩愈《同水部张员外籍曲江春游寄白二十二舍人》

图 9-3
曲江池

[赏析] 一个久雨之后轻阴转晴的傍晚，韩愈邀约张籍、白居易同游曲江，白居易因雨后泥泞未去。本诗前三句写出了雨后曲江两岸的景色之美，久雨乍晴，蓝天、夕阳、楼台、花树，都倒映在"曲江水满"之中，姿态万千。诗人用淡雅的语言描绘出一幅清新的画卷，节奏欢快自然。最后一句则表达了诗人对白居易未能一起欣赏美景的遗憾，所以游罢归来，韩愈写了这首诗寄给了白居易。

4. 骊山景区

（1）景区简介

骊山，海拔1 302米，是秦岭北侧的一个支脉，因远望山势如同一匹骏马，故名骊山。景区内古迹遗址星罗棋布，其中秦始皇帝陵（包括兵马俑）（图9-4）1987年12月被联合国教科文组织列入《世界遗产名录》，被誉为世界第八大奇迹；华清池以皇家园林著称于世（图9-5），骊山温泉闻名遐迩；骊山脚下有6 000年前姜寨母系氏族社会村落遗迹；景区东北角有著名的鸿门宴遗址。秦始皇帝陵博物院和华清宫景区都是国家5A级旅游景区。

图 9-4
秦始皇兵马俑

图 9-5 华清池

（2）推荐诗词

诗文：　长安回望绣成堆，山顶千门次第开。
　　　　一骑红尘妃子笑，无人知是荔枝来。

——唐·杜甫《过华清宫》

[赏析] 此诗是唐人咏史绝句中的佳作。通过送荔枝这一典型事件，鞭挞了唐玄宗与杨贵妃骄奢淫逸的生活，有着以微见著的艺术效果。起句描写华清宫所在地骊山的景色，林木葱茏，花草繁茂，宫殿楼阁耸立其间，宛如团团锦绣。接着展现了山顶上那座雄伟壮观的行宫，平日紧闭的宫门忽然一道接着一道缓缓地打开了。这时，宫殿外，一名专使骑着驿马风驰电掣般疾奔而来，身后扬起一团团红尘；宫殿内，妃子嫣然而笑。"妃子"因何而笑？诗人最后含蓄委婉地揭示谜底："无人知是荔枝来"。杜牧这首诗的艺术魅力就在于含蓄、精深，诗不明说唐玄宗的荒淫无度、贵妃的恃宠而骄，而形象地用"一骑红尘"与"妃子笑"构成鲜明的对比，收到了比直抒己见更强烈的艺术效果。

任务实施

一、线路设计要点

1. "因团施策"，满足旅游者的需求

认真研究游客的年龄、职业、文化层次、旅游目的等特点，设计个性化旅游线路，充分满足游客的需求。本任务社团成员承接的旅游团是退休教师团，该团的特点是年龄大、文化层次高，偏好文化底蕴深厚的景点，因此需要在线路设计时考虑到这三方面的因素。

2. 突出区域特色，强化线路主题

找准古都西安旅游发展的主题，结合本次任务，突出以诗词为特色的古都西安游，设计符合旅游团特点的独特的旅游线路。

3. 合理安排交通，合理分配时间

合理安排景点顺序，不绕路，不走回头路，根据每个景点的不同特点，合理安排游览时间，让游客获得良好的旅游体验。

二、线路设计范例

1. 线路设计

大雁塔→曲江池遗址公园

2. 线路设计理由

这条线路能够满足退休教师团以"诗词"为主题的旅游需求，据统计，《全唐诗》收录的 500 多位著名诗人中，有一半多曾在曲江留下足迹，至今流传下 300 余首脍炙人口的诗歌。曲江被视为长安城之文脉，从文化意义上看，曲江之于长安，正如西湖之于杭州。这条线路的景点距离都不远，一天时间能较为从容且深度游览，退休教师们能在诗词中探寻历史，品味历史留给我们的那份厚重。

任务拓展

截至 2022 年 3 月 28 日，国务院已将 141 座城市列为中国历史文化名城，这些名城对今天的人们了解历史发展和进步有着重要意义。作为十三朝古都的西安值得寻访的古迹不胜枚举，请你建立一个学习团队，以"跟着李白（或唐朝其他诗人）游西安"为主题，为中职旅游专业学生设计一条旅游线路。

任务二 江南忆，最忆是杭州——杭州

[任务分析] 某校导游社团与希望旅行社合作开展了"'诗词＋旅游'研学旅行方案设计"活动。本次任务是为高一研学旅行团设计一个"诗词＋旅游"的古都杭州一日研学旅行方案。社团成员要结合高中生的特点制订方案。从学生学过的吟诵杭州的古典诗词入手，引导学生跟着诗词游杭州，在诗词中了解杭州的历史与文化，领略杭州的大美风光。

知识储备

一、心随明月到杭州

杭州，简称"杭"，浙江省省会、副省级市，位于中国东南沿海、浙江省北部、钱塘江下游、京杭大运河南端，是浙江省第一大城市。自秦朝设县治以来已有2 200多年的历史，曾是五代十国时的吴越国和南宋的都城。杭州人文古迹众多，其中代表性的独特文化有西湖文化、良渚文化、丝绸文化、茶文化等。杭州自古有"人间天堂"的美誉，著名的旅游地包括西湖、西溪湿地、京杭大运河、千岛湖等风景名胜区。

二、众里寻她

本次接待的是高一研学旅行团，学生从小学至高中学过很多吟咏杭州及其各处美景的诗词，建议社团成员从课本中筛选出这些诗词，围绕诗词选择研学景点，如西湖、灵隐寺、岳王庙、六和塔、良渚古城遗址公园、运河（杭州段）、钱塘江、千岛湖等。以西湖为例，西湖是目前中国列入《世界遗产名录》的世界遗产中唯一一处湖泊类文化遗产。"西湖是一座诗情画意的东方文化名湖"，这是申遗文

本中最终给西湖的一个定义。"诗情画意",语出南宋词人周密的《清平乐·横玉亭秋倚》:"诗情画意,只在栏杆外,雨露天低生爽气,一片吴山越水。"借此诗情画意,做出西湖一日游的研学旅行方案,带领学生品西湖诗情,赏西湖画意。

1. 西湖

(1)景点简介

杭州西湖风景名胜区,位于浙江省杭州市中心(图9-6)。西湖以湖为主体,旧称武林水、钱塘湖、西子湖,宋代始称西湖。西湖傍杭州而盛,杭州因西湖而名,"天下西湖三十六,就中最美是杭州"。2011年,"中国杭州西湖文化景观"正式列入《世界遗产名录》。

(2)推荐诗词

诗文:孤山寺北贾亭西,水面初平云脚低。
几处早莺争暖树,谁家新燕啄春泥。
乱花渐欲迷人眼,浅草才能没马蹄。
最爱湖东行不足,绿杨阴里白沙堤。

——唐·白居易《钱塘湖春行》

图9-6 西湖

[赏析]钱塘湖是西湖的别名。这首诗是白居易任杭州刺史时所作，是一首描绘西湖美景的名篇。诗词处处紧扣环境和季节的特征，把早春的西湖描绘得生意盎然、恰到好处。诗的前两句总写湖水，在水色天光中，天空上舒卷起重重叠叠的白云和湖面荡漾的水波连成了一片，接下来的四句细致地描绘了诗人所见景物，以"早""新""争""啄"表现莺燕新来的动态，以"乱""浅""渐欲""才能"，状写花草向荣的趋势，准确而生动地把诗人边行边赏的早春气象透露出来，给人以清新之感。最后两句略写诗人最爱的湖东沙堤。只见绿杨荫里，平坦而修长的白沙堤静卧碧波之中，诗人置身其间，饱览湖光山色，感到心旷神怡。

> **小链接**
>
> **西湖十景**
> 西湖十景形成于南宋时期，有苏堤春晓、曲院风荷、平湖秋月、断桥残雪、花港观鱼、柳浪闻莺、三潭印月、双峰插云、雷峰夕照、南屏晚钟。
>
> **苏轼**
> 苏轼，字子瞻，号东坡居士，北宋著名文学家、书法家、画家，"唐宋八大家"之一（图9-7）。苏轼曾两度来杭州任官，为杭州赋予了浓重的文化符号。苏轼在杭州期间，修水井、筑苏堤、建石塔、抗疫病……造福杭州百姓。他是杭州城的代言人，也是西湖美的缔造者。他为西湖写下了160多首诗。清代大儒阮元曾叹曰："西湖之景甲天下，惟公能识西湖全。"苏轼在《饮湖上初晴后雨》其二中的一句"欲把西湖比西子，淡妆浓抹总相宜"，让西湖成为杭州，乃至整个江南的骄傲。

图 9-7 苏轼

2. 灵隐寺

（1）景点简介

灵隐寺地处杭州西湖以西，始建于东晋咸和元年（326年），至今已有近1700年的历史，为杭州最早的名刹（图9-8）。清康熙二十八年（1689年），康熙帝南巡时，赐名"云林禅寺"。

（2）推荐诗词

诗文：楼观沧海日，门对浙江潮。

桂子月中落，天香云外飘。

——唐·宋之问《灵隐寺》（节选）

[赏析]此处为全诗的节选。这四句诗既把灵隐寺附近的景象写得波澜壮阔，雄壮无比，又把灵隐寺神秘、

项目九 诗风词韵咏古城——古都名城

图 9-8 灵隐寺

清幽的特点呈现了出来，一写实，一写虚，虚实结合。前两句写诗人站在灵隐寺的楼阁上，看到了远方大海上的日出，看到了寺庙门正对着的呼啸而来的钱塘江大潮，入此胜境，令诗人心胸开阔，振奋不已。后两句进一步刻画灵隐寺一带特有的灵秀，这里每到深秋时节，常有桂花从月亮中落下，寺庙中的香火能一直飘到九霄云外，这两句更给灵隐寺蒙上了空灵神秘的色彩。

3. 岳王庙

（1）景点简介

岳飞（1103—1142年），字鹏举，相州汤阴（今属河南）人，南宋时期抗金名将，因坚决抗金、反对妥协，遭受秦桧等人诬陷入狱，后以"莫须有"的罪名杀害。南宋绍兴三十二年（1162年）孝宗即位，以礼改葬岳飞遗体于栖霞岭的南麓。岳王庙（图9-9）是岳飞墓的附属建筑，为纪念抗金英雄岳飞而建，由忠烈祠区和启忠祠区组成。岳飞墓（庙）是历代人民凭吊英雄的纪念圣地，具有重要的历史意义和纪念意义。岳飞墓（庙）现为全国重点文物保护单位。

图 9-9 岳王庙

（2）推荐诗词

词文： 怒发冲冠，凭栏处、潇潇雨歇。抬望眼，仰天长啸，壮怀激烈。三十功名尘与土，八千里路云和月。莫等闲、白了少年头，空悲切！

靖康耻，犹未雪。臣子恨，何时灭！驾长车，踏破贺兰山缺。壮志饥餐胡虏肉，笑谈渴饮匈奴血。待从头、收拾旧山河，朝天阙。

——宋·岳飞《满江红》

［赏析］岳飞的这首词，激励着千古以来中华民族的爱国心。词以义愤填膺的肖像描写起笔，开篇奇突。凭栏眺望，指顾山河，胸怀全局，正英雄本色。"长啸"，状感慨激愤，情绪已升至高潮。"三十""八千"二句，反思以往，包罗时空，既反映转战之艰苦，又谦称建树之微薄，识度超迈，下笔精妙。"莫等闲"期许未来，情怀急切，激越中不禁悲凉。下阕将"壮怀"具体化，雪耻消恨，长驱破敌，重整山河，登阙报捷。一腔忠愤，喷薄而出，蔑视强敌，气吞河岳。光复旧物，充满信心。英烈气概，立功宏图，千载之下，读之令人奋起。

4. 六和塔

（1）景点简介

六和塔位于杭州钱塘江畔月轮山上（图 9-10），始建于北宋开宝三年（970 年），为镇江潮而建，取佛教"六和敬"之意，得名六和塔。六和塔外看十三层，为砖木结构的楼阁式塔，塔身八面，高约 60 米，外观 13 层，里面却只有 7 层。六和塔矗立钱塘江边，与钱塘江大桥共同组成了绝佳风景。

（2）推荐诗词

诗文：浮屠矗立俯江流，暮色苍茫四望收。
　　　落日背人沉野树，晚潮催月上沙洲。
　　　千家灯火城南寺，数点帆归海外舟。
　　　莫讶山僧苦留客，有情江水也回头。

——清·林则徐《六和塔》

[赏析] 此诗描写黄昏时分登六和塔远眺的景色，有落日西沉、夜月初升的动态，也有野树暮霭、灯火点点的静态，构成一幅动人的画面，"有情江水也回头"一句运用了拟人手法，生动地写出了钱塘江水对六和塔的钟情。

图 9-10 六和塔

任务实施

一、研学旅行方案设计要点

1. 实践性原则

学校开展研学的目的是给学生提供更多的实践机会，从而激发并提高学生的创新能力。如果没有实践，学生思维的发展就失去了动力，创造就可能变成空想。因此，实践性原则是创造性思维的根本，它直接关系到其他原则是否能够贯彻落实，同时还统领着其他原则。

2. 探究性原则

调查显示，有 70% 以上的中小学生在遇到问题或难以解决的事情时会选择退缩和逃避，即有畏难情绪。而探究性研学有利于学生针对具体问题进行探究活动，从而培养学生的自信心。学生在面对问题时，需要做出各种猜测，想尽办法去寻求解决问题的方案，在解决问题的过程中，要进行推理、分析、判断，从而找出问题的症结，然后通过观察、实验来进一步验证。

3. 有效性原则

判断研学旅行方案设计是否体现了有效性原则，主要看能否完成事先设定的目标，并进行验证展示评估，以强化研学所得。为了提高研学的有效性，研学目标一定要明确。可设定任务单，要求学生在研学过程中做好记录，研学结束后进行成果汇报答辩，进一步巩固并深化研学成果。

4. 安全性原则

安全是研学的第一要务，若没有安全保障，一切就无从谈起。为了提高研学的安全性，在设计研学旅行方案时就要充分考虑到每个环节的安全问题，要分工明确、责任到人、职责落实到位。同时，要制订好安全预案、突发事件处置预案等，确保活动顺利进行。为保障师生安全及解决后顾之忧，学校应为每位师生购买意外伤害保险，保额不应低于所在地的平均水平。

二、研学旅行方案设计范例

1. 研学旅行方案

西湖景区—岳王庙一日研学旅行方案			
研学主题	泛舟西湖觅诗情，龙井问茶习文化		
时间安排	一天		
研学目的	（1）赏西湖十景，学习西湖古典诗词 （2）听西湖故事，寻东坡足迹，感悟智者人生 （3）凭吊英雄岳飞，激发爱国情怀 （4）探访龙井村，体验采茶，闻香品茶，体验茶文化		
研学安排	时间安排	活动主题	活动内容
	8:00—8:50	乘车前往西湖	读诗猜美景（研学导师提供西湖十景的藏头诗，请学生读一读，猜一猜）
	9:00—10:30	赏西湖十景，听东坡故事，诵东坡诗词	（1）欣赏西湖十景。苏堤春晓、曲院风荷、平湖秋月、断桥残雪、柳浪闻莺、花港观鱼、雷峰夕照、双峰插云、南屏晚钟、三潭印月 （2）听研学导师讲苏轼在西湖的故事，感悟苏轼微笑面对人生的智慧 （3）诵东坡诗词。《饮湖上初晴后雨二首》《与莫同年雨中饮湖上》《望湖楼醉书》《夜泛西湖》

续表

西湖景区—岳王庙一日研学旅行方案			
	时间安排	活动主题	活动内容
研学安排	10:40—11:50	岳王庙中瞻英雄	听岳飞的故事，赏析《满江红》，感悟爱国情怀
	12:00—13:00	午餐（品美食：东坡肉、西湖醋鱼、西湖莼菜汤、龙井虾仁，听故事）	
	13:00—14:30	龙井问茶	游览龙井古迹，欣赏龙井风光，听龙井故事
	14:30—15:30	采茶体验	手挽竹篮，头戴茶笠，在专业人员指导下，采摘龙井茶芽
	15:30—16:10	炒茶体验	现场观摩专业人员炒茶、制茶，并体验
	16:10—16:30	品茶	（1）观茶颜，闻茶香，品茶 （2）可带回亲手炒制的龙井茶，与家人分享
	16:30—17:30	乘车回校，分享研学收获	

2. 设计理由

杭州因西湖而名，西湖承载着悠久的历史，积淀着深厚的文化，传承着数千年的文化精髓。白居易、苏轼疏浚西湖，造就了美丽的长堤；林逋隐居孤山，以梅为妻，以鹤为子；岳飞精忠报国，长眠于湖畔；秋瑾巾帼不让须眉，革命一生，埋骨西泠。本次研学活动将让学生跟着诗词去了解西湖的历史与文化，在他们熟悉的"欲把西湖比西子，淡妆浓抹总相宜""日出江花红胜火，春来江水绿如蓝""八千里路云和月。莫等闲、白了少年头，空悲切"的诗句中去"赏读"西湖这本内涵丰富的书，去瞻仰民族英雄岳飞。

任务拓展 浙江山灵水秀，人文底蕴深厚，是华夏历史上经济文化高地之一，吸引了历代思想先哲、文人墨客来此游历论学，留下了丰富的人文资源。请你建立一个学习团队，为浙江省某校学生设计一个"访一座名山"的"诗词+旅游"的研学旅行方案。

任务三——扬州 春风十里扬州路

[任务分析] 某校导游社团与飞扬旅行社合作开展了"'诗词＋旅游'自助游攻略设计"活动。本次任务社团成员可以从扬州的景观、名人、美食入手,锁定一处景点、一位名人、两三种美食,搜索与其相关的诗词典故,设计出一个赏美景、访名人、品美食的自助一日游攻略,让团队成员跟着诗词游扬州。

知识储备

一、烟花三月下扬州

扬州,古称广陵、江都、维扬,地处江苏省中部,长江与京杭大运河交汇处,建城史可上溯至公元前486年,其历史悠久,文化璀璨,商业昌盛,人杰地灵,有着中国运河第一城的美誉,有"淮左名都,竹西佳处"之称,是中国首批历史文化名城。

二、众里寻她

这是导游社团成员为自己安排的"诗词＋旅游"的一日自助游,社团成员应先了解扬州这座历史文化名城,了解曾经在这里留下诗词歌赋的文化名人,沿着名人的足迹,去感受扬州城深厚的文化底蕴。李白的"烟花三月下扬州",杜甫的"商胡离别下扬州",尽显唐宋时扬州的美丽繁华和无数人对扬州的向往,白居易、刘禹锡、孟浩然、杜牧、苏轼、王安石、秦少游等著名诗人也留下了大量有关扬州的名篇佳作,扬州诗人张若虚的《春江花月夜》更赢得"孤篇压全唐"的美誉。带着这些名篇佳作,社团成员可选择两三处有代表性的旅游景点,如瘦西湖、大明寺、瓜洲古渡、扬州八怪纪念馆、平山堂、个园、何园、运河（扬州段）等，在游览中体会诗人笔下的多彩扬州。

> **小链接**
>
> **张若虚**
>
> 张若虚（660—720年），江都（扬州）人，唐代诗人（图9-11），与贺知章、包融、张旭以诗名当世，并称"吴中四士"。张若虚的作品大部散佚，流传至今的仅《春江花月夜》《代答闺梦还》两首，前者尤为知名，有"以孤篇压全唐"之誉。张若虚的《春江花月夜》内容恢宏，气势开阔，艺术地再现了唐代扬州一带的江景风光。张若虚用清新自然、静谧宁适的格调，描写了春、江、花、月、夜这五种事物，集中体现了人生最动人的良辰美景，构成了诱人探寻的奇妙艺术境界。整首诗篇令人心驰神往。从张若虚的《春江花月夜》中，我们可以领会初唐扬州文化的特征。这首诗既是名诗，也是名曲。20世纪二三十年代，以"振兴中华传统文化"为己任的上海大同乐会，将琵琶曲《夕阳箫鼓》更名为《春江花月夜》，并改编成民族管弦器乐合奏曲，从此一曲名扬天下，广为流传。

图9-11 张若虚

1. 瘦西湖

（1）景点简介

瘦西湖，扬州最著名的景点，是我国著名的湖上园林，也是扬州园林最杰出的代表（图9-12）。清代钱塘诗人汪沆看到此湖觉得与杭州西湖十分相似，尤以清瘦为长，于是吟诗一首："垂杨不断接残芜，雁齿虹桥俨画图，也是销金一锅子，故应唤作瘦西湖。"从此，瘦西湖的美名，不胫而走，流传后世。瘦西湖湖面蜿蜒曲折，园林建筑古朴多姿，景色变化引人入胜，营造出"两堤花柳全依水，一路楼台直到山"的胜境。有二十四桥、五亭桥、白塔、虹桥、小金山、长堤春柳等名胜。

图 9-12 瘦西湖

（2）推荐诗词

诗文： 青山隐隐水迢迢，秋尽江南草未凋。
二十四桥明月夜，玉人何处教吹箫？

——唐·杜牧《寄扬州韩绰判官》

[赏析] 这首诗是诗人离开扬州后所作寄给友人韩绰的。诗人离开扬州后，依然怀念着江南的一切。他在北方的秋天，还时时想着那遥远的南方的绿水青山。秋末冬初的北方已是一片萧条，而江南因为地暖，草木都还没凋零。这是诗人对江南的记忆，也是对江南风景的怀念。前两句通过写景而意在怀人。后两句诗人把目光直接转到了扬州城，选取了二十四桥这样具有风月故事的意象。据说曾经有二十四个美人吹箫于此，所以得名二十四桥。对于扬州的生活，诗人实在难以忘怀。

2. 大明寺

（1）景点简介

大明寺始建于南朝刘宋孝武帝大明年间，故称"大明寺"，又称"栖灵寺"，唐代鉴真大师东渡日本前曾主持此寺。由大雄宝殿、平远楼、平山堂、栖灵塔、天下第五泉、御园、鉴真纪念馆组成（图 9-13）。北宋大文学家欧阳修曾在扬州任太守，在寺中修建了

图 9-13 大明寺

平山堂，当时常有文人墨客受欧阳修之邀，在此谈诗论道。

（2）推荐诗词

诗文：步步相携不觉难，九层云外倚阑干。
忽然笑语半天上，无限游人举眼看。

——唐·刘禹锡《同乐天登栖灵寺塔》

[赏析] 唐宝历二年（826年）冬，作者从安徽和县回洛阳途中，来到扬州见到好友白居易，两人同游栖灵寺。"忽然笑语半天上，无限游人举眼看"两句极言栖灵寺塔之高，手法新颖。

3. 瓜洲古渡

（1）景点简介

瓜洲是扬州市的一个历史文化名镇，始于晋，盛于唐，位于京杭大运河下游与长江交汇处，素有"江北重镇、千年古镇"之称。瓜洲古渡是一座风光秀美的水系公园（图9-14），唐代高僧鉴真从这里起航东渡日本，康乾二帝及历代文人墨客在瓜洲留下了许多脍炙人口的诗篇。有沉箱亭、观潮亭、银岭塔、锦春园、江风山月亭、镜水堂、彤云阁等著名景点。

（2）推荐诗词

诗文：京口瓜洲一水间，
钟山只隔数重山。

春风又绿江南岸，
明月何时照我还？

——宋·王安石《泊船瓜洲》

图9-14
瓜洲古渡

［赏析］诗的开篇两句就出现了三个地名：江苏镇江的京口、江苏扬州的瓜洲镇和江苏南京的钟山。诗人应是从南京出发，经京口到达瓜洲。立足瓜洲，回望钟山，重峦叠嶂。第三句为千古名句，描绘了长江南岸的春色。"绿"字是吹绿的意思，用得极为精当。据说从王安石的手稿上来看，他为了锤炼这个字下足了功夫。从"到""过""入""满"等多个词中最后确定了"绿"字，"绿"字，有动作，有颜色、有诗意，将无色无味的触觉春风，转换成鲜明的视觉春风，诗意浓郁。最后一句则抒发了他幽远的乡思。

4. 扬州八怪纪念馆

（1）景点简介

扬州八怪纪念馆是以清代活跃在扬州画坛上的八位创新画家为主题，是宣传和弘扬扬州八怪艺术成就的专业纪念馆（图9-15）。通常所说的扬州八怪指金农、郑燮、黄慎、李鱓、李方膺、汪士慎、罗聘、高翔，美术史上常称其为"扬州画派"，他们以梅的高傲、石的坚冷、竹的清高、兰的幽香表达自己的志趣，开创了一代新的画风，为中国书画艺术发展立下了不朽的功业。

（2）推荐诗词

诗文： 咬定青山不放松，
　　　 立根原来破岩中。
　　　 千磨万击还坚劲，
　　　 任尔东西南北风。

——清·郑板桥《竹石》

［赏析］这是郑板桥的一首题画诗。这首诗是咏竹的，"咬定青山不放松"，用一个"咬"字就将竹子人格化了，它死死地立在青山之中，丝毫也不松懈，展

图 9-15
扬州八怪纪念馆

现了竹子顽强的精神。"立根原在破岩中",这丛竹子的根原来深深地扎在岩石的裂缝中,意在说明它们的生命力极其强大,根基深厚,才能紧紧咬住青山。"千磨万击还坚劲,任尔东西南北风",竹子立在石缝之中,虽然历经了千磨万击,但它依旧坚韧不拔,岿然不动。这里的"风"不仅仅是自然风,还代表着各种苦难和打击。竹代表的是一种不屈的精神,是一种顽强的人格。

> **任务实施**

一、自助游攻略设计要点

自助出游前必须对所去景点做一定的了解,然后安排合理的线路。要注意以下问题。

1. 顺应景点的最佳游览时间

每个旅游景点都有最佳的游览时间,因此要遵循规律,顺应最佳时间。例如江河湖海等的最佳时间是在午后水温升高之后。登山攀岩类参与性的活动,由于运动量大,自身产热耗能多,最好安排在上午进行。

2. 节省时间,避免走回头路

游览活动其实并不仅仅限于在旅游景点上,沿线的景观也是观赏的对象。在游览过程中,如果走回头路,就意味着游客要在同一段线路上重复往返,这是一种时间和金钱的浪费,所以应当使所有的景点串联成环行线路,有利于节省旅途时间。

3. 动静结合,节奏适宜

游览的节奏太松,游客会觉得时间没有充分利用而不满意;节奏太紧,则不仅游览效果不佳,且容易出现各种事故。因此,安排景点时需要有意安排一点缓冲的游览过程让游客好好调整一下。

4. 考虑周全,内容全面

围绕"食住行游购娱"六个要素,尽可能考虑齐全。例如查询交通信息,提前订好火车票或者机票,预订酒店,可通过在线旅行社提前选择的;费用预算,一定要准备好充足的资金用来应对旅途中的意外情况。查询注意事项，如着装、天气、安全。

二、自助游攻略设计范例

1. 自助游攻略

	富春茶社—瘦西湖—大明寺一日自助游攻略
特色	（1）赏美景怡情。瘦西湖——西湖之美，园林之美 （2）访名人诗词。寻访名人足迹，品味名人诗词 （3）品美食美味。吃早茶，品文化
早餐	格林豪泰酒店（个园对面）6:00叫早，6:30乘车前往富春茶社。富春茶社始创于1885年，为扬州三春之首（三春为富春茶社、冶春茶社、共和春茶社，是扬州最出名的三座茶楼）。民间有语，到扬州必到富春。游客入座，各色招牌茶点闪亮登场。三丁包被誉为"天下一品"，千层油糕和翡翠烧卖堪称"扬州双绝"。地址：广陵区得胜桥街道路35号。推荐菜：三丁包子、千层油糕、翡翠烧卖、干菜包子、扬州炒饭、大煮干丝、扬州狮子头、清炒虾仁、蟹黄汤包、蟹粉狮子头、霉干菜包、烫干丝、油糕、魁龙珠茶等（约30分钟）
上午	8:30乘坐28路车5站30分钟（或乘出租车10元）到达瘦西湖。瘦西湖主要分为14个景点，包括五亭桥、二十四桥、荷花池、钓鱼台等。 游览路线1：南门进园—长堤春柳—游乐场—叶林—徐园—小金山—风亭—钓鱼台—水云胜概—五亭桥—凫庄（品茗）—白塔—晴云轩（用餐、购物）—熙春台（赏曲）—二十四桥—静香书屋—簪花亭—石壁流淙—锦泉花屿—扬派盆景博物馆—北门。 游览路线2：南门进园—乘坐水上巴士到二十四桥—步行（水上巴士单程价格30元）。瘦西湖门票：60元（2~3小时）
午餐	11:40从瘦西湖景区乘坐游1路线经6站23分钟（出租车约9元，约5分钟）到达金聚楼饭庄（总店），位置：扬州广陵区国庆路454号。品尝正宗淮扬菜 特色菜：烤鸭、大煮干丝、狮子头、盐水鹅、扬州炒饭、响油软兜、肉汁萝卜、红豆汁、烫干丝等（约90分钟）
下午	13:00乘坐游2路车7站30分钟（出租车约15元，15分钟）到达大明寺。大明寺，是唐代鉴真大师居住和讲学的地方，名闻遐迩，为僧俗所景仰，有着崇高威望，享有"江淮化主"之誉。鉴真大师不畏艰险，五次东渡失败，却毫不灰心，决不退缩，终于在天宝十二年（753年），以双目失明之66岁高龄成功抵达日本，实现夙愿。他的百折不回的坚强意志，令后人无比景仰与敬慕，被日本人民奉为"文化恩人"。栖灵塔共九层，唐代诗人李白、高适、刘长卿、刘禹锡、白居易等均曾登临，并留下千古绝唱。平山堂位于大明寺大雄宝殿西侧，为北宋文学家欧阳修在扬州任太守时建，由平山堂、谷林堂、欧阳祠三部分构成。平远楼在大明寺东南侧，与平山堂东西对峙。楼前有一株琼花已年逾三百，是扬州琼花中最老、最大的一株。隋炀帝"烟花三月下扬州"专程观赏的就是这世上稀有的琼花。门票：淡季30元，旺季45元。其中栖灵寺需加收5元。（约120分钟）
晚上	15:30乘坐游1路车回格林豪泰酒店，步行10分钟到达东关街，是扬州城里最具有代表性的一条历史老街。夜游东关街，逛老字号，品尝小吃。20:00返回酒店

2. 攻略设计理由

此攻略充分体现本次自助游赏美景、访名人、品美食的"诗词+旅游"主题，"扬州菜香，举国口馋""天下珍馐属扬州"，富春茶社的早茶彰显了"世界美食之都"的饮食文化，"烟花三月下扬州""天下三分明月夜，二分无赖是扬州"，在清代戏曲作家李斗所著的《扬州画舫录》中，有着这样的描述："杭州以湖山胜，苏州以市肆胜，扬州以园亭胜，三者鼎峙，不分轩轾。"湖上园林瘦西湖和寺庙园林大明寺将自然风光与人文美景融于一体，留下了历代诸多文化名人的足迹，李白、杜甫、白居易、欧阳修、苏轼、陆游、秦观等无不为扬州所倾倒，其诗词佳作尽显"东亚文化之都"的深厚底蕴。社团成员可以追随着诗人名家的脚步，走一走"春风十里扬州路"。

任务拓展

非物质文化遗产作为中华优秀传统文化的重要组成部分，是中华文明绵延传承的生动见证。扬州是国务院首批命名的24座中国历史文化名城之一，其历史悠久、文化底蕴深厚，拥有丰富多样的非物质文化遗产。请你建立一个学习团队，为初中学生设计一个暑假三日"寻访扬州最美'非遗'文化"的自助游攻略。

项目十

诗风词韵筑长城
——军事防御工程

项目导入

在漫长的历史发展进程中,智慧的中国人创造了很多人间奇迹。其中一个奇迹就是长城。长城,又称万里长城,是中国古代的军事防御工程,总长超过 2 万千米。长城建筑包围全国,经过近 15 个省市,形成保卫守护之势。今天,万里长城对我们的意义不再仅仅是防御作用,更重要的是一种精神文明的象征,是中华民族团结统一的象征,它凝聚着中国所有民族和同胞,亲如一家。本项目介绍了长城的景点、唱诵长城的诗词,感悟长城的文化,在长城文创产品的设计中传承长城精神,厚植家国情怀。

任务 不到长城非好汉——长城

[任务分析] 长城是中华民族的象征,长城精神是中华民族自尊、自信、自立、自强精神与意志的体现。某校旅游专业以"游长城,品诗词"为主题,拟举办长城文创旅游产品征集活动。本次任务的主题非常明确,感悟长城文化,传播长城精神是每一位旅游人义不容辞的责任,而设计长城文创产品是传播长城精神的有效途径。学生们要完成此次任务,必须要了解长城景区的相关知识,掌握文创旅游产品开发的基本原则和方法,同时结合自己的兴趣和爱好,才能更好地发挥自己的创意,设计出优秀的文创旅游产品。

知识储备

小链接
中古世界七大奇迹
古罗马斗兽场、中国万里长城、利比亚亚历山大地下陵墓、英格兰巨石阵、中国大报恩寺琉璃宝塔、意大利比萨斜塔、土耳其索菲亚大教堂。

一、万里筑长城

万里长城东起渤海湾山海关,西至甘肃省嘉峪关。穿过崇山峻岭、山涧峡谷,绵延起伏2万多千米,横跨中国北方七个省、市、自治区。早在春秋战国时期,各国为了御敌,便据险修筑长城。秦统一中国后,把分段的防卫墙连接起来,建成规模宏伟的万里长城,以后各朝又陆续加固增修。到了明代(1368—1644年),在旧有的基础上逐渐改建成如今的面貌。万里长城气魄雄伟,是世界历史上伟大的工程之一。1987年被列入《世界文化遗产名录》。

二、众里寻她

"一夫当关,万夫莫开"这句话生动地说明了"关"的重要性。什么是"关"呢?"关"指的便是"关城"。关城是万里长城防线上最为集中的防御据点。关城设置的位置至关重要,均是选择在有利防守的地形之处,以达到以极少兵力抵御强大的入侵者的效果。长城沿线的关城有大有小,数量很多。就以明长城来说,大大小小的关城有近千处,著名的山海关、居庸关、紫荆关、平型关、雁门关、嘉峪关、阳关、玉门关等。有些大的关城附近还带有许多小关，如山海关附近就有十多处小关城，共同组成了万里长城的防御工程建筑系统。

在这些关城中，最有名的当属山海关、居庸关、嘉峪关和平型关，这四个关隘历史资源丰富，文化内涵深厚，是旅游专业学生开展研学的最佳之地，也是文创产品设计的灵感之所。

1. 山海关

（1）景点简介

山海关位于河北省秦皇岛市，位于明长城东端，素以"天下第一关""边郡之咽喉，京师之保障"闻名天下（图10-1）。隋唐时，这里曾建有一座关城，名为榆关，是抵御北边突厥和东边高丽侵犯的军事要塞。虽然关城规模不大，但雄踞于山海之间的狭长平原地带，可牢牢守住整个辽西走廊。明太祖年间，大元帅徐达看中此处"守燕、依山、阻海"的地理优势，将位于山与海之间的榆关扩建，因其负山襟海，定名"山海关"。现在的山海关城墙建筑仍保留着明朝时期的样貌，明宪宗亲笔题写的"天下第一关"匾额，挂在城中仅存的箭楼上。

山海关是世界文化遗产、全国首批重点文物保护单位、国家5A级旅游景区，是我国境内迄今为止保存最为完整的古代军事防御体系。中国古建筑学家罗哲文先生曾盛赞山海关是一座天然的长

图 10-1
山海关

城博物馆。

（2）推荐诗词

诗文：雄关阻塞戴灵鳌，控制卢龙胜百牢。
山界万重横翠黛，海当三面涌银涛。
哀笳带月传声切，早雁迎秋度影高。
旧是六师开险处，待陪巡幸扈星旄。

——清·纳兰性德《山海关》

[赏析]《山海关》是一首边塞诗，用七律写成，气势恢宏壮阔。诗句首联先指明了山海关的地理位置，以及它的外观、环境和作用，是军队驻守的边关要地。颔联用两个对仗句，宏观写景，点出了山海关的整个"山海"地貌特征，山如画眉，海涌银涛，风景秀丽。颈联通过描写细节渲染情感。在边关荒无人烟的地方月下吹起哀笳，更加落寞悲凉，是军旅孤独的写照。第六句将镜头切换到天空，仿佛从内心跳跃到广阔高远的世界，只见大雁南飞，顿起思乡之情。这一联，地上天空、一人一雁、一悲声一度影，把情感气氛烘托到了高潮。尾联落笔收回。思考也从感性回归理性。这山海关原是天子领军入关之门户，皇家尤为重视，诗人自己也因此才会护驾多次来此处巡视。

2. 居庸关

（1）景点简介

居庸关位于北京昌平区以北20千米的峡谷中，有"一夫当关，万夫莫开"的气势，是京北长城沿线上的著名古关城（图10-2），国家级文物保护单位。居庸关与山海关、嘉峪关齐名，被誉为"天下第一雄关"。

居庸之名，据元代记载是秦始皇修长城时，徙居庸徒于此而得名。庸就是强征来的民夫士卒。其实居庸之名早于秦始皇统一全国之前就有了。战国时期的《吕氏春秋》中就有"天下九塞，居庸其一"的记载。居庸关两旁山势雄奇，中间有长达18千米的溪谷，

图 10-2 居庸关

俗称"关沟"。这里清流萦绕、翠峰重叠、花木郁茂、山鸟争鸣,金代被列为"燕京八景"之一,称为"居庸叠翠"。

1982年,居庸关被划入十三陵风景名胜保护区。1997年,居庸关修复工作完成,昔日的居庸雄关重现于世人眼前。修复后的居庸关主要包含关城楼、瓮城以及城墙(即长城)等建筑。长城上有敌楼、烽燧、水门、铺房、炮台等28座建筑及设施,关内有关帝庙、关王庙、城隍庙等7座庙宇。

(2)推荐诗词

诗文: 居庸关上子规啼,饮马流泉落日低。
雨雪自飞千嶂外,榆林只隔数峰西。

——清·朱彝尊《出居庸关》

[赏析] 本诗起句看似平淡无奇,并未对关塞之景作具体描摹。但"居庸关"三字的跳出,正有一种雄关涌腾的突兀之感。再借助于几声杜鹃啼鸣,便觉有一缕辽远的乡愁。驱马更行,峰回路转,在暮霭四起中,忽遇一带山泉,从峰崖高处曲折泻来,顿令诗人惊喜不已,忘却身在塞北。站在山泉畔,遥看苍茫远天,一轮红日正沉向低低的地平线。余霞将远远近近的山影辉映得如火一般,一副塞上奇景

展现眼前。

不过最令诗人惊异的，还是塞外气象的寥廓和壮美。诗人透过千百峰嶂，隐约可见雨雪将起伏的山峦织成茫茫一片。一"飞"字，画出了一个寥廓、竣奇而不失轻灵流动之美的世界。诗人意兴盎然地转身西望，不禁又惊喜而呼：那在内蒙古准格尔旗一带的"渝林"古塞，竟不是想象的那般遥远。结句把七百里外的榆林，说得仿佛近在咫尺、触手可及。这恰是人们在登高望远中所常有的奇妙直觉。

3. 雁门关

（1）景点简介

雁门关位于山西省忻州市，是世界文化遗产万里长城的重要组成部分，全国重点文物保护单位，是历史最为悠久、战争最为频繁，知名度最高、影响面最广的古关隘，以"险"著称，被誉为"中华第一关"，有"天下九塞，雁门为首"的说法。雁门关峰峦叠嶂、山崖陡峭，北通大同，南达太原，进可主辽阔草原，退可守千里关中，自古就是边防战略要地，兵家必争之地。据不完全统计，发生在这里的战事有140多次。

今天的雁门关景区是以雁门关军事防御体系、历史遗存、遗址为主要景观资源的边塞文化、长城文化、关隘文化旅游区，景区规划面积30平方千米，已成为集"食、住、行、游、购、娱"功能为一体的边塞文化旅游目的地（图10-3）。

（2）推荐诗词

诗文：黑云压城城欲摧，甲光向日金鳞开。
　　　角声满天秋色里，塞上燕脂凝夜紫。
　　　半卷红旗临易水，霜重鼓寒声不起。
　　　报君黄金台上意，提携玉龙为君死。

——唐·李贺《雁门太守行》

[赏析] 本诗开头两句，着意于渲染气氛，勾勒出战争紧张的形势。首句用"黑云"作为比喻，写敌人来势凶猛，再以"压"这个动词来加强此种势

图 10-3
雁门关

态,然后以"欲摧"两词来补足这种来势之猛烈,直接刻画了危险状况。第二句写我方军威雄伟,有临危不惊之气概。三、四句从"声、色"两个方面进一步渲染悲壮气氛。角声在满目萧瑟的秋天里回荡,显得更加悲壮,这是"声"。战场上鲜血遍染,在暮霭凝聚下呈现出暗紫色,抹上了一层悲壮的色彩,这是"色"。第五句中"半卷"二字含义丰富。黑夜行军,偃旗息鼓,为的是"出其不意,攻其不备","临易水"既表明交战地点,又暗示将士们的壮怀豪情。接着描写苦战场面:驰援部队一迫近敌军营垒,便击鼓助威,投入战斗。无奈夜寒霜重,连战鼓也擂不响。面对重重困难,将士们毫不气馁。以上六句以沉重色彩(黑、紫)两色为基色,用凄厉角声、喑哑鼓声传达一种悲壮情感。声、色互为映衬,加重悲剧性氛围。

完成气氛渲染之后,诗人引用"黄金台"的故事,写出将士们报效朝廷的决心。"黄金台"是战国时燕昭王在易水东南修筑的,传说他曾把大量黄金放在台上,表示不惜以重金招揽天下士。

4. 平型关

(1)景点简介

平型关位于山西省繁峙、灵丘两县交界处,在雁门关之东,古称瓶形寨,以周围地形如瓶而得名,历来为戍守之地。

1937年9月25日,八路军115师在此地北桥沟一带伏击日本侵略军号称"铜军"的板垣征四郎第五师团,消灭日军1 000余人。这是我国抗日战争打的第一个大胜仗,被称为平型关大捷。平型关大捷遗址保护面积8.6平方千米,包括平型关大捷纪念馆、纪念碑、烽火台等13个景点,是全国重点文物保护单位、全国爱国主义教育示范基地、全国百个红色旅游经典景区之一。2016年12月,平型关大捷遗址入选《全国红色旅游景点景区名录》,成为爱国主义和革命传统教育的最佳场地(图10-4)。

图 10-4 平型关

（2）推荐诗词

诗文： 集师上寨运良筹，敢举烽烟解国忧。
潇潇夜雨洗兵马，殷殷热血固金瓯。
东渡黄河第一战，威扫敌倭青史流。
常抚皓首忆旧事，夜眺燕北几春秋。

——现代·聂荣臻《忆平型关大捷》

[赏析] 此诗是聂荣臻元帅在 86 岁高龄时写下的。"七七事变"后，日寇全面侵华，妄图三个月内占领中国。1937 年 9 月 25 日，挺进华北的八路军 115 师在灵丘县平型关东侧一带设伏，一举歼灭日军 1 000 余人，缴获大量武器弹药和辎重，取得了八路军出师抗日的首战大捷，打破了日军"不可战胜"的神话，极大鼓舞了全国军民坚持抗战的信心，提高了共产党八路军的声威。

装备落后的八路军是怎样取得辉煌胜利的呢？聂帅回忆到：行军途中遭遇倾盆大雨，战士们无雨衣挡雨，大家硬是冒雨前行，无一退缩。山洪暴发，湍急的山洪咆哮着，大家把枪和子弹挂在脖子上，手拉着手前进，或者拽住马尾巴蹚过激流，有的战士因失手不幸被洪水冲走了。就这样经过一夜的风雨饥寒侵袭，战士们仍坚毅地趴在湿冷的阵地上等待战斗。正是战士们英勇无比的精神，成为革命取得胜利的决定因素。

整首诗洋溢着杀敌报国的革命情怀，增强了读者奋发图强的志气。我们要永远记住先烈的丰功伟绩，永远记住老一辈无产阶级革命家的教诲，既要"敢举烽烟解国忧"，又勇于"殷殷热血固金瓯"，一定能使中华民族永远自立于世界民族之林！

> **任务实施**

一、文创产品的定义

文创，顾名思义，指的是文化创意。文创产品指依靠创意人的智慧、技能、天赋和文化积淀，对文化资源、文化用品进行创造与提升，通过知识产权的开发和运用，并借助于现代科技手段，而产出的高附加值产品。文创产品的设计重在对文化资源、文化概念等进行不同角度和层次的创新解读、挖掘和再现。

二、文创产品的设计要点

1. 对景区文化进行研究和解读

文创产品＝文化＋创意＋商品，旅游文创产品就要挖掘景区或区域文化，融合地域历史与文化因素，将景区特色活灵活现地展现在游客面前。因此需要对景区的特点和文化有深入的研究和学习，从而确定产品的主题。

2. 提取文化内涵和设计元素

通过分析、研究，找到文化载体，剖析文化载体，并提取设计元素背后的美学思想和文化内涵。例如，在陕西华山文创产品中，一款爆品叫"华山英雄酒杯"，从另一个独特视角向游客展现了华山的"险"，将整座山融入酒杯当中，让喝酒与征服华山的感觉关联起来，一股"英雄气概"便油然而生。在英雄杯的包装上有这样一段文案：对酒当歌，人生几何？一个酒杯，也许就能释放你的一颗英雄之心，英雄自当无畏无惧。

3. 借助联想与想象实现元素与元素之间的连接

文创产品设计过程中，最需要找到相同的、不同的与相关的、不相关的结合点。从时间维度来看，文创产品设计的来源素材连接着过去与现在，比如历史文物元素的择取就要考虑与时尚流行的融合；从空间维度来看，不同空间、场景和环境的人、事、物是可以共存的，自然界的春花秋月、天地日月，人世间的喜怒哀乐、衣食住行与产品载体、设计资源"混搭"在一起。

4. 形成初步方案与草图

对产品进行简要说明（名称、用途、设计要点、精神内涵等），讲述自己的设计初衷和设计思路。以故宫文创产品为例，"奉旨旅行"行李牌、"朕看不透"眼罩、"朕就是这样汉子"折扇等融合历史与当代年轻人语境的网络相关产品，让故宫真正将"文化"落地到了"产品"上，赢得了大众的喜爱。

三、文创产品的设计要求

1. 产品的故事化

文创产品除了造型、色彩等给人美感外，人们更多的是关注其承载的故事，以此打动人心。

2. 产品的本土化

设计应表现出景区文化的特征，结合当地的人文和自然景观，提取当地特有的文化符号和设计语言。

3. 产品的时尚化

设计提倡绿色设计，体现个性、环保、自然的设计，突出产品的适用性。

4. 产品的实用性

力求产品能唤起人们的亲切感和美感，陶冶着大众的审美意识，让美的意识回归到大众视野，才能满足人们的购买需求。

四、文创产品设计范例

产品：套系金属书签

主题：雄关故事

设计思路：依托嘉峪关的历史文化故事，以"定城砖""击石燕鸣""驿使图""关照"等典故塑造卡通人物的形象，以此为素材制作套系书签（图10-5）。

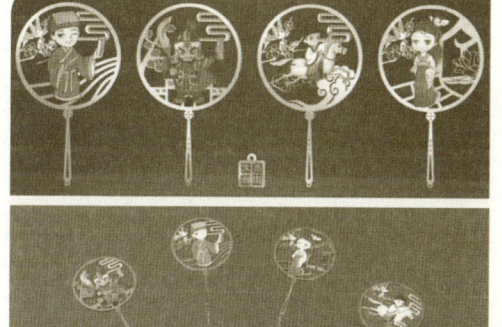

图10-5 套系金属书签

产品：流香炉

主题：不一样的烽火狼"烟"

设计思路：这款流香炉的设计灵感，来源于古时借助烽火台点狼烟传递情报，这次将烽火台化作燃香台，烽火台中间设置圆形卡口便于放置锥香，燃烧完的灰烬可从城墙内侧的开口倾泻下来，整体设计流畅自然，点燃时长城似在云雾缥缈中巍然矗立（图10-6）。

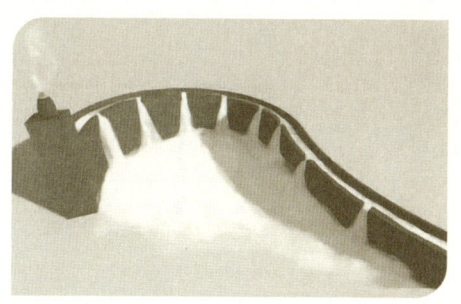

图10-6 流香炉

产品：雨伞

主题：守护

设计思路：长城守护家国，雨伞守护你我。这款产品的设计灵感，就取长城的防御之意，将巍峨的长城画在雨伞上，雨伞的装饰袋子也是长城的形状和图案。整体设计巧妙，意蕴深长（图10-7）。

图10-7 雨伞

任务拓展

围绕长城文化,宣传长城精神,树立"天下雄关,长城文化"旅游品牌,征集具有针对性、可行性的意见和建议。意见和建议可大可小,字数不限,如一个创意、一个方案、一个产品、一个营销活动策划、一句宣传语,一首歌、一首诗、一个旅游标志。要求立足长城文化,有针对性地体现长城文化底蕴和旅游特色,有操作性。

参考文献

[1] 芦爱英, 王雁. 中国旅游地理[M]. 2版. 北京: 高等教育出版社, 2022.

[2] 王雁. 导游实务[M]. 2版. 北京: 高等教育出版社, 2019.

[3] 全国导游资格考试统编教材专家编写组. 全国导游基础知识[M]. 4版. 北京: 中国旅游出版社, 2019.

[4] 俞平伯. 唐诗鉴赏辞典[M]. 2版. 上海辞书出版社, 2004.

[5] 傅璇琮, 倪其心, 孙钦善, 等. 全宋诗（第46册）[M]. 北京: 北京大学出版社, 1998.

[6] 《中国国家人文地理》编委会. 中国国家人文地理·扬州[M]. 北京: 中国地图出版社, 2021.

[7] 刘慧, 郑澎. 泰山[M]. 上海: 上海世界图书出版公司, 2008.

[8] 唐荣尧. 一滴圣蓝青海湖[M]. 西宁: 青海人民出版社有限责任公司, 2016.

[9] 朱惠荣. 徐霞客游记校注[M]. 昆明: 云南人民出版社, 1985.

[10] 刘学锴, 余恕诚. 李商隐诗歌集解[M]. 北京: 中华书局, 2004.

[11] 张加勉. 解读颐和园: 一座园林的历史和建筑[M]. 北京: 当代中国出版社, 2009.

[12] 杨惠东. 河山无异, 笔墨常新——古今名家笔下的雁荡山水[J]. 国画家, 2018(1): 18—19.

[13] 张应中. 论黄宾虹山水诗的审美体验[J]. 淮北煤炭师范学院学报（哲学社会科学版）, 2009 (10): 12—15.

[14] 凌左义. 中国山水文学的摇篮——庐山诗文略说[J]. 文史知识, 1992(09): 11—17.

[15] 邹菁. 庐山诗的文化底蕴与审美价值: 两晋至唐宋的庐山诗为中心[M]. 人民日报出版社, 2020.

[16] 王代福. 移步易景, 情随景生——"学写游记"写作指导及佳作示例[J]. 课外语文, 2018(29): 36—37.

[17] 杨艳群. 潮起潮落的拙政园[J]. 语文教学与研究, 2003(04).

[18] 颜廷亮. 借得山川灵奇处, 聊申短咏讽美名——《敦煌廿咏》两首浅析[J]. 文史知识, 1988(08).

[19] 李鼎文. 读佚名《敦煌廿咏》[J]. 西北师大学报（社会科学版）, 1983(04).

[20] 洛阳龙门石窟[J]. 甘肃教育, 2008(24).

[21] 林茹. 延安宝塔区革命旧址的活化利用研究[D]. 西北大学, 2020.

[22] 马光华, 张静, 杨娟. 文化遗址、红色教育基地应作为高等教育等之课外讲堂[J]. 陕西社会主义学院学报, 2022(3).

[23] 蒙子伟. 古桥遗韵: 珠三角历史桥梁的调查与景观保护研究[M]. 重庆: 重庆大学出版社, 2020.

[24] 王晓梦. 中国古典诗词桥意象探析[J]. 山东理工大学学报（社会科学版）, 2017(3).

[25] 严秀丽, 王中华. 试论可行性研究报告的写作[J]. 应用写作, 2001(3).

[26] 蒋波. 中国古典园林的"造景"与"化境"[J]. 重庆教育学院学报, 2008.

旅游诗词文化

Lüyou Shici Wenhua

策划编辑	王江华	咨询电话	400-810-0598
责任编辑	曾 娅	网 址	http://www.hep.edu.cn
封面设计	姜 磊		http://www.hep.com.cn
版式设计	姜 磊	网上订购	http://www.hepmall.com.cn
责任绘图	李沛蓉		http://www.hepmall.com
责任校对	刘俊艳 刘丽娴		http://www.hepmall.cn
责任印制	田 甜	版 次	2023年7月第1版
出版发行	高等教育出版社	印 次	2023年7月第1次印刷
社 址	北京市西城区德外大街4号	定 价	49.80元
邮政编码	100120		
印 刷	中煤（北京）印务有限公司	本书如有缺页、倒页、脱页等质量问题，	
开 本	787 mm×1092 mm 1/16	请到所购图书销售部门联系调换	
印 张	18.25		
字 数	260千字	版权所有 侵权必究	
购书热线	010-58581118	物 料 号	60185-00

郑重声明

高等教育出版社依法对本书享有专有出版权。任何未经许可的复制、销售行为均违反《中华人民共和国著作权法》，其行为人将承担相应的民事责任和行政责任；构成犯罪的，将被依法追究刑事责任。为了维护市场秩序，保护读者的合法权益，避免读者误用盗版书造成不良后果，我社将配合行政执法部门和司法机关对违法犯罪的单位和个人进行严厉打击。社会各界人士如发现上述侵权行为，希望及时举报，我社将奖励举报有功人员。

反盗版举报电话 （010）58581999 58582371
反盗版举报邮箱 dd@hep.com.cn
通信地址 北京市西城区德外大街4号
　　　　　高等教育出版社法律事务部
邮政编码 100120

读者意见反馈

为收集对教材的意见建议，进一步完善教材编写并做好服务工作，读者可将对本教材的意见建议通过如下渠道反馈至我社。

咨询电话 400-810-0598
反馈邮箱 zz_dzyj@pub.hep.cn
通信地址 北京市朝阳区惠新东街4号富盛大厦1座
　　　　　高等教育出版社总编辑办公室
邮政编码 100029

防伪查询说明

用户购书后刮开封底防伪涂层，使用手机微信等软件扫描二维码，会跳转至防伪查询网页，获得所购图书详细信息。

防伪客服电话 （010）58582300

学习卡账号使用说明

一、注册/登录

访问 http://abook.hep.com.cn/sve，点击"注册"，在注册页面输入用户名、密码及常用的邮箱进行注册。已注册的用户直接输入用户名和密码登录即可进入"我的课程"页面。

二、课程绑定

点击"我的课程"页面右上方"绑定课程"，在"明码"框中正确输入教材封底防伪标签上的20位数字，点击"确定"完成课程绑定。

三、访问课程

在"正在学习"列表中选择已绑定的课程，点击"进入课程"即可浏览或下载与本书配套的课程资源。刚绑定的课程请在"申请学习"列表中选择相应课程并点击"进入课程"。

如有账号问题，请发邮件至：4a_admin_zz@pub.hep.cn。

图书在版编目（CIP）数据

旅游诗词文化 / 张艳，朱红主编. -- 北京：高等教育出版社，2023.7
ISBN 978-7-04-060185-5

Ⅰ. ①旅… Ⅱ. ①张… ②朱… Ⅲ. ①古典诗歌－诗歌研究－中国 Ⅳ. ①I207.22

中国国家版本馆CIP数据核字（2023）第037929号